Príncipe do Mar

~ SÉRIE DISNEY PRÍNCIPES ~

Príncipe do Mar

LINSEY MILLER

São Paulo
2024

Grupo Editorial
UNIVERSO DOS LIVROS

Prince of Song and Sea
Copyright © 2022 by Disney Enterprises, Inc. All rights reserved.

© 2024 by Universo dos Livros

Todos os direitos reservados e protegidos pela Lei 9.610 de 19/02/1998.
Nenhuma parte deste livro, sem autorização prévia por escrito da editora, poderá ser reproduzida ou transmitida, sejam quais forem os meios empregados: eletrônicos, mecânicos, fotográficos, gravação ou quaisquer outros.

Diretor editorial
Luis Matos

Gerente editorial
Marcia Batista

Produção editorial
Letícia Nakamura
Raquel F. Abranches

Tradução
Jacqueline Valpassos

Preparação
Alessandra Miranda de Sá

Revisão
Nathalia Ferrarezi
Bia Bernardi

Arte
Renato Klisman

Diagramação
Saavedra Edições

Ilustração da capa
Brittany Jackson

Capa e projeto gráfico
Margie Peng

Dados Internacionais de Catalogação na Publicação (CIP)
Angélica Ilacqua CRB-8/7057

M592p

    Miller, Linsey
        Príncipe do mar / Linsey Miller ; tradução de Jacqueline Valpassos.
–– São Paulo : Universo dos Livros, 2024.
        272 p : il.

        ISBN 978-65-5609-647-6
        Título original: Prince of song and sea

        1. Literatura infantojuvenil norte-americana
        I. Título II. Valpassos, Jacqueline

24-1247

CDD 028.5

Universo dos Livros Editora Ltda.
Avenida Ordem e Progresso, 157 — 8º andar — Conj. 803
CEP 01141-030 — Barra Funda — São Paulo/SP
Telefone/Fax: (11) 3392-3336
www.universodoslivros.com.br
e-mail: editor@universodoslivros.com.br

A todos aqueles que já desejaram
poder fazer parte de outro mundo.

~ L. M.

Prelúdio

A DOR irradiava por Eric em ondas, o sal se grudando em cada arranhão. A água lambia suas pernas, e um calafrio profundo fez sua coluna estremecer. Ele tentou virar a cabeça e gemeu. Não conseguia se mexer. Por que não conseguia se mexer?

O navio! Ele estava no navio. Uma tempestade, pior do que qualquer outra que já havia enfrentado, abateu-se sobre eles com muito mais rapidez do que um raio. A embarcação pegou fogo e foi a pique, com os barris de pólvora explodindo, e ele foi lançado ao mar. Eric tentou chamar por alguém e engasgou. Cada respiração era uma pontada aguda, o gosto acre de cinzas formigando em sua língua. Seu peito doía.

Mas tudo isso significava que estava vivo. Ele havia sobrevivido.

Uma música suave penetrou a dor. O som começou baixo e triste, como distantes cantos de baleia. Dedos acariciaram seu rosto, removendo o sal e a areia de sua pele machucada. A melodia que acompanhava a terna carícia tornou-se um pequeno ponto de luz no escuro, ao qual ele lutou para se agarrar. A doce voz soou mais alta e forte. A luz do sol queimou através de suas pálpebras. Eric forçou os olhos a se abrirem e ofegou.

Ela era deslumbrante, uma sombra iluminada por trás brilhando com a água do mar. Suas feições lhe pareceram tão distorcidas quanto

Linsey Miller

suas palavras, mas a mão em seu rosto era tão afetuosa que ele sabia que não queria lhe fazer mal. Estendeu a mão em sua direção, e ela o deitou devagar de volta na areia. Uma sensação vibrante e reconfortante o invadiu.

Segurança, pensou. Aquilo representava segurança.

Ela devia ser forte, já que conseguira arrastá-lo do naufrágio, e generosa também, para arriscar a vida por ele. A doce cadência de sua canção preenchia sua mente.

Ela e sua voz eram as únicas coisas entre ele e a morte no mar.

E escorregaram por entre seus dedos como areia.

I
Braças acima

O SOL pairava alto e escaldante sobre as casas caiadas de telhados vermelhos aninhadas em Cloud Break Bay, no reino de Vellona. Uma brisa quente soprava pelas ruas de paralelepípedos e pelos canais, e vozes altas ecoavam por sobre as incansáveis marolas. As difusas notas de uma canção, tão alegre quanto distante, flutuavam pelos píeres. Eric voltou sua atenção para a melodia e arrastou os pés para trás, seguindo o ritmo. Uma espada cortou o ar perto dele.

— Lenta demais! — Eric gritou, esticando uma das pernas e se curvando.

A multidão vibrou. A doca acima deles chacoalhava, o sal se derramando como neve. Eric mergulhou as mãos doloridas na água rasa. Em frente a ele, Gabriella, sua amiga de infância e a única pessoa que regularmente o superava, caminhava ao longo das extremidades do ringue de luta, e seu olhar passou das mãos dele para seu rosto. Ela deu um grande sorriso, a pele marrom brilhando de suor e água do mar. Algas marinhas prendiam-se à sua espada.

Aqueles combates semanais eram pequenos no início, uma forma fácil de ajudar a treinar sujeitos que, de outra forma, jamais veriam uma espada. Só haviam começado a usar lâminas com fio naquela semana.

Eric reunira seus amigos no curto trecho de praia sob o último cais e pendurara uma velha lona entre os postes para escondê-los de olhares curiosos. Não funcionou, e, nos três meses anteriores, o número de espectadores só fez aumentar. Aquele simples ringue de luta sob as docas era tudo o que Eric podia fazer para compensar o medo sempre presente de piratas que, nos últimos tempos, assolava Vellona, com mais cidades sendo saqueadas e arrasadas toda semana.

— Você é muito convencido — disse Gabriella, arregaçando as mangas úmidas até os cotovelos. — Se eu fosse uma pirata, você já estaria morto.

Gabriella era a única ali que sobrevivera a um ataque de piratas. O treinamento tinha sido divertido no começo, mas agora havia uma diferença demasiadamente afiada.

— Se você fosse uma pirata, teríamos problemas maiores do que... Ela atacou e feriu o braço de Eric. Ele recuou.

— Você sempre cede à vontade de conversar — enunciou Gabriella, investindo contra ele. — Lutas reais não são contos de fadas. Ninguém vai parar para que você possa fazer seus monólogos.

— Então, tente me parar. — Ele a encontrou a meio caminho, usando a espada e o punhal para bloquear o golpe, e os dois ficaram cara a cara no centro do ringue. — E não se preocupe com meus monólogos.

— Nunca. — Ela abriu outro largo sorriso. — Principezinho.

Eric riu. Era por isso que ele gostava dos combates matinais. Aquelas lutas eram uma boa maneira de relaxar e descobrir em que áreas as pessoas precisavam de ajuda antes de entrarem em um confronto para valer. Aqueles treinamentos resolveriam todos os problemas de Vellona? De jeito nenhum. Ajudariam alguns a sobreviver? Talvez. Faziam Eric se sentir parte do povo, apenas mais uma alma vivendo na baía em vez de um príncipe sempre mantido à distância? Sem dúvida.

— A cada vez que me chamar assim — proferiu ele —, vou atacar mais forte.

Príncipe do Mar

— Oh, estou tremendo de medo — respondeu ela, agitando a mão livre sobre o coração. — Pois então prove.

Eric trocou as lâminas de mão. Fintou o flanco esquerdo de Gabriella, cuja espada raspou suas lâminas com um rangido medonho. Ela o afastou com um chute, e ambos se rodearam. Ele a golpeou, mas ela se esquivou. O furioso fluxo de sangue nos ouvidos de Eric abafava o som de seus pés chapinhando na areia encharcada.

— Não vai me atacar? — ela perguntou.

Eric investiu contra Gabriella, conduzindo-a para a direita, e desferiu um golpe com as costas da mão onde ela teria que pisar. A jovem girou e se abaixou, a lâmina atingindo apenas sua manga. A multidão foi à loucura.

Alguém atrás de Gabriella gritou:

— Acabe com ele!

— O flanco direito dele é mais vulnerável! — gritou Vanni, o melhor amigo de Eric e, naquele momento, seu pior inimigo.

Gabriella mudou a posição dos pés para atacar a área que lhe foi sugerida. Ele fingiu tropeçar, girando o braço direito para trás. Ela investiu, e seu oponente ergueu o punhal. As lâminas se chocaram.

Seu contra-ataque fez a espada de Gabriella voar longe. A arma aterrissou atrás dela, espirrando água e afundando na água escura. Eric correu em sua direção, esperando que Gabriella buscasse recuperar a espada, mas ela se agachou e enfrentou seu ataque. Seu ombro colidiu com força contra o estômago de Eric, tirando-lhe o ar. Seus braços ficaram flácidos, o fio de seu punhal balançando inutilmente na altura do pescoço da garota. As mãos de Gabriella agarraram-no pelos tornozelos.

Ela lhe puxou as botas. Eric pressionou sua lâmina trêmula contra o pescoço dela. Gabriella congelou.

— Bem — disse ela, a estranha posição em que se encontrava, agachada, abafando suas palavras contra a camisa molhada dele —, já perdi de maneiras mais embaraçosas.

Linsey Miller

Eric não conseguia se lembrar de nenhuma outra. O ataque que levara Gabriella a se mudar para a baía quando criança havia tirado a vida de sua irmã, Mila, e agora Gabriella treinava com a tia quase todos os dias. Depois de haver superado o fato de Eric ser o príncipe, sempre tivera a decência de deixá-lo com muito mais hematomas do que seus tutores provocavam durante o treinamento.

Nada naquela derrota era embaraçoso.

— Se você insiste — falou ele, pigarreando, e afastou as lâminas dela.

— Principezinho! — Um par de braços envolveu o pescoço de Eric e o puxou para um abraço apertado. — Você me fez perder o jantar; sendo assim, espero alguma compensação.

Vanni, muito mais interessado em espadas e navegação do que seu pai padeiro gostaria, bateu a palma da mão no ombro do amigo e o girou.

— Pare de apostar contra mim, então. — Eric curvou-se para ele, encarando-o feio durante todo o gesto. — Manter você e seu ego alimentados é meu único objetivo na vida.

— Obviamente — disse Vanni, afastando do rosto os cabelos da cor do linho. Sob o calor sufocante das docas ele não suava, mas resplandecia, parecendo muito mais principesco do que Eric. — Quem é o próximo?

— Você — respondeu Gabriella, arrastando-o para o centro da multidão. — Eu quero um combate de verdade.

Vanni gargalhou, e Eric soltou uma risadinha desconfortável.

— Que indelicado da sua parte dizer que não foi um combate de verdade — ele murmurou, e Gabriella se encolheu.

Vanni e Gabriella não se curvaram um para o outro. Vanni lutou com uma única espada, e Gabriella mudou para uma adaga. Ele era ágil o suficiente para se esquivar de seus golpes, e Eric presumira que ela estaria exausta demais para fazer frente à força de Vanni, considerando como havia perdido. Cada um de seus ataques era tão vigoroso quanto o anterior, e Vanni já ofegava no ar úmido passados apenas três minutos. Ele investiu com um movimento amplo que a fez cair sobre um joelho.

Príncipe do Mar

Vanni sorriu como se já tivesse vencido, mas uma revelação incômoda invadiu o peito de Eric. Gabriella não estava tremendo ou sem fôlego, e, ao avanço de Vanni, mergulhou a mão livre na água. Rápida como um raio, com um único movimento ela puxou um dos seus pés, fazendo-o perder a sustentação. Vanni desabou ruidosamente na água.

— Você tem o equilíbrio de um peixe em terra — brincou Gabriella, erguendo a perna do oponente como um troféu.

A multidão aplaudiu e ela o largou. Vanni tossiu, expelindo água pela boca, e tirou as algas do rosto. Gabriella entregou a Eric a espada de Vanni, e Eric balbuciou algo em resposta. Toda a alegria de finalmente fazer algo útil e divertido com os amigos condensada em uma única lembrança.

As mãos de Gabriella estiveram nas botas de Eric, e ela poderia tê-lo derrubado. Ou o erguido ao contrário, como acabara de fazer com Vanni.

— Eric? — Vanni o chamou, sacudindo a camisa ensopada com um sorriso. — Você está com a cabeça nas nuvens.

Eric forçou-se a sorrir.

— Um pouco anuviado — murmurou ele —, mas estou bem.

Vanni bufou, rindo, e deu tapinhas em seu ombro.

— Pelo menos você venceu e não vai usar roupas com areia o dia todo.

Ele sacudiu um pouco da areia de seus cabelos, jogando-a sobre Eric e Gabriella. Eric se afastou. Gabriella deu de ombros.

— Eu trabalho ao ar livre — ela disse, verificando o nó do lenço que cobria seus cachos negros. — Você precisava mesmo de um banho.

— Gabriella — chamou Eric, inclinando-se ligeiramente para que Vanni não ouvisse. — Você me deixou ganhar.

Gabriella não esboçou reação alguma.

— Deixei.

— Por quê? — ele questionou. — Por que me deixar ganhar agora?

— Estamos usando espadas de treinamento há meses, e as pontas afiadas atraíram uma grande plateia. É melhor que não vejam o príncipe deles de cabeça para baixo — explicou Gabriella. — Não é sobre isso que Grimsby está sempre falando, que a coroa é uma ideia, não apenas um indivíduo? Vê-lo de cara enterrada na areia seria ruim para o moral.

— Se Grim continuar lhe dando ideias como essa, eu é que vou enterrá-lo — disse Eric. Era evidente que seu status estava se infiltrando em sua única desculpa para escapulir um pouco do castelo.

A multidão se aglomerava ao redor deles, as pessoas se beijando no rosto e comparando hematomas enquanto se despediam. O treinamento de combate era uma ótima forma de desfrutar da manhã, mas agora o dia havia de fato começado, e tinha muito trabalho a ser feito na baía. Vanni torceu a camisa, resmungando baixinho. Eric deu um tapa em seu ombro.

— Você está ficando cada vez melhor — disse-lhe Eric.

— Está mais para "cada vez mais molhado". — Vanni sacudiu os cabelos. — Vou ficar com os pés ensopados o dia todo.

— Mas você está se aperfeiçoando. Ambos estão. — Gabriella ergueu rapidamente os olhos para Eric e abriu um sorriso largo. — Sabe por que eu sempre venço você?

— Porque você é melhor do que eu? — Eric perguntou, e Vanni riu.

— Você se vale demais do seu treinamento. Nunca arrisca um soco ou um chute quando inicia o combate com as lâminas — ela contou e lhe desferiu um golpe com o punho no braço. — Você leva a melhor com a espada e o bastão, e pode me desarmar uma dezena de vezes. Se estivéssemos duelando, você me venceria; eu não saberia esgrimir para salvar a minha vida, mas não estamos duelando. Você luta dentro das mesmas regras em que executa os treinos e, um dia, terá que escolher por conta própria o que fazer. Está na hora de sujar as mãos.

Eric reprimiu uma careta. Não podia escolher coisa alguma. Esse era o problema. A política e as circunstâncias nos últimos dez anos haviam assegurado que ele não tivesse escolhas que não o conduzissem a uma batalha contra o reino vizinho de Sait, à destruição em um confronto amargo com piratas ou a uma guerra civil por seu trono. Um único movimento

Príncipe do Mar

equivocado, fosse um olhar descortês, fosse um contra-ataque ao navio pirata errado, poderia levar Vellona à ruína.

Assim que a maior parte da multidão se dispersou, o trio emergiu de seu ponto de encontro improvisado, semicerrando os olhos sob a forte luz da manhã enquanto caminhavam pela praia. Cloud Break Bay era a maior cidade do pequeno reino de Vellona, e as águas verde-claras representavam um lar para Eric tanto quanto o castelo escondido nas falésias. Os mastros inclinavam-se no porto, suas embarcações oscilando de forma irregular enquanto a carga era deslocada. O verão se anunciava em espirais úmidas de vapor dos conveses, e vozes gritavam no vaivém das ondas enquanto as pessoas se deleitavam sob o primeiro céu quente e claro em semanas. Vanni ergueu os olhos para o sol, apertando-os.

— Passamos muito da hora hoje — mencionou e virou-se para Gabriella. — Não vai lhe causar problemas com sua tia, vai?

— Não, estamos efetuando reparos esta semana, antes de zarpar — a garota respondeu. — Ela nem precisa de mim para isso, na verdade.

Carpintaria era uma das poucas coisas em que ela não se destacava. Ainda um tanto jovem demais para assumir o barco de pesca de seu avô e muito necessária em casa para se juntar à tripulação de sua tia na navegação, mesmo assim ela passara mais tempo no mar do que Eric e sonhava em comandar o próprio navio mercante, como sua tia.

— Eu poderia ajudar nos reparos — ofereceu Eric, ávido por ficar com seus amigos. Dessa forma, poderia ser Eric, apenas Eric, por mais algum tempo. — Sua tia precisa de uma mãozinha extra?

— Na verdade, não — respondeu Gabriella, fazendo uma careta. — Aquela última tempestade causou grandes danos ao navio, e estaríamos atrapalhando os bons carpinteiros navais. Espero que possamos pagá-los. Estamos sendo seriamente afetados por tempestades toda vez que deixamos as docas.

— Esses furacões não são normais — observou Vanni. — Aquele último apareceu do nada.

— É magia. Só pode ser — aventou Gabriella.

Magia era algo incomum, mas não de todo desconhecido. Limitava-se a feiticeiros reclusos e histórias antigas trocadas por cervejas. Pequenas manifestações de magia, como elixires e assobios para chamar ventos, não deixavam de existir, e Eric sabia que havia histórias sobre bruxas em tempos antigos que podiam invocar relâmpagos ou manipular almas como marionetes. Grimsby não iria dar ouvidos a isso, mas Eric concordava com Gabriella. Era praticamente certo que Sait, o grande reino ao norte decidido a se expandir, já arranjara uma bruxa.

— Até mesmo sua mãe, abençoada seja, estaria enfrentando dificuldades nos últimos tempos. — Gabriella cutucou Eric com o cotovelo, procurando consolá-lo. — Ainda mais com Sait envolvido. Consegue provar que são eles que estão comandando os piratas?

Os ataques de piratas, estranhamente bem organizados e tão regulares quanto as tempestades, haviam iniciado oito anos antes, quando os fundos de Vellona foram quase esgotados por conflitos praticamente contínuos e secas que atormentavam o reino desde que Eric conseguia se lembrar. Foi então que Sait, com uma frota tão bem guarnecida quanto seus cofres, começou a provocar as defesas de Vellona. Quando a mãe de Eric, a Rainha Eleanora, morreu em um naufrágio ao norte, dois anos antes, Sait havia se tornado mais ousado e Vellona via-se mergulhando em desespero. Eric foi deixado com um reino em dificuldades e um trono do qual dezenas ambicionavam derrubá-lo.

Ele balançou a cabeça.

— Grimsby chama isso de estratégia de longo prazo, enfraquecer--nos antes de atacar, mas acusá-los abertamente iniciaria uma guerra que não podemos bancar.

Eric suspeitava que era exatamente o que eles queriam: uma justificativa para conquistar Vellona.

— Será que não haveria alguma senhora viúva rica com um pendor para o drama com quem você poderia se casar para nos tirar dessa encrenca? — perguntou Gabriella.

Príncipe do Mar

Vellona havia esgotado todas as possibilidades de levantar dinheiro, exceto uma, e apenas Eric poderia aproveitá-la.

— Infelizmente, não — disse ele, tirando a flauta do bolso, a qual sempre carregava consigo. O príncipe tocou uma melodia rápida, aproveitando o momento para se acalmar. O movimento familiar de seus dedos aliviava suas preocupações.

— Achei que Grimsby queria que se casasse antes do seu aniversário, não é isso? — Vanni perguntou. Ele olhou ao redor e baixou a voz. — Você vai ter de beijá-la no casamento, mas como vai fazer isso se…

Eric congelou, a música parou, e Gabriella agarrou Vanni pelo colarinho.

— Cale a boca! — ela sibilou. — Se Sait descobrir, será o assassinato mais fácil do mundo.

Uma onda de pânico percorreu Eric. Ali nas docas, com pessoas trabalhando à sua volta, ninguém prestava atenção, mas nunca antes haviam discutido seu segredo em público. Ele guardou a flauta no bolso.

— Grimsby quer que tenha um bom casamento e descubra como contornar isso depois. Emoções pessoais não podem ficar acima da conveniência e do dever, diz ele, mas eu me recuso a entregar o comando de Vellona a alguém em quem não confio.

Vanni e Gabriella trocaram um olhar.

— Grimsby ainda está zangado por causa de Glowerhaven? — perguntou Vanni.

— Espumando de raiva — confirmou Eric. — A única razão pela qual ele não forçou a barra foi porque ela me detestou tanto quanto a detestei.

Ela odiava música e cachorros, e ele não suportava o cheiro das tintas que ela tanto adorava. Apreciar arte? Sem problema. Viver em um miasma de vapores tóxicos de tinta e estranhas misturas alquímicas? Não era para ele.

Gabriella riu.

— Não foi culpa sua que Max não gostou da ideia de ela tentar cobri-lo de tinta. Quando é sua próxima proposta de casamento?

Sua próxima proposta? Nunca mais. Sua próxima armadilha? O almoço com...

O sangue de Eric latejou nos ouvidos, abafando a conversa de Gabriella e Vanni, e ele enxugou em suas calças as palmas das mãos repentinamente suadas. Respirou fundo.

— Grimsby vai me matar. — Eric correu o olhar pelo entorno, tentando descobrir que horas eram, e gemeu. Fazia muito tempo que não se esquecia de uma reunião, e naquele dia não tinha desculpa. — Lorde Brackenridge chegou esta manhã, e eu deveria almoçar com ele e suas filhas.

Os olhos de Gabriella se arregalaram.

— Corra.

— Que tal minha aparência? — Eric perguntou. — Não vou ter tempo para tomar banho.

— A aparência de quem se atrasou porque estava praticando combate — disse Vanni. — Parece até que...

— Não ouse dizer isso — murmurou Gabriella.

Vanni a ignorou.

— Você está amaldiçoado.

— Vou deixar essa passar — Eric gritou por cima do ombro enquanto começava a correr. — Você só tem direito a uma.

— Por dia?

— Por toda a vida!

— Ignore-o — disse Gabriella, gritando mais alto que o som da risada de Vanni. — Aproveite sua posição de príncipe.

Eric raramente o fazia. Ele sempre fora, em primeiro lugar, o Príncipe Eric; um cidadão comum em segundo lugar; e, em terceiro — secreta e tragicamente, embora não por culpa sua —, um homem amaldiçoado.

2
Filho de Vellona

A MALDIÇÃO não era culpa de Eric. Sua mãe enfatizara isso com tanta frequência que a frase "com certeza é culpa minha" revolveu em seus pensamentos em algumas ocasiões enquanto crescia. Eleanora havia falado pouco sobre a maldição, mas, se ele sentisse a necessidade de culpar alguém, essa era a culpada. A maldição havia sido lançada sobre ele antes mesmo de nascer.

— Se beijar ou for beijado por alguém e tal pessoa não for seu verdadeiro amor — ela repetia sempre que ele perguntava sobre a maldição —, você morrerá.

Tal imprecisão o assombrava. Se sua mãe tinha conhecimento de mais detalhes, ela não os havia compartilhado antes de morrer. Eleanora contara a história da origem da maldição apenas uma vez, e foi quando Eric tinha idade suficiente para compreender a seriedade dela. A maldição foi lançada no inverno em que uma terrível febre varreu o reino, logo após a morte de Marcello, o pai de Eric. Grávida de cinco meses, a rainha lidou com o luto realizando uma viagem pela costa, parando nas cidades menores para ver como os cidadãos de lá se saíram depois que a doença passou. Em uma delas, a rainha se desentendeu com uma bruxa.

Linsey Miller

— Cabelos brancos como ossos, lábios vermelhos como a aurora e tão bela quanto o mar pode ser traiçoeiro — dissera Eleanora uma noite, quando seu filho voltara a questioná-la a respeito. — Ela amaldiçoou meu filho com a morte se ele beijasse alguém que não fosse seu verdadeiro amor, e eu sequer pude descobrir o nome da bruxa. Sinto muito, Eric.

As únicas pessoas que agora sabiam que a liderança de Vellona era de tamanha precariedade — outra razão pela qual Eric deveria se casar o mais rápido possível — eram Grimsby; Carlotta, sua governanta; Gabriella; e Vanni.

— Príncipe Eric! — alguém chamou num familiar tom de desa-provação no momento em que o rapaz pôs os pés no terreno do castelo.

Eric derrapou até parar e esfregou a fisgada na lateral do corpo.

— Eric — ele corrigiu.

— O calor o está afetando, Vossa Alteza. — Um homem alto e pálido com o rosto que lembrava um penhasco irregular e com mais paciência do que o mar tem de sal, Grimsby era conselheiro de Vellona há mais tempo do que Eric conseguia se lembrar. Ele lutara sob o comando de Eleanora durante a guerra contra Sait vinte e cinco anos antes e vivia em Cloud Break desde então, mantendo sua gravata bem apertada mesmo nos dias mais quentes. Gotículas de suor brotavam acima de seu sorriso irônico. — Você é o Príncipe Eric de Vellona, não eu.

— Eu sei quem você é, você...

Um borrão branco e peludo atingiu com força o peito de Eric, fazendo-o cair no chão, e uma língua escorrendo baba lambeu seu rosto.

— Opa, garoto, calma! — Eric passou os braços em volta do cachorro em cima dele e deu um beijo rápido na cabeça de Max. — Também estou feliz em ver você.

Ao menos, Eric podia beijar Max sem cair morto. Sua mãe tinha quase certeza de que a maldição só levava em conta humanos, mas, ainda assim, ela gritara de susto na primeira vez que o viu beijar Max. Foi a única vez em que ele se esqueceu da maldição.

Príncipe do Mar

— Você o teria visto mais cedo se estivesse se preparando comigo para seu almoço com Lorde Brackenridge, como deveria ter feito — disse Grimsby. — Também se esqueceu de anotar o que achou dos meus planos para as comemorações de seu aniversário.

Eric gemeu. Faltavam apenas duas semanas para seu aniversário de dezoito anos, e a coroação seria uma semana após a celebração. A corte governara nos últimos dois anos como regente com a contribuição de Eric, uma necessidade enquanto o príncipe estava por demais consumido pela tristeza para liderar e era ainda muito jovem, tendo acabado de completar dezesseis anos. Agora, vários dos nobres relutavam em renunciar a esse poder.

Eric abriu a boca para discutir, e Grimsby revirou os olhos para o alto.

— Venha — falou ele. — Você está fedendo a peixe passado, e Brackenridge era amigo de sua mãe. Ele não hesitará em caçoar de você por isso.

— É difícil planejar com ânimo elevado uma coroação quando ela só está acontecendo porque minha mãe morreu, Grim. — Eric se levantou e descansou uma mão na cabeça de Max, deixando o calor familiar acalmá-lo. — Faz só duas horas que amanheceu. Ainda tenho o dia inteiro para trabalhar.

— Não venha se queixar de trabalho comigo. — Ele segurou Eric pelos ombros. — Em primeiro lugar, é quase meio-dia. Em segundo lugar, você é extremamente privilegiado, e sofrer com os aspectos maçantes da condução de um Estado não é sofrimento verdadeiro.

— Está bem. — Eric respirou fundo, os ombros desabando de desânimo. — O que eu preciso fazer?

— Bom garoto — disse Grimsby. Ambos ignoraram o latido de resposta de Max para a frase que costumava ser dita a ele. — Lorde Brackenridge está aqui para discutir os ataques de piratas no norte e a assistência — ele arqueou ambas as sobrancelhas para Eric — que está disposto a oferecer.

Linsey Miller

Tratava-se de outra proposta de casamento, então.

— É ele quem está oferecendo ou a filha dele? — questionou Eric.

— Não faço a menor ideia do que está falando. — Grimsby fungou e partiu em direção aos aposentos de Eric. — Vamos trocar sua roupa, e vou pedir a Louis que sirva algo mais cheiroso do que você.

— Quem não suporta o cheiro do mar dificilmente é adequado para viver aqui — disse Eric, correndo atrás de Grimsby. — Minha companheira deve ser capaz de viver na baía, pelo menos. Quero romantismo, confiança e intimidade. Quero conhecer minha parceira.

— Beijar não é…

— Não estou falando sobre isso — interrompeu-o Eric. — Pare de supor que me refiro a intimidade física quando digo *intimidade*. É de proximidade que estou falando. De conhecer a pessoa que está com você. Um relacionamento construído em torno de uma transação comercial é um mau começo para confiar plenamente em um cônjuge. Iniciaríamos sem uma base sólida.

— Confesso que os casamentos de conveniência saíram de moda, mas hoje em dia são a melhor esperança de Vellona. — Grimsby conduziu Eric a seus aposentos e o empurrou para trás do biombo. — Você precisa de um herdeiro… Seja uma esposa que goze de boa posição ou um filho. O casamento garantiria alguém para governar em caso de sua morte ou a promessa de um herdeiro no futuro. Os antigos nobres prezam por segurança e tradição. Se não houver uma linhagem de sucessão clara quando for coroado, qualquer um de seus parentes distantes com uma linhagem mais definida pode e irá contestar seu direito ao trono.

Eric tirou a camisa úmida e suspirou.

— Gostaria que você levasse sua função menos a sério.

— Perdoe-me, Vossa Alteza, mas um de nós precisa fazer isso.

— Esse foi um golpe baixo, Grim. — Eric lavou o rosto, permitindo que a água gelada o acalmasse. — Você sabe de meus sentimentos a respeito disso. Não contar à minha companheira em potencial que

Príncipe do Mar

estou amaldiçoado é uma questão de vida ou morte, mas casar apenas por negócios? Glowerhaven pode ter oferecido mais, mas ela teria matado Max e a mim na primeira semana.

É bem verdade que a maldição de Eric não lhe dizia como identificar seu verdadeiro amor, mas ele soube não ser a princesa de Glowerhaven no momento em que ela torceu o nariz para Max e para o cheiro da baía. Ele queria ser arrebatado pelo amor verdadeiro — uma troca de olhares, um toque de mãos, um suspiro ofegante — com a mesma rapidez e certeza com que havia sido amaldiçoado, em vez de ficar preso em um casamento que ninguém desejava.

Grimsby jogou uma camisa limpa sobre o biombo que os separava.

— Para ser sincero, eu daria pulos de alegria se você se casasse com quem quer que fosse a essa altura. Lady Angelina é uma das últimas prováveis parceiras elegíveis em Vellona ou nos pequenos reinos vizinhos. Se esta noite não correr bem, temo que você não terá sorte e não poderá se casar antes de sua coroação.

— Não me tente — disse Eric. — Vanni e Gabriella estão livres, se estiver assim tão desesperado.

Ele saiu de trás do biombo logo que terminou de se vestir e ergueu os braços.

— Você não é o tipo de Gabriella, e Vanni não faz o seu — disse Grimsby franzindo a testa. Ele segurou o casaco de Eric aberto e indicou com a cabeça para que o vestisse. — Tem se saído bem com a parte que lhe cabe, sabe?

Eric deslizou para dentro do casaco, incorporando o Príncipe Eric como uma pele mal ajustada. Traçou com o dedo o brasão de Vellona — um pardal carregando uma espada e um cetro no bico — costurado no peito.

— Pedirei a Carlotta que registre este dia — murmurou Eric. — "Grimsby enfim admite que o Príncipe Eric não é um inútil." Haverá um desfile.

— Hilário — disse Grimsby. — Venha comigo.

Eles se dirigiram para o corredor, Max seguindo-os de perto. O castelo estava vazio esses dias, e Eric aproveitou o trajeto tranquilo para se preparar. Diminuiu o passo até parar perto de uma janela aberta do lado de fora do salão de jantar, aliviou a tensão nos ombros, sacudindo-os, e ignorou o pé de Grimsby batendo de impaciência no chão. Era hora de voltar a ser o Príncipe Eric.

— Muito bem — disse ele, erguendo o queixo, os pulmões tomados pelo aroma fresco e salgado de Cloud Break. — Mais alguma coisa?

— Há uma garota perfeitamente agradável aqui hoje, e você vai se comportar. E, quanto a você — avisou Grimsby, falando energicamente com Max e apontando o dedo para o cachorro —, nada de mastigar sapatos desta vez.

Max choramingou e Grimsby estreitou os olhos.

— Nada. De. Sapatos.

Grimsby entrou decidido no salão de jantar à frente deles, e Eric se ajoelhou ao lado de Max.

— Grim não consegue se impedir de achar problemas aonde quer que vá. — Beijou a ponta do focinho de Max e se levantou. — Nada de mastigar sapatos, no entanto. Ele tem razão sobre isso.

O salão de jantar era um dos cômodos favoritos de Eric, as janelas que iam até o teto capturando a luz do sol em rajadas brilhantes. O vidro era tão transparente que a sensação era de que podia estender a mão e tocar o mar, pescar com as pontas dos dedos o borrão branco de um navio distante nas ondas e segurá-lo contra o sol do meio-dia. Grimsby apresentou Lorde Brackenridge e suas duas filhas, Angelina e Luna, a Eric, e garantiu que o príncipe se sentasse de frente para Lady Angelina. A claridade filtrada pelas cerejeiras atrás dela aquecia sua pele negra e

Príncipe do Mar

realçava o castanho de seus olhos. Os galhos lá fora pareciam emoldurar suas tranças negras como uma coroa rosada.

— Lady Angelina — disse Eric, uma vez que todos se acomodaram e mataram a sede —, está gostando da baía?

— De acordo com meu pai, eu adoro isto aqui — respondeu ela, relanceando a vista para o pai. Ele conversava com Grimsby e não prestava atenção. Ela ajustou o vestido, o tecido vermelho-escuro farfalhando. — E ele diria que eu adoraria ainda mais morar aqui.

Eric escondeu uma risada atrás de sua taça. Talvez a reunião não seria tão ruim assim.

A refeição teve início com as amenidades de sempre — Eric perguntando como fora a viagem, Brackenridge atualizando-o sobre suas propriedades e a qualidade das estradas que usava, várias explicações não solicitadas sobre por que sua filha era uma líder excelente e solteira, e Eric balançando a cabeça e sorrindo sempre que Grimsby o chutava por baixo da mesa. Era, ao mesmo tempo, uma bênção e uma maldição que Grimsby participasse de todas aquelas refeições.

Brackenridge, ao menos, tinha o mérito de insistir em puxar Angelina para a conversa em vez de falar por ela, como haviam feito alguns outros pais. A conversa-fiada deu a Eric tempo para mordiscar um bolinho de peixe-espada e avaliá-la. Igualmente alta e rechonchuda como o pai, sua aparência era impressionante contra o céu azul e limpo. No quesito conversa, porém, ela era muito melhor do que Brackenridge.

— Você toca algum instrumento, Vossa Alteza? — Angelina perguntou, ajeitando-se na cadeira de modo a atrair seu olhar.

Boa parte das janelas estava aberta, permitindo que uma gaivota pousasse na estreita amurada. A ave eriçou suas penas quando a cadeira da jovem rangeu, e Max rosnou debaixo da mesa. Eric o cutucou com o pé.

— Toco vários — respondeu —, mas não posso assegurar nada quanto à qualidade.

Ela lhe sorriu, e o príncipe não se sentiu arrebatado. Seu coração não bateu mais forte. Não muito. Toda vez que se sentava para um desses pequenos arranjos de Grimsby, Eric se perguntava como ficaria sabendo se alguém fosse o seu verdadeiro amor. Ele nunca descobrira a resposta. Angelina, pelo menos, parecia mais uma confidente do que uma pretendente.

— Ah — falou Angelina com delicadeza. — Prefiro o silêncio. Peças eu aprecio bastante, contudo.

— Eu gosto mais de óperas — afirmou Eric, dirigindo-se à irmã mais nova de Angelina. — E quanto a você, Lady Luna?

— Eu? — O garfo da menina de nove anos escorregou por entre os dedos, bateu com um tilintar na mesa e caiu da beirada.

Angelina suspirou.

— Percussão é uma área de estudo adorável — Eric disse, piscando para ela. — Você tem uma canção preferida?

— Não. — Luna olhou para Angelina, que assentiu. — Angelina diz que sou um perigo para os ouvidos alheios aonde quer que eu vá.

Parecia algo que Vanni diria, e Eric não conseguia imaginar não se dar bem com alguém como Vanni.

— Eu também, quando era garoto — contou ele. — É por isso que praticar é importante.

Luna abriu-lhe um grande sorriso.

— Ela toca bem, mas tende a achar que mais alto significa melhor — disse Angelina, sorrindo com a expressão empolgada de Luna. — Sua matemática, porém, é excepcional.

Luna estufou o peito.

— Sou melhor tocando do que Angelina cantando.

— Luna — Brackenridge a repreendeu, mas não de forma bruta. — Então, minha Angelina começou a navegar recentemente, o que se provou mais útil do que qualquer canção.

Príncipe do Mar

Angelina encolheu os ombros ligeiramente, e Eric sorriu enquanto bebia de sua taça. Além de tentar arranjar um casamento entre a filha e o príncipe herdeiro, Brackenridge supostamente estava em Cloud Break para discutir com Eric sobre os danos recentes em suas propriedades. A região costeira ao norte havia sido duramente atingida por uma tempestade no mês anterior, e agora eles viajavam para o sul a fim de verificar as terras de sua falecida esposa, que haviam sofrido o mesmo destino pouco tempo antes. Com certeza, Eric poderia fazer algum acordo com ele que não envolvesse casamento. Talvez, dessa maneira, qualquer que fosse o relacionamento que tivesse com Angelina, poderia evoluir normalmente, livre de questões financeiras.

— As tempestades foram piores que as de costume? — Eric perguntou. — Tenho certeza de que poderíamos ajudar a reparar os prejuízos.

— Bem — respondeu Brackenridge e recostou-se —, eu não as chamaria de piores, e quanto ao que podemos fazer…

— Elas são estranhas — Angelina apressou-se em acrescentar, gesticulando com uma colher de sopa. — A maioria das tempestades se acumula, mas estas não. Meus telescópios são projetados para astronomia, mas me permitem observar bem as tempestades.

Luna, que tentava deslizar ostras de seu prato para Max sem que ninguém percebesse, disse:

— Ela viu os piratas primeiro.

— Piratas? — Eric questionou.

Até Grimsby se interessou.

— Dois navios piratas — contou Angelina com um olhar para o pai. — Eles foram avistados com três semanas de diferença. O primeiro invadiu uma cidade e arrasou os campos. Destruíram os estoques em vez de pilhá-los.

— É um comportamento estranho para piratas — observou Eric, colocando seus talheres de lado. Não havia nada de estranho se estivessem seguindo as ordens de Sait para enfraquecer Vellona. — E o segundo?

— Capitane Sauer, de Altfeld — disse ela.

Linsey Miller

Grimsby se espantou.

— Sauer? Tem certeza?

— Elu usa um certo tipo de chapéu — disse Brackenridge, apontando para a própria cabeça. — Um troço grande e vermelho. Não há como se equivocar. Elu roubou uma de nossas cidades menores e fugiu com água potável e um pouco de comida.

— Não foi tão ruim. — Angelina levantou um dos ombros. — Ninguém ficou ferido e elu não danificou mais do que uma ou outra porta. Com certeza, foi um contraste com o outro ataque.

Eric se recostou na cadeira. Sauer existia desde os dias de Grimsby, seu navio era adorado por todas as crianças que já haviam sonhado em ser renegados arrojados. Os homens delu não eram conhecidos pela crueldade, mas também não eram famosos por sua misericórdia. O navio de Sauer nunca havia sido visto tão ao sul quanto Vellona, no entanto.

— Melhor do que os outros piratas. Aquele bando carregava aço e pólvora para Sait. Apostaria minha vida nisso. — Brackenridge endireitou-se, entrelaçando os dedos sob o queixo. Apontou para Eric. — Angelina, conte-lhe sobre o outro navio.

— Que outro navio? — Eric perguntou, olhando-a.

Angelina enxugou os lábios com o guardanapo e se recompôs. Seus dedos tremiam.

— Todas as manhãs, antes das tempestades, um navio chega perto da costa. Ele não iça bandeiras, não tem tripulação e nunca permanece muito tempo passado o amanhecer. Suas velas estão apodrecidas, mas, ainda assim, navega. A princípio, pensei que fosse uma alucinação, um daqueles navios falsos no horizonte.

— Navios perdidos nas tempestades, certamente — disse Grimsby, terminando os últimos bocados de sua refeição.

Eric empurrou o prato para longe, a ansiedade se contorcendo no estômago.

— É sempre o mesmo navio?

Príncipe do Mar

— Tenho certeza que sim. Outros também viram — disse Angelina. — Não estou equivocada.

Brackenridge assentiu.

— É um navio-fantasma. Um mau presságio de tempos terríveis. Minha Angelina pode identificar esse tipo de coisa. Ela seria um trunfo para uma baía como esta.

— É um navio de verdade — corrigiu a moça, com os punhos cerrados. — Não sei o que é, mas não é normal.

— Claro — Eric apressou-se em concordar. — Tem uma figura de proa? É um navio velloniano?

— É um galeão antigo, mas a figura de proa está desgastada — ela contou, meneando a cabeça. — Pode ter sido um tritão.

— Toda cidade tem histórias como essa. — Grimsby trocou um olhar com Lorde Brackenridge. — Talvez seja hora de nos retirarmos para dar aos senhores tempo para conversarem e às senhoritas uma oportunidade para descansarem?

— Mal posso esperar, rapaz — disse Brackenridge. — Embora fique feliz em deixar você e Angelina conversando por mais tempo, se assim desejar.

Ele fez um gesto discreto em direção a Angelina, como se a arrastasse para o príncipe, e Eric fingiu não ter notado. Angelina sorriu, mas pareceu um sorriso forçado.

— Você veio para discutir negócios, então, vamos resolver isso primeiro — falou Eric. Estavam jantando há mais de uma hora, e a família ficaria apenas até a alvorada. — Deve estar exausta com o volume de viagens.

— Claro — concordou Angelina, a boca em uma linha tensa.

— Vou verificar o que contou sobre os navios — disse Eric, levantando-se para ajudar Angelina a sair da mesa. Ao se inclinar, ele sussurrou: — Antes que eu fique preso em um escritório com seu pai, o que *você* quer?

— Não me casar com alguém que acabei de conhecer — ela sussurrou em resposta. — Talvez atrasá-lo?

— Podemos providenciar isso. — Eric acenou com a cabeça para as janelas. — Temos um céu razoavelmente limpo e a torre norte é a mais alta. Não dá para dizer que seja de inspirar poesia, mas está à sua disposição se quiser observar as estrelas quando escurecer.

— Obrigada — ela agradeceu.

Se Eric nunca tivesse sido amaldiçoado, teria segurado a mão de Angelina talvez por um segundo a mais do que o necessário. Talvez a tivesse beijado, mas o conhecido receio, gélido e assustador, apoderou-se dele. Não fez uma coisa nem outra.

Angelina afastou-se do príncipe, parecendo desapontada, e ele abriu a boca para explicar. Uma mão puxou seu casaco.

— Posso me despedir de Max? — Luna perguntou.

Uma espécie de alegria quente e borbulhante irrompeu em Eric, que se ajoelhou diante dela.

— Perdoe minha filha mais nova — amenizou Brackenridge. Seus olhos escuros brilharam com uma tristeza que Eric reconhecia de seu espelho. — Não tive coragem de reprimir suas qualidades mais infantis desde que sua mãe faleceu.

— Não há nada para perdoar — disse o príncipe. — Max está comigo há anos, e receio que qualquer família que espero ganhar tenha que receber primeiro a aprovação dele.

Brackenridge sorriu com tal comentário, e Grimsby parecia extremamente satisfeito consigo mesmo.

— Agora, acho que há uma despedida adequada em pauta. — Eric atraiu Max, que estava embaixo da mesa com um fio de espaguete, estendeu a mão e piscou para Luna. — Adeus, Max.

Reagindo à palavra, Max ergueu uma pata e apertou a mão de Eric com toda a solenidade que um cachorro com o rosto lambuzado de ostras

Príncipe do Mar

poderia reunir. Eric fingiu beijar a pata de Max, que lambeu sua mão. Luna abriu a boca de surpresa.

— Max, diga adeus a Luna. — Eric deslocou Max até que ele estivesse de frente para a garotinha e gesticulou para que ela estendesse a mão. — Você vai ter que dizer adeus primeiro.

— Adeus, Max — disse Luna.

Max enfiou a pata embaixo da mão da menina e a lambeu como se estivesse dando um beijo de despedida. Até mesmo Grimsby e Brackenridge começaram a sorrir ao verem-na levantar os olhos arregalados para Eric.

— Vou lhe ensinar os outros truques de Max se você me pintar um quadro antes de retornar — disse ele, sorrindo. — Temos um acordo, Lady Luna Brackenridge?

Ela olhou para a mão que ele oferecia e depois para Angelina, que assentiu.

— Claro, Vossa Alteza — disse Luna.

Eric curvou-se sobre a mão dela. Luna endireitou os ombros estreitos de uma criança de nove anos e imitou sua reverência, fazendo menção de beijar a mão do príncipe, assim como Max fingira beijar a dela. O pânico invadiu Eric, que afastou com rapidez a mão, recuando. Chocou-se violentamente contra a mesa e a derrubou. Os pratos se espatifaram no chão.

Max saltou em defesa de Eric, com o pelo eriçado e um rosnado grave na garganta, e Luna cambaleou para trás. A menina tropeçou na mesa virada e caiu de costas. Sopa fria espirrou em seu rosto. Ela gritou.

— Max, deita! — Eric gritou, esforçando-se para ficar de pé. E foi ao socorro de Luna.

Brackenridge o empurrou para longe. Ele mergulhou a ponta do casaco em uma poça de água e enxugou os olhos da filha, que se sentou, enterrando o rosto nas mãos. Um broto de cebola e um garfo haviam ficado presos a seus cabelos. Angelina pegou Luna nos braços.

Linsey Miller

— Sinto muito — disse Eric, retorcendo as mãos, procurando se livrar do fantasma do toque de sua pele ao esfregá-las. Um beijo, um único contato dos lábios de uma pessoa em sua pele e ele morreria. — Grimsby, por favor...

Mas Grimsby estava ao lado de Brackenridge e não o ouviu. A gaivota na janela grasnou e esvoaçou ao longo da extremidade do salão. Max quis ir atrás dela, e Eric o conteve decidido. Ele olhou para Angelina, esperando que a jovem o ouvisse, mas ela apenas o encarava com os olhos apertados. Até a maldita gaivota o fulminava com o olhar.

Um latejar encheu seus ouvidos e o pânico desceu por suas mãos, fazendo-as tremer. Puxando Max consigo, Eric correu em direção à porta.

3
Parte de seu mundo

A VERGONHA ardia no peito de Eric, e Max soltou um ganido baixo enquanto ele fugia. Ainda podia ver o constrangimento e a confusão no rosto de Angelina, os olhos vermelhos de choro em Luna e a raiva do pai. A lembrança o carregou pelos corredores silenciosos do castelo até que estivesse bem longe do salão de jantar. Era demais esperar uma refeição normal.

Mesmo que Grimsby oferecesse uma explicação boa o suficiente e Angelina e Eric chegassem a um acordo, qualquer esperança de uma amizade havia sido abalada. E o príncipe nem podia culpar a maldição; seus convidados sequer faziam ideia dela. Angelina não iria querer nada com ele agora.

Não, agora havia simplesmente outro nobre no conselho que achava Eric um sujeito esquisito. Esquisito demais para governar, sem dúvida.

Ele enfim parou. Olhou em volta, não viu ninguém e deixou a testa bater na parede com um baque audível.

— Vá procurar Carlotta. Vá lá. — Eric cutucou Max, mas o cachorro não se mexeu. Eric suspirou.

Nem ao menos tinha certeza em que parte do castelo estava, mas precisava ficar sozinho.

Sua mãe tinha medo de que alguém descobrisse sua maldição, mas não era por isso que ele estava naquela situação? Tinha tanto receio de deixar alguém se aproximar que mal conseguia lidar com situações normais. Qual era o sentido de qualquer coisa se ele não tinha ninguém com quem compartilhar?

Não era justo. Ele havia apreciado o jantar com Angelina mais do que com qualquer outra pretendente e gostado de sua companhia. Sua maldição arruinara qualquer esperança que tinha de conhecê-la melhor.

Eric encostou a cabeça na porta do corredor e levou a mão à placa de bronze que a adornava.

ELEANORA DE VELLONA

Era o antigo escritório de sua mãe. Ele o deixara intocado. Desde que...

— O que você faria? — Eric perguntou, olhando para o nome familiar de sua mãe.

Não teria medo de entrar em um escritório. Bem, ele provavelmente arruinara sua última chance de encontrar uma rainha. Se havia um momento em que precisava da mãe, era aquele.

Empurrou a porta e se preparou para o forte impacto do luto, que, todavia, não veio. Apenas uma dor surda queimou em seu peito. Eric esfregou o coração.

O lugar ainda guardava seu perfume, nardo e ameixa com uma nota de âmbar ao fundo. Ele fechou a porta, inspirando forte, e foi até a mesa da mãe. Grimsby havia reunido todas as anotações importantes de Eleanora enquanto a rainha estava sobre o comando de Vellona, deixando o tampo da mesa quase vazio.

Seus dedos deslizaram pelas bordas da madeira, sentindo os leves amassados provocados por sua cadeira e arranhões do uso constante. Aqui, ela tirara uma lasca da gaveta com seu canivete, e ali colidira seu bastão contra a extremidade ao praticar combate com o filho. Sua mãe nunca

Príncipe do Mar

havia deixado ninguém limpar ou consertar aquela mesa; pertencera ao pai dele. Carlotta até mantinha a pequena tigela de alcaçuz abastecida.

Eric pegou uma das balas e a chupou, afundando em sua velha cadeira. Seus joelhos tremiam.

— Como você pôde partir assim? — ele perguntou à mesa vazia de sua mãe. — Uma viagem absurda para verificar relatórios sobre Sait, e uma tempestade tira sua vida? Depois de tudo que enfrentou, uma tempestade a levou?

Algumas cartas inacabadas projetavam-se para fora da gaveta superior, presas. Eric arrancou a gaveta de seu compartimento e despejou o conteúdo. Nenhuma das cartas estava endereçada a ele, e a maioria não passava de relatórios que nos últimos dois anos haviam se tornado irrelevantes. Ele retirou a segunda gaveta de seu lugar, colocando no bolso um punhado de bilhetes de seu pai para sua mãe, e jogou-a de lado. Passou à terceira. Dois garfos velhos com os dentes dobrados para parecerem orelhas de cachorro e olhos pintados, cortesia de um Eric aos quatro anos de idade. Dezenas de desenhos antigos de Eric para sua mãe ao longo dos anos. Uma pena com a ponta quase toda roída.

— Nada.

Max bufou levemente e enfiou o corpo volumoso embaixo da mesa. Eric deu tapinhas em sua cabeça.

— Não que eu esperasse alguma coisa, mas teria sido bom — disse ele. Seus dedos percorreram as linhas da mesa. As persianas chacoalhavam com a brisa e as gaivotas grasnavam nas torres. As ondas batiam contra os penhascos lá embaixo. Ele se sentia tão desgastado quanto as rochas.

— Ela estava verificando as terras do norte e tentando espionar os navios que as atacavam — disse ele a Max. — Você se lembra do que ela falou?

Eric não estava prestando atenção da última vez que conversara com a mãe. Tinha sido um dia normal, e Eleanora fez menção de abraçá-lo, mas se conteve.

— Ela disse que voltaria — Eric falou para Max. — Não sei se tenho condições de fazer isso. Não consigo nem chegar ao fim de uma refeição sem qualquer incidente. Como poderia ser rei?

As coisas nunca haviam sido justas e continuavam não sendo. Ele não desejava uma coroa e responsabilidades; só queria se lembrar da voz de seu pai e acordar para o café da manhã com sua mãe ainda ali, viva e bem. Queria uma coroação apenas quando sua mãe estivesse idosa e pronta para abdicar. Ele desejava muitas coisas, e nunca era o suficiente. Possuía tanto.

Foi tomado subitamente pela culpa. Ele possuía tudo. Não deveria desejar nada.

— Será que você não poderia ter me deixado algo para ajudar? — O alcaçuz lhe deixara um gosto agridoce na boca, e Eric inclinou-se e encostou a testa na mesa da mãe. — Qualquer coisa teria servido.

O céu relampejou lá fora e Max se assustou, dando um pulo. Ele bateu com a cabeça no fundo da mesa e saiu correndo. Algo caiu no chão com um ruído.

— Max — Eric resmungou e espiou debaixo da mesa —, se você quebrou alguma coisa...

Havia uma tacha no chão que não estava lá antes. O canto amassado de um pedaço de papel pendia do lado de baixo da mesa, e Eric se ajoelhou para observar melhor. Preso embaixo da mesa por três outras tachas, longe de olhares indiscretos, havia um pedaço de papel com o seu nome escrito nele. Eric passou a mão pela caligrafia inclinada de sua mãe.

— Só pode estar brincando — sussurrou.

Eric arrancou as tachas e pegou a carta. Faltou-lhe ar por um momento.

— Mãe — ele murmurou, os olhos ardendo.

Oh, que falta de consideração a dele. Claro que ela havia deixado alguma coisa. Segredos eram tão comuns para Eleanora quanto respirar. Ele deveria saber que ela havia guardado mais um.

Príncipe do Mar

Com uma respiração profunda e firme, abriu a carta e começou a ler.

Eric,

Sinto muito. Se você está lendo isso, é quase certo que eu esteja morta. Juro que pretendia retornar da viagem, mas sabia que era perigosa. Espero que o risco, no entanto, tenha valido a pena.

Agora, querido, tenho tanto para lhe dizer que não pode ser colocado em uma carta, mas tenho assuntos urgentes que devo lhe contar. Sei que nunca fui esclarecedora quanto aos eventos que envolvem sua maldição. Sempre achei que eu mesma pudesse quebrar seu feitiço e que você nunca descobriria o que estou prestes a lhe revelar. Se eu falhei, entretanto, você terá que terminar o que comecei e, para isso, terá que saber tudo.

Como já sabe, você foi amaldiçoado antes mesmo de nascer, mas eis como aconteceu. Em minha jornada pelos mares depois da morte de seu pai, um mês após a partida, eu estava caminhando em uma praia ao ama-nhecer, sem ninguém à vista, e vi um corpo flutuando na arrebentação. Era uma criança, uma criança pequena e gelada até os ossos, e, quando a puxei para a areia, ela não estava respirando. Fiz respiração boca a boca e, finalmente, ela tossiu a água de seus pulmões e sobreviveu. Foi então que apareceu uma mulher.

— É minha — disse ela. — Ela me é devida.

Não sei exatamente por quê, mas, naquele momento, não acreditei nela. Recusei-me a entregá-la. A mulher ficou furiosa. Ela se revelou uma bruxa. Alegou que eu havia tirado uma alma dela e que, em contrapartida, ela roubaria uma alma de mim.

— Se essa coisa em sua barriga beijar alguém cuja pureza de voz não se equipare à sua alma imaculada, alguém que não seja seu verdadeiro amor, então ela morrerá e eu arrastarei sua alma para o fundo do mar.

Eu sei que nunca mencionei nada sobre uma voz pura. Por favor, perdoe minha mentira por omissão. Eu temia que, se lhe contasse tudo o que a bruxa havia dito naquele dia, você não pensaria em outras coisas senão em encontrar essa pessoa. Eu temia que você ficasse obcecado apenas com o canto de alguém, e não com seu coração.

Passei cada momento desde aquele dia tentando descobrir mais sobre a bruxa que amaldiçoou você e como quebrar o feitiço dela. Receio que sua maldição tenha sido frustrantemente vaga e os detalhes de sua existência sejam ainda mais nebulosos. Encontrei muitos relatos sobre sua aparição ao longo da História, mas nunca nenhum deles mencionava o nome da bruxa.

Segundo alguns, ela foi uma princesa que se envolveu profundamente com magia maléfica. Ou uma plebeia que a manipulou para se libertar. Ou a filha perdida de um antigo deus do mar. Ou uma antiga deusa do mar que presenteava humanos com magia de manipulação do clima. Há quem conte que lhe negaram seu trono, sua liberdade, sua divindade e, quando privada do que havia conquistado, ela o tomou à força. Em um dos relatos, ela se infiltrou no coração do mar e roubou a magia dos deuses. Em outro, seu irmão recebeu um reino inteiro enquanto ela não ficou com nada, por isso, estudou magia proibida. A maioria das histórias narrava que ela fazia acordos que a favoreciam, sem o conhecimento da outra pessoa envolvida. Independentemente de quais histórias sejam verdadeiras, não confio naqueles que acreditam que as crianças são coisas que podem ser possuídas.

Recentemente, encontrei uma pista promissora, uma menção a uma morada dela chamada Ilha de Serein. Existem poucos detalhes sobre tal lugar. Tudo o que sei com certeza é que é uma ilha nos mares a noroeste de nós, protegida por tempestades e algo chamado Maré de Sangue. Mas é a coisa que tenho mais próxima de uma pista, e farei esta viagem para tentar encontrá-la.

Não quero lhe pedir isso — eu jamais poderia pedir isso a alguém —, mas essa bruxa é uma ameaça não apenas a você e a Vellona, mas às pessoas em toda parte. Depois de ler minha pesquisa, você verá que a postura dela em relação aos outros é clara — não passam de ferramentas a serem usadas e descartadas. Ela faz acordos e reivindica as almas daqueles que os quebram. Pior ainda: há sinais de que ela está acumulando poder por

Príncipe do Mar

motivos que ainda não compreendo totalmente, e, sabendo que seu poder vem das almas que ela rouba, temo que haja apenas um caminho a seguir. Ela deve ser aprisionada ou morta.

Se as histórias que li sobre magia forem verdadeiras, matá-la quebrará sua maldição, salvará as almas que ela roubou e libertará quem quer que esteja preso em um de seus acordos. Mesmo que os acordos não sejam injustos, ela brinca com as almas, Eric, e não podemos deixar isso assim. Qualquer que seja seu objetivo final, não é pacífico.

Descubra o que é a Maré de Sangue, encontre a Ilha de Serein e mate a bruxa. Se você puder encontrar uma forma menos sanguinária de desfazer o mal que ela causou, que assim seja. Ela deve ser detida, custe o que custar.

Há um compartimento na parte de trás da gaveta inferior. Dentro dele, está tudo o que coletei sobre sua maldição e a bruxa que o enfeitiçou, incluindo as possíveis localizações de Serein que esperava verificar com esta viagem.

E eu sinto muito mesmo por deixar esse dever para você. Gostaria de poder estar aí ao seu lado agora. Gostaria de ter consertado tudo sozinha.

Aconteça o que acontecer, eu o amo.

Eric percorreu com o dedo as linhas arredondadas da caligrafia. A tinta estava manchada próximo ao fim da carta, os danos provocados por gotas umedecendo o papel. Ele enterrou o rosto nas mãos.

Não tinha certeza se a viagem dela para encontrar a bruxa e matá-la o fazia se sentir pior ou melhor. Sua maldição havia lhe roubado tanto, e agora sabia que também havia levado sua mãe. Mas nunca antes soubera tanto sobre o tema — uma voz pura e o nome do covil da bruxa.

— Obrigado — sussurrou, enfiando o papel no bolso da camisa. — Obrigado.

Um relâmpago brilhou novamente lá fora, e a chuva tamborilou contra as janelas. Max ganiu baixinho.

— Está tudo bem, garoto. — Eric tirou as mãos do rosto. — Está melhor, na verdade.

Uma voz pura não era muito para começar, mas era melhor do que nada. Eric nunca teve sequer uma pista de como encontrar seu verdadeiro amor, mas agora sabia duas coisas sobre a pessoa em questão — ela tinha uma boa alma e uma boa voz. Poderia descobrir ambos os atributos em alguém empreendendo algum esforço.

No compartimento secreto que sua mãe havia mencionado, ele encontrou mapas cheios de remendos com correções. Havia até uma lista das maiores cantoras da idade de Eric. Ele encontrou um diário repleto de histórias sobre bruxas do mar, bruxas manipuladoras do clima e negociantes mágicos. Havia dezenas de lendas e rumores sobre pessoas sendo forçadas a fazer coisas terríveis contra sua vontade, e isso o aterrorizava. Em uma delas, uma sereia insinuava que a bruxa era bela, mas não tão adorável quanto a esposa da sereia, então, a bruxa tomou a beleza da esposa para si e depois levou sua alma. A completa e desnecessária crueldade daquilo fez Eric estremecer.

A cada relato, aquela bruxa degradava o próprio senso de identidade das pessoas até que ficassem irreconhecíveis. Apáticas. Absolutamente consumidas. Mais como algas marinhas agitadas pela corrente do que propriamente pessoas. Ela as arruinava.

E a área ao redor de Vellona era seu campo de caça. Se era tão cruel e tão ativa a ponto de haver tantos relatos sobre ela, então alguns dos desaparecimentos e mortes deviam ser culpa dessa bruxa. Muitos habitantes de Vellona haviam recentemente sido vitimados por ataques de piratas e tempestades, mas apenas se *supunha* que tinham sido vítimas deles. Se a bruxa fosse a responsável, poderia ter sido ainda pior do que sua mãe pensava.

— Mamãe está certa — falou Eric em voz alta, tentando soar mais corajoso do que de fato se sentia. Enfiou vários dos relatos no bolso para ter certeza de que sempre se lembraria do porquê precisava terminar o que ela havia começado. Não era só por ele. — Ela tem que ser morta.

Príncipe do Mar

Grimsby iria odiá-lo, mas, sem sua maldição, Eric estaria livre. Ele poderia fazer amizade com as pessoas sem medo e deixar que seus sentimentos o levassem aonde pudessem. Poderia se casar sem ter que se preocupar com seu verdadeiro amor. Ou poderia encontrá-lo, essa pessoa com voz e alma puras que *estava* em algum lugar por aí.

A intimidade e o ato de se apaixonar sempre o haviam aterrorizado, e ele renunciara a isso durante tanto tempo para se resguardar das expectativas dos outros — como poderia provar a amigos, familiares e companheiras que nutria amor por eles se não pudesse expressá-lo da forma que teriam desejado? Se fizesse isso, não precisaria mais ter medo.

— A Ilha de Serein — declarou Eric. Ele segurou a cabeça de Max em suas mãos e beijou a ponta de seu focinho. — Está pronto para zarpar em uma viagem?

Max lambeu a boca de Eric.

— Que nojo — disse —, mas vou considerar isso um sim.

4
Cruzando mares

NA MADRUGADA seguinte, uma pequena nau com sessenta e quatro tripulantes estava pronta para partir. Eles zarparam quando os primeiros raios cor de pêssego da aurora se espalharam pela costa. O navio, o *Rolinha-do-Senegal*, era pequeno, ágil e — a menos que os piratas ficassem desesperados ou fizessem uma furtiva emboscada — capaz de superar em velocidade qualquer coisa que viesse em sua direção.

Depois de deixar o escritório da mãe, Eric fora direto até Vanni e Gabriella para contar-lhes tudo — por que ele foi amaldiçoado, que seu verdadeiro amor tinha uma voz tão pura quanto sua alma e que sua mãe havia escondido tudo. Explicar os detalhes ajudou Eric a aceitar a situação toda, e seus amigos concordaram em acompanhá-lo nessa jornada.

Grimsby fora mais difícil de convencer. Eric sabia que, definitivamente, não poderia dizer a seu conselheiro que queria caçar uma bruxa. O homem iria acorrentá-lo à sua mesa. Então, Eric contou a Grimsby o que sua mãe havia revelado sobre a linguagem da maldição e disse que queria encontrar a Ilha de Serein para aprender mais sobre a bruxa responsável, na esperança de reverter seu feitiço sem a necessidade de um beijo. Ainda assim, Grimsby protestou, mas acabou cedendo. Eric em breve seria rei e não teria tempo para procurar respostas; se houvesse

Linsey Miller

uma chance de descobrir como quebrar sua maldição agora, tudo seria mais fácil.

— Estou lhe dizendo, é um mar deserto. Já estive lá antes e não tem ilha — afirmou Gabriella, prendendo os cabelos no alto para dormir. Eric, Vanni e Gabriella preparavam-se para descansar nas acomodações do capitão. Era um pequeno aposento com paredes forradas de vários mapas e ocupada quase inteiramente por uma cama, uma mesa e cadeiras.

Era a primeira vez que Gabriella fazia uma expedição ao mar como capitã — e ver sua cara quando ele lhe ofereceu o cargo não tinha preço. Ela era a escolha óbvia; já sabia sobre a maldição de Eric, então, ele não teria que mentir para sua capitã. A tripulação estava informada de que a jornada tinha algo a ver com o desaparecimento da Rainha Eleanora, mas que os detalhes da viagem deveriam ser mantidos em segredo.

— Essas águas não são um mistério. Se houvesse uma grande área cercada por tempestades, saberíamos.

— Minha mãe não as teria assinalado se não tivessem nada de extraordinário — Eric insistiu.

Durante os primeiros dias no mar, Eric não teve muito tempo para falar com seus amigos. Estavam ocupados trabalhando no navio enquanto ele mesmo, por sua vez, lutava para manter alimentado e hidratado um Grimsby acometido por enjoos. Felizmente, o conselheiro tinha se retirado para seus aposentos no início da noite, dando ao trio algum tempo para conversar.

Eric e Gabriella haviam se debruçado sobre os mapas e as anotações da rainha durante o dia anterior à partida, e, a partir deles, tinham deduzido a rota da última viagem dela. Decidiram navegar até a última localização conhecida de seu navio e procurar a ilha de lá.

— É uma bruxa. Duvido que ela simplesmente deixe as pessoas navegarem até seu covil. Aposto que tem alguma armadilha — disse Vanni, ainda lendo uma das anotações da mãe de Eric. Ele abriu a boca de indignação e largou os papéis. — Diz aqui que ela prendeu um

Príncipe do Mar

homem-peixe do povo do mar em um dique por ter se recusado a fazer um trato com ela e deixou que os humanos o mantivessem como um animal de estimação!

Eric assentiu.

— Mesquinho e cruel — murmurou Vanni. — Se tudo isso for verdade, ela vem torturando e matando pessoas há décadas.

— É por isso que, se a encontrarmos, perder a batalha não é uma opção — disse Eric, tapando a boca com a mão ao bocejar. — É estranho que ninguém tenha ouvido falar da Maré de Sangue.

Eles haviam planejado seguir o mapa de sua mãe aonde quer que ele os levasse e deixar para se preocuparem com a Maré de Sangue mais tarde, mas aquilo não lhe saía da cabeça.

— Ok, agora me escutem — chamou Vanni, erguendo as mãos. — Em vez de procurar por uma ilha misteriosa, fazemos uma competição de canto e dizemos a todos que a vencedora será sua esposa. Fim da maldição!

Eric olhou feio para ele, e Vanni deu de ombros. Talvez contar *tudo* aos amigos tivesse sido um erro.

— O que foi? Estamos cavalgando rumo ao desconhecido em busca de uma bruxa poderosa. Deixe-me encontrar alegria nas pequenas coisas.

— Encontrar meu verdadeiro amor pode ficar para depois de lidarmos com a bruxa. Minha mãe deixou claro que isso era o mais importante — disse Eric, suspirando. Ele delineou uma área em um dos mapas e sentou-se na cama ao lado de Vanni. — Sempre quis ser o herói de uma história, mas pensei que seria uma comédia, não uma tragédia.

— Como se combate uma bruxa? — Gabriella questionou, caindo de costas na cama.

— Acho que teremos apenas uma única chance. Mas a bruxa não é imortal. As histórias mencionariam isso se fosse, e elas só vão até certo ponto — ponderou Eric. Ele engoliu em seco e esfregou as mãos. — Falando nela, vocês dois, na verdade, nem precisam ficar cara a cara com a bruxa do mar ou lidar com ela. Somente eu devo enfrentá-la, então...

Ele parou de falar de repente. Sem dizer uma palavra, Gabriella estava tirando um saquinho do bolso e atirando para Vanni cinco pequenas moedas. Ele as pegou e piscou para Eric.

— Eu sabia que você iria tentar bancar o nobre príncipe nessa questão — explicou ele. — Não precisamos que você seja nosso salvador.

— Você vai ter que nos aturar. — Gabriella cutucou Eric com o pé. — Se acha que vamos deixar você caçar uma bruxa sozinho, eu me sinto insultada. Deveria ter mais confiança em nós.

E, como um soco bem encaixado, o comentário o atingiu bem no ponto nevrálgico de seu medo.

— Tudo bem — consentiu Eric. — Não vou bancar o herói se vocês dois também não o fizerem.

— Aliás — lembrou Gabriella —, você já descobriu onde a Ilha de Serein pode estar exatamente localizada além de "a noroeste"?

— Decifrar algumas das anotações de minha mãe é mais difícil do que manter Max longe dos gatos do navio — disse Eric. Max estava dormindo debaixo da mesa naquele momento, exausto por perseguir gatos para cima e para baixo no convés. — Conheço muitas histórias: o dragão do rio ao sul, o Vale dos Sete Mortos, Cila e Caríbdis, o homem do saco, o Nain de Sait... mas nunca ouvi falar da Ilha de Serein.

Reais ou não, Eric se agarrara a histórias quando criança. Lugares distantes, pessoas novas e vidas emocionantes tão diferentes da sua. Os destemidos príncipes dessas histórias eram seguros de si e sempre "salvavam a pátria". Eram o que as pessoas esperavam quando olhavam para Eric.

— Mas quantos idiomas você conhece? — Vanni perguntou.

— Vários — respondeu Eric, sem titubear. — O que acham que fiquei fazendo durante minha infância?

— Contando seu dinheiro? — Gabriella deu de ombros. — Pensei nisso muitas vezes enquanto puxava as redes da água e os peixes estapeavam minha cara. "Aquele Eric. Aposto que já está nos cinco mil vali a esta altura."

Príncipe do Mar

— Ora, por favor — Eric murmurou. — Eu conto muito mais rápido do que isso.

Ele tirou a flauta do bolso da camisa e a girou no ar como uma baliza. Lendas, como do povo do mar ou das estriges, eram bastante comuns, e a maioria das superstições baseava-se em fatos. Como tributo ao Rei Tritão, Gabriella derramou o conteúdo de uma garrafa inteira de vinho no mar antes de deixarem a baía, e o céu esteve limpo desde então. Aquelas eram as histórias mais antigas ao longo da costa — um rei imortal, com pele azul como o mar e cabelos verdes como as algas sob as ondas, que vivia em um palácio dourado e soprava uma concha mágica para acalmar o clima. Ou, se ofendido por marinheiros, para invocar tempestades e redemoinhos.

— Há muitas ilhas misteriosas na História — falou Gabriella. — Gosto daquela supostamente em Sait, segundo os rumores, cercada por água tão cristalina que o fundo do mar se assemelha a campos e você pode colher peixes das ondas como laranjas de uma árvore. Dizem que o povo do mar cuida deles como se fossem jardins.

— E que eles falam com animais também. — Vanni riu.

— Nenhuma dessas histórias nos ajuda a encontrar Serein, no entanto — constatou Eric.

— Então, pense com calma no assunto e tome uma decisão com a cabeça fresca depois de descansar. — Gabriella rolou e puxou o cobertor sobre a cabeça. — Mas no catre. Você pode ficar com a cama amanhã.

— Está certo — disse Eric com uma risada. Acomodou-se no pequeno catre entre a mesa e a cama, cobrindo o rosto com o braço. — Amanhã então, mas...

O barulho dos sinos de alerta do lado de fora interrompeu Eric. Gabriella se levantou, cambaleando ofegante para fora da cama. Vanni e Eric pegaram suas espadas e facas, e Gabriella arrancou o lenço da cabeça. Eric jogou para ela um par de botas, apoiando o ombro contra a porta dos aposentos. Vanni surgiu ao lado dele.

Linsey Miller

— O que você acha que é? — Vanni perguntou.

Os sinos ressoavam tão alto que os dentes de Eric doeram. Ele abriu uma fresta da porta.

— No convés! — gritou um dos tripulantes. — Cortem as cordas deles!

— Adianta pedir para você se esconder? — Gabriella juntou-se a eles na porta e olhou para Eric. — Só estou perguntando para que eu possa dizer a Grimsby que tentei.

Eric balançou a cabeça e espiou pela porta. A luz faiscava nas lâminas, e a água tingia as pranchas do convés de um tom negro pincelado a tinta. Era fácil localizar na penumbra as camisas listradas das cinco dúzias de tripulantes do *Rolinha-do-Senegal*, e ficou claro que eles estavam em menor número. Os piratas iam escalando as laterais do navio mais rápido do que as cordas poderiam ser cortadas e dominando qualquer um em seu caminho.

Um corpulento pirata passou diante da porta. Eric a abriu com força, derrubando-o no convés, e rapidamente tirou dele duas facas e uma pistola.

— Sem balas — constatou Eric, jogando a arma de lado. — Vamos torcer para que todos eles estejam sem munição.

Gabriella sobressaltou-se e passou o pé pelos tornozelos de Eric. Ele caiu, aterrissando com força sobre os joelhos. Uma lâmina assobiou logo acima de sua cabeça, arrancando alguns fios de cabelo, e Eric atirou uma faca em seu agressor. Acertou-o na coxa, fazendo-o cambalear. Gabriella mergulhou atrás dele e plantou um pé em suas costas. Ela o chutou contra o balaústre da popa. Eric saltou e agarrou os tornozelos do pirata, derrubando-o por cima da amurada. Gabriella correu para ajudar Vanni a lutar contra uma mulher com um machado.

Uma corda havia sido amarrada na amurada, e Eric cortou-a com sua espada. Ela caiu na água com estardalhaço. Imprecações ecoaram da escuridão lá embaixo.

Príncipe do Mar

Um passo estalou atrás de Eric. Ele se esquivou e a lâmina de uma espada curta perfurou o corrimão onde ele estivera. Ficou presa na madeira, o pirata que segurava o punho da arma soltou um palavrão, e Eric o golpeou na têmpora com o punho da própria espada. O homem caiu de lado, gemendo. Eric entrou na refrega.

Devia haver cerca de oitenta piratas no convés, aglomerando-se no navio, de modo que cada passo resultava em cotoveladas e os desvios de golpes eram por muito pouco. Eric avançou ao longo do balaústre da popa e cortou o máximo de cordas e escadas que pôde. Se mais alguém subisse a bordo, eles perderiam com certeza. Uma pirata se virou enquanto ele cortava uma última corda. Ela investiu contra o príncipe com uma adaga.

Eric evitou o golpe com um movimento de sua espada diante do peito. Ela o atacou com um bastão pesado, e Eric se moveu para bloqueá-lo sem pestanejar. Seus pés pareciam deslizar por conta própria enquanto uma intensa calma se apoderou dele. Ele aparou seu próximo ataque.

Um borrão amarelo passou em disparada e colidiu com a pirata, caindo em um emaranhado de membros.

— Vanni! — Eric gritou, mas outro pirata se lançou contra o príncipe. O adversário o forçou a se afastar de Vanni e Eric evitou seus ataques. Desarmou o pirata com um giro de sua faca e o derrubou com uma rasteira.

Gabriella ajudou Eric a jogar o pirata pela amurada do navio. Vanni dominara sua oponente, que jazia de bruços, e a imobilizava com um joelho em suas costas, mas outra pirata o avistou. Ela se lançou contra Vanni com uma barra de metal.

— Vanni! — Eric gritou. — Esquerda.

Vanni mergulhou para a esquerda. A pirata agressora tropeçou em sua companheira, caindo no convés. Vanni arrancou seus punhos.

— Isso é mais fácil do que na areia — disse Vanni, sem fôlego.

Eric riu, bufando, enquanto aparava um golpe de faca. Captou um borrão vermelho pelo canto do olho e girou. Ele lutava por instinto enquanto observava a contenda na proa do navio.

Grimsby lutava com uma espada de lâmina larga e de um só gume. Ele se movia mais rápido do que Eric jamais tinha visto, manejando a espada de uma mão em ataques rápidos e mortais. Seu oponente era ume pirata alte, de pele branca, com uma longa casaca vermelha e um largo chapéu igualmente vermelho, e se movia com a mesma leveza de Grimsby. Uma couraça de metal escuro sob a casaca bloqueou um golpe de Grimsby, e uma pena de falcão balançou quando elu pulou para trás. Lutava como a mãe de Eric costumava fazer, empunhando uma longa espada com uma mão e descansando a outra mão enluvada no meio da lâmina. Elu atacou o lado esquerdo de Grimsby, que cambaleou para longe. Le pirata de casaca vermelha sorriu.

E, mesmo ao pálido luar, Eric reconheceu aquelu pirata.

— Rendam-se. Estão em desvantagem numérica — disse le capitane Sauer, ume dentre os piratas mais antigos e ativos dos mares. — Em termos de pessoas, não anos, é claro.

As tábuas rangeram atrás de Eric. Ele girou, elevando a espada para proteger suas costelas. A pirata que o atacou não era mais velha que ele. Como aquelu que pelejava com Grimsby, ela usava uma pena presa ao chapéu de palha e uma couraça sob o casaco. A luz das estrelas brilhou profundamente em seus olhos negros quando ela investiu outra vez. Eric evitou o golpe de seu cajado.

O príncipe olhou ao redor — a maioria dos piratas usava bastões e cajados em vez de lâminas. A exceção era Sauer, que estava lutando de verdade, e isso porque Grimsby era mais cruel do que parecia.

A garota era rápida, muito mais rápida do que Eric. Cada ataque veio mais rápido que o anterior, até que os calcanhares de Eric bateram em um barril. Ela o atingiu na têmpora.

Eric tropeçou. Gabriella surgiu correndo de trás dele e desviou o ataque da garota, que caiu para trás.

— Nora — Sauer gritou. — Pare de brincar.

Príncipe do Mar

A garota, Nora, revirou os olhos e investiu. Gabriella se esquivou, olhando para Eric.

— Você está vivo? — perguntou ao amigo.

Ele assentiu e balançou a cabeça dolorida.

— Só atordoado.

O barulho de seus dentes ainda ecoava em seus ouvidos. Ele não queria nem ver como seria aquela garota lutando com uma lâmina. Gabriella aparou o próximo ataque lateral de Nora.

Ao redor deles, o *Rolinha-do-Senegal* perdia a luta. Eric forçou-se a ficar de pé.

— Medo de sangue? — Gabriella perguntou à garota.

— Medo do que vem depois — respondeu Nora. — Há coisas mais assustadoras do que você no mar.

Gabriella se lançou para a frente, respondendo a um por um dos ataques da garota.

Ela era cerca de uma cabeça mais alta do que Nora e lhe desferiu um golpe amplo nas pernas. Nora deslizou para trás, com um sorriso nos lábios carnudos, e golpeou o peito de Gabriella. Ela se movia com uma confiança que Gabriella não tinha, passando com facilidade do bloqueio para o ataque.

— Eric! — Gabriella deu dois passos rápidos para trás e estendeu a mão.

Eric jogou sua adaga para ela. Gabriella a pegou sem olhar e partiu para a ofensiva. Eric tentou chegar a Grimsby.

Na proa, Grimsby caiu de joelhos, e le capitane Sauer, ofegante e desarmade, chutou-o de volta. Sauer conseguiu pegar sua espada e se aproximou. Eric sentiu um frio na barriga.

Grimsby mergulhou a mão no casaco. Um tiro soou. Sauer caiu para trás, sangue espirrando na amurada. Elu se firmou, o sangue pingando de sua bochecha esfolada, e cobriu o rosto com a mão. Foi o primeiro tiro que Eric ouviu a noite toda. Saía fumaça do buraco de bala no casaco de Grimsby. O navio inteiro parou.

— Isso — disse Sauer em voz alta — é uma pistola de tiro único e o único erro que permitirei a você.

Grimsby zombou.

— Que magnânimo da sua parte.

— Agora, capitão, onde quer que você esteja... — disse Sauer, pegando Grimsby pelo pescoço e puxando uma faca fina de seu cinturão. A ponta da lâmina espetou a garganta do conselheiro — ... faça com que todos larguem as armas e se ajoelhem, ou eu o matarei.

Uma linha fina de sangue escorreu ao longo da faca.

Eric deu um passo à frente, e a cabeça de Grimsby virou para ele. Mesmo no escuro, Eric podia sentir o olhar de Grimsby nele.

Não se atreva a chamar a atenção para si mesmo, parecia dizer. *Você é o príncipe, não uma distração.*

Eric engoliu em seco, o coração palpitando na garganta.

— Você evitou derramar sangue até agora.

Sauer virou-se para ele.

— E é tarde demais para isso agora, não é?

A ponta da lâmina pressionou a traqueia de Grimsby e Gabriella assentiu.

— Todos vocês ouviram — avisou Gabriella. — Abaixem as armas e ajoelhem-se.

Em pouco tempo, o grupo de Sauer os amarrou em pequenas fileiras organizadas entre os mastros. Um vergão roxo marcava a bochecha de Vanni, e o lábio inferior de Gabriella estava arrebentado. Nem uma única pessoa morrera, mas a tripulação também não havia saído ilesa. Grimsby era o pior, respirando com mais dificuldade do que nos verões de Vellona e sangrando, mas ainda mantinha os olhos em Sauer. Le pirata estava parade na proa e sinalizava com uma lanterna para um

Príncipe do Mar

navio distante na escuridão. Elu nem tivera tempo de fazer um curativo no ferimento.

— Recolher! — Nora ordenou, a pele intensamente negra assumindo um tom cinzento à luz da lanterna enquanto corria para cima e para baixo no navio. A tensão mantinha seus ombros retos. — Sangue na água, o que significa que temos cinco minutos. Quem não estiver nos barcos até lá, estará por conta própria.

Eric pensou que estavam tentando não matar ninguém, mas não era o que parecia.

— O que acontece quando o sangue entra na água? — Eric perguntou a um pirata próximo, mas ele o ignorou.

Grimsby jogou seu relógio de bolso no oceano em vez de entregá-lo, tendo a audácia de encarar Eric o tempo todo, e Sauer revirou os olhos. Nora tentou pegar a espada de Gabriella, mas ela havia enrolado a corda que prendia suas mãos no punho da arma.

— Orgulhosa de si mesma? — Nora perguntou. — Que pena. Uma espada como essa merece uma boa espadachim.

Gabriella, completamente à sua mercê, revirou os olhos e respondeu:

— É por isso que é tão apegada a mim.

Os lábios de Nora se contraíram. Ela revirou os bolsos de Gabriella, não encontrando nada, e puxou um lenço de seda do próprio casaco. Gentilmente, colocou o lenço verde sobre o cabelo de Gabriella e amarrou-o atrás do pescoço. Nora deu um tapinha em sua bochecha.

— Caso chova — a pirata disse com uma piscadela que fez Gabriella engolir em seco. — Não posso deixar você aqui ao relento para enferrujar com sua espada.

— Pelo amor de Tritão, Nora — Sauer murmurou enquanto passava. — Pare de flertar. Isso é um saque.

— Por que está com pressa? — questionou Eric, deixando Sauer levar os poucos vali que tinha consigo. Já que não havia mais a ameaça de

Linsey Miller

morte por parte dos piratas, o pânico de Eric havia desaparecido. — O que há de tão assustador no mar além de você, Sauer?

Elu parou diante de Eric, com a cabeça inclinada, de modo que o chapéu lhe cobria metade do rosto, e sorriu.

— Não muito, mas nada que eu queira encontrar esta noite.

— Você vai descobrir logo — respondeu Nora. — A Maré de Sangue está chegando.

— O quê? — Eric sentiu frio e calor ao mesmo tempo, a pele formigando de desconforto. — Você sabe o que a Maré...

Sauer enfiou uma luva perdida na boca do rapaz.

— Chega de conversa.

— Solte-o! — A voz de Grimsby falhou do outro lado de Vanni. — Não importa o quanto você nos maltrate...

— O que não tenho intenção de fazer — disse Sauer.

— Ou o quanto você roube — Grimsby ignorou Sauer e continuou —, você não será capaz de escapar da justiça, covarde.

— Ouça aqui, seu vermezinho que criou pernas — advertiu Sauer, contornando Grimsby. — Você está preso, infelizmente não está amordaçado e está a instantes de ter um encontro com monstros aos quais a maioria não sobrevive para contar. Poderíamos deixá-los aqui à mercê deles, mas, em vez disso, estamos arriscando nossa própria pele para garantir a vida de vocês. E daí se eu amordaçar um garoto e pegar seu ouro? O que você vai fazer?

Grimsby abriu a boca de novo, e Vanni o chutou.

— Achei que estávamos com pressa — Nora resmungou.

Sauer fez-lhe um gesto para que se calasse.

A maioria dos piratas já havia deixado o convés e remava de volta ao navio de Sauer. Uma névoa pálida varreu o mar com rapidez anormal, engolindo os barcos e a lanterna do navio de Sauer. Nora praguejou.

— Todo mundo para fora agora — ela gritou.

— Espere — disse Eric, cuspindo a luva. — Que monstros? O que é a Maré de Sangue?

Príncipe do Mar

— O pior tipo de monstro — ela respondeu, torcendo um de seus dreads para a frente e para trás. Seu olhar não despregava do horizonte. — Aquele que você mais ama.

Eric sentou-se sobre os calcanhares.

— O quê?

Sussurros se elevaram pelo convés. A cabeça de Sauer se ergueu, olhando para todos os lados no escuro. Eric seguiu o seu olhar, mas não viu nada. Nora espiou por cima da borda do navio.

— Sauer — ela chamou —, você está pronte?

Ninguém estava olhando para Sauer. Pior, o sussurro era mais alto agora, mas ninguém movia a boca. A tripulação do *Rolinha-do-Senegal* vasculhava o horizonte nervosamente, testando as cordas que os amarravam. Vanni olhou para a névoa, como se nunca tivesse visto nada parecido.

— Eric? — uma voz chamou do outro lado do navio, e o príncipe se virou para ela, mas ninguém estava olhando para ele.

Lágrimas rolaram pelo rosto de Vanni, e Gabriella tentou desamarrar a corda em volta de suas mãos com os dentes.

— Gab...

— Cale a boca — sibilou Gabriella, espiando por cima da água. — Eu não consigo ouvi-la.

— Quem? — perguntou Eric. Ele bateu as botas contra o convés. — Sauer, volte aqui! O que é isso?

Gabriella se lançou para a borda do navio, cordas e pele esfarrapadas por seus dentes e suas unhas. Uma enorme dor transparecia em seu olhar vidrado, e ela sufocou um soluço. Ela uivou um nome que Eric raramente a ouvia mencionar.

— Mila!

5
Canto de sereia

NORA EMPURROU Gabriella de volta à fileira com os outros. As pessoas que estavam amarradas com ela foram puxadas para a frente e para trás. Gabriella mordeu novamente as cordas que prendiam suas mãos, e outros marinheiros de cima a baixo do navio começaram a gritar e puxar as cordas. Nora pôs-se a amarrar Gabriella de forma mais segura contra o mastro, olhando por cima do ombro para o horizonte escuro o tempo todo. Eric usou a folga em sua fileira para rastejar para perto de Gabriella.

— Mila não pode estar aqui — disse ele, mas Gabriella não o ouviu. Seus olhos lacrimejantes percorreram o navio. As unhas rasgavam seus braços amarrados. Eric se esticou até poder colocar uma perna sobre os braços dela para detê-la. — Vanni, ajude...

— Não vai funcionar — interrompeu Sauer, parando acima de Eric. — Volte para o seu lugar. Nora vai apertar as cordas e, com alguma sorte, todos sairemos daqui vivos.

Gabriella empurrou a perna de Eric para longe.

— Azar o seu, capitã — disse Nora, e deu um tapinha no ombro de Gabriella enquanto passava, mas ela apenas continuou trabalhando para soltar suas cordas.

Linsey Miller

Vanni também estava se debatendo agora, resmungando baixinho e lutando contra as cordas. Sauer apertou as amarras de Vanni e rapidamente checou o restante da fileira. Nora andava de um lado para o outro no convés, colocando algo nas mãos de cada pirata. Eles enfiaram o que quer que fosse aquilo em seus ouvidos.

— Eric?

Ele se virou, mas atrás dele estavam apenas membros da tripulação se contorcendo.

— Sauer! — Eric ficou de joelhos e implorou: — Por favor, o que está acontecendo?

Alguém gritou na névoa, mas Eric não conseguiu decifrar o que estava dizendo. A alguns passos de distância, Grimsby ficou de joelhos para poder ver o oceano e ergueu a mão como se estivesse acenando. Sauer estalou a língua.

— A Maré de Sangue é um conto antigo — respondeu Sauer, sentando-se no convés diante de Eric. Elu rolava uma pequena bola de cera nas mãos. — Sempre houve rumores de navios-fantasmas, mas este navio-fantasma não é nada parecido com o que dizem. Vellona está mais ao sul da rota que ele normalmente segue. Depois que alguém reconhece que os fantasmas estão lá, eles o prendem e o forçam a fazer um acordo com eles. Costumavam apenas oferecer. Agora não se tem escolha.

Uma comichão ardia na nuca de Eric, sob sua pele, e além de qualquer parte que ele pudesse coçar. Precisava se mover, virar-se e ver o que estava vindo. Ele fez menção de se virar.

— Não. — Nora pôs a mão na cabeça de Eric. — Quando eles chamam por você, se responder, eles podem controlá-lo. Quando aparecem, se os olhar, eles podem controlá-lo. Quando acenam para você, se acenar de volta, eles podem controlá-lo. Qualquer resposta é suficiente para que o encantamento deles tome conta. Cubra os olhos quando fizermos isso e não responda aos chamados. Isso vai atrasá-los.

Príncipe do Mar

— A Maré de Sangue é o que vem para os desesperados. — Sauer dividiu a cera em dois pedaços e tirou o chapéu. — Quando o sangue se derrama nas ondas e o desespero paira no ar, surge o navio-fantasma. Ele não navega. Apenas chega em um banco de neblina, não importa onde esteja. A Maré de Sangue leva os fantasmas até você.

Angelina estava certa: havia um navio-fantasma nas águas de Vellona.

— Os espectros oferecem tudo o que você mais deseja no mundo — disse Nora, sentada ao lado de Sauer. — Se aceitar e for com eles, nunca mais será visto. Se tivermos sorte, ficarão entediados e irão embora em uma hora.

A comichão na nuca piorou e Eric se mexeu. O rangido de madeira velha encheu o ar. Um cheiro de umidade e podridão tomou conta do navio.

— Por favor — implorou ele, esfregando o rosto contra o ombro. — Eu estive procurando por este lugar e a Maré de Sangue...

— Está aqui. — Sauer pressionou a cera em seus ouvidos. — Olhe para suas mãos.

Eric olhou para baixo. Seus dedos estavam tentando romper a corda, deixando longos arranhões em sua pele. Eric recuou, horrorizado por não ter notado, e enfiou as mãos entre os joelhos. Na fileira, Vanni acenou com a cabeça para algo, alguém, no meio do nevoeiro. Nora pressionou a cera nos ouvidos.

— Mas o que é...

Alguém chamou o nome de Eric por baixo da amurada, onde a água encontrava a madeira. A névoa se esgueirou sobre o convés, capturando a luz das lanternas e brilhando em um tom de amarelo pálido. Eric pressionou os joelhos juntos, prendendo as mãos, mas a profunda necessidade de se libertar permaneceu. Um velho navio emergiu da noite encharcada de neblina, suas pranchas negras como nanquim e suas velas esfarrapadas balançavam no ar morto. Movia--se como se flutuasse acima das ondas, e uma lasca de lua pendia da escuridão salpicada de estrelas acima de seu mastro estilhaçado. Uma forma fantasmagórica com cabelo preto despenteado pelo vento e olhos da cor do céu estava na proa.

— Mãe? — Eric sussurrou.

Uma calma que não sentia há dois anos tomou conta dele. Ela estava ali. Estava viva.

Eric agarrou a corda ao redor de seu punho esquerdo. Arranhou e machucou a pele. Sua mãe estava lá, a apenas alguns minutos de distância, bastava que ajustassem as velas, e ninguém estava fazendo nada. Ele poderia falar com ela novamente, abraçá-la e ouvi-la reclamar sobre como ela deveria ser a responsável, e guardar na memória as pequenas coisas que ele nunca pensou que precisaria saber. Sua voz, sua risada, as pequenas ruguinhas de riso nos cantos dos olhos. Ele atacou os nós em torno dos punhos com os dentes. Precisava de uma espada.

Não importava o que Eleanora queria. Contanto que ele pudesse falar com ela agora, sobre sua maldição, a coroação, absolutamente qualquer coisa, daria tudo por isso.

— Posso ouvir você. Onde está? — Gabriella puxou suas cordas, espada batendo contra a perna. — Mila!

O grito agudo da amiga chamou a atenção de Eric. O príncipe se apressou na direção dela e se esforçou, até que suas juntas doeram. Ele agarrou seu tornozelo, puxando-a para perto o suficiente para usar a espada presa em seu nó. A espada cortou metade de sua corda, já com as bordas desgastadas, e Eric desfez o restante com os dentes. Ele precisava virar o navio e fazer sua mãe subir pelo costado. Do jeito que estavam, ele nunca seria capaz de alcançá-la. Suas cordas caíram.

— Espere! — ele gritou, correndo para o timão. Estava vagamente ciente de Sauer e Nora fazendo menção de detê-lo, mas foram muito lentos.

Sua mãe riu e disse:

— Não se apresse, querido.

Ele faria qualquer coisa para que ela ficasse. Ela só precisava pedir, e ele lhe daria.

Príncipe do Mar

O *Rolinha-do-Senegal* e o fantasmagórico navio passaram um pelo outro, proa a proa. Eric disparou para a amurada, estendendo a mão até que pudesse tocar a figura de proa. Estava com uma crosta de sal e se desfez sob seus dedos. Uma farpa entrou sob sua unha.

Eric chiou de dor e se encolheu. A fisgada cortou a névoa em sua mente, o pânico substituindo a alegria. Mão agarrada ao peito, ele sussurrou:

— Mãe?

— Eric? — ela chamou de volta.

Sua mãe caminhou até ele. Os passos deixaram um rastro no sal que cobria o velho navio. Ela estava pálida e brilhante, como um véu de gelo sobre vidro. Toda a cor, exceto a dos olhos, havia desaparecido, e ele podia ver o navio através dela. Cada movimento parecia penoso, como se o ar fosse tão denso quanto o mar, e ela arrastava sua comprida espada ao longo das tábuas em um arranhar ruidoso. Parou na amurada do outro navio.

— Eric, venha aqui — ela disse, e as palavras foram o som mais gentil que o rapaz já tinha ouvido. Por que ele se sentia preocupado? Ela estava de volta.

Grimsby passou por Eric e se jogou por cima do corrimão. Eric o agarrou por reflexo.

— Garcin! — Grimsby gritou. — O penhasco! O penhasco! Cuidado com as rochas!

Uma lembrança surgiu no fundo da mente de Eric. Sua mãe conhecera um Garcin e raramente falava dele. Era um soldado da mesma pequena cidade de Grimsby.

— Grim — Eric chamou, a garganta em carne viva. Estaria gritando? — Ele está morto.

Como Eleanora.

— Nada disso é real — concluiu Eric, apertando Grimsby com mais força. — Esta não é minha mãe.

Linsey Miller

Ao dizer isso, o estranho puxão em sua nuca, incitando-o a olhar para a mãe, diminuiu. Ele estava certo. Aquilo não era real. Era um truque. O navio-fantasma.

A Maré de Sangue!

Eric percorreu com os olhos o *Rolinha-do-Senegal*: Max, trancado nos aposentos da capitã, arranhava e uivava na porta; Vanni mastigava as cordas em volta de seus punhos; e Gabriella soluçava o nome de Mila tão baixinho que o coração de Eric se partiu.

— Eric? Querido? — a réplica de sua mãe perguntou. Aquela Eleanora tinha uma voz melodiosa, mas, em suas recordações, a voz da mãe era mais rouca. O azul de seus olhos era muito claro. A cicatriz sob seu olho havia desaparecido. — Sei onde fica a Ilha de Serein e posso levá-lo até lá.

Ela não estava sozinha no navio. Dezenas e mais dezenas de fantasmas lotavam o convés, as formas pálidas se sobrepondo até que a proa se tornasse uma sólida parede cinzenta. Eles se esticavam por cima da amurada chamando com os dedos e gritavam nomes e promessas que soavam desprovidas de emoção para Eric. Ele olhou para a mãe, e ela lhe ofereceu a localização da Ilha novamente. O príncipe balançou a cabeça e voltou-se para as demais pessoas no *Rolinha-do-Senegal*. Sauer e os piratas estavam completamente encolhidos no convés. Nora balançava para a frente e para trás, as mãos tremendo contra o rosto.

— Querido?

A mãe de Eric nunca o chamara assim.

— Você não é ela — ele disparou, lutando contra o cansaço em sua cabeça. Era como se a névoa que carregava o navio tivesse deslizado em sua mente e entorpecido seus sentidos. A farpa, Grimsby e os uivos de Max haviam enfraquecido o poder do fantasma sobre ele. Sua voz foi a gota d'água. — Você não é Eleanora de Vellona. Você não é minha mãe.

Eric puxou Grimsby para trás da amurada e amarrou-o ao navio.

— Grim — disse Eric. — Garcin não é real. Nada disso é real. É um truque.

Príncipe do Mar

Mas Grimsby não podia ouvi-lo.

— Mamãe! — A garota pirata Nora rastejou até ficar de pé. Um pedaço de cera havia caído de seu ouvido e seu olhar estava grudado em um dos fantasmas do navio.

Ela escorregou por entre os dedos de Sauer, e elu se lançou sobre Nora com os olhos arregalados de pânico. Ela se debruçou na amurada, mas Eric correu e a agarrou pela cintura. O rapaz se jogou para trás e os dois bateram no convés. Os cotovelos de Nora aterrissaram sobre a barriga de Eric, e sua cabeça bateu contra a dele.

— Não é real — ele murmurou, segurando Nora com força, apesar da cabeça dolorida.

Ela gemeu e se afastou dele.

— O que diabos você está...

— Você estava prestes a pular da amurada. — Eric a soltou, e eles se ajudaram mutuamente a se levantar. Ele gesticulou para a cabeça dela. — Um choque quebra o feitiço deles por um tempo.

— Até parece que você entende muito de magia, né? — Nora resmungou, mas pisou forte ao lado da cabeça de um membro da tripulação e viu que era verdade quando ele pareceu sair do transe. — Vai voltar. Demora um pouco, mas, se os fantasmas não pegarem ninguém, vão embora em meia hora.

— Há quanto tempo isso vem acontecendo? — Eric perguntou.

Pelo canto do olho, ele podia ver os espectros rastejando lentamente sobre a amurada. Alguns despencavam na água. Um conseguiu agarrar o *Rolinha-de-Senegal*.

Ela deu de ombros.

— Sauer diz que costumava ser apenas uma história assustadora que os pais contavam aos filhos, mas, alguns anos atrás, os navios começaram a chegar à costa sem tripulação. Dezenas de desaparecidos e nenhuma marca no barco. Velas ainda ajustadas e remos tortos, como se tivessem sido largados no meio da remada.

Linsey Miller

— É isso que acontece com todos os navios que vocês pilham? Nenhum roubo, apenas fantasmas?

— Não, geralmente os roubamos e os deixamos em Riva.

— Vou fingir que não ouvi isso — disse ele, olhando para o restante da tripulação. — Podemos escapar?

Sauer, com os olhos baixos, mas ficando mais enevoados a cada minuto, agarrou a mão de Nora.

— O que há de errado?

— Eles não desistem — contou Nora a Eric. Ela escreveu algo com rapidez na palma da mão de Sauer. — Eles ainda podem pegá-lo, mesmo que não possa ouvi-los nem vê-los. Só leva mais tempo para descobrirem como se comunicar.

— O que podemos fazer para que sumam daqui? — Eric perguntou.

— Não podemos — respondeu Nora.

Um dos piratas no tombadilho pôs-se de pé, sinalizando algo para quem quer que avistara entre os fantasmas, com lágrimas escorrendo pelo rosto. Sauer e Nora saíram correndo para detê-lo, e um dos tripulantes do *Rolinha-do-Senegal* se soltou de suas amarras na proa. Ele chegou à amurada antes que Eric pudesse alcançá-lo, inclinando-se como se fosse ajudar alguém a subir a bordo. Uma mão horripilante estendeu-se por cima da amurada e puxou-o para o mar.

— Eric? — chamou sua mãe. — Volte.

Ele espiou por cima da borda do navio, mas o marinheiro e seu fantasma haviam sumido. Outros espectros rastejavam pela lateral do navio, as mãos grudadas no casco como ventosas. A água do mar passava por eles, e o sal contornava cada silhueta pálida. Eric podia ver através deles as profundezas lá embaixo e recuou, tropeçando em um pirata murmurante. Um fantasma escalou pela lateral do barco e deixou uma poça ao redor de seus pés translúcidos. O príncipe encarou a mãe.

— Você não é real — disse ele.

Príncipe do Mar

— Oh, querido. — A voz dela escorreu sobre ele como areia quente. — Eu poderia ser.

Eric se forçou a desviar o olhar. No centro da embarcação, Gabriella e Vanni haviam descoberto que poderiam se ajudar a escapar. O medo borbulhava no peito de Eric enquanto corria na direção de seus amigos, mas ele riu. O riso escapuliu antes que pudesse detê-lo; a imagem daqueles dois encolhidos como crianças aprendendo a desfazer os nós tornava a coisa toda fantástica e terrível ao mesmo tempo, e Eric segurou Vanni pelo punho. Gabriella nem olhou para seus melhores amigos.

— Por favor — Vanni sussurrou, estendendo a mão para a amurada.

Gabriella disparou na direção de um dos fantasmas e Nora ergueu o braço. A moça trombou com ele na altura do peito e caiu. Nora agarrou-a pelo ombro.

— Caramba, ela é resistente — protestou Nora.

Gabriella gemeu e lutou para ficar de joelhos.

— Levei um coice de um cavalo?

— Não exatamente — disse Eric.

Vanni tentou se livrar do amigo que a segurava.

— Me solte! Ele está bem ali!

— Não podemos sair por aí batendo em todo mundo para acordá-los — concluiu Eric, passando um braço em volta dos ombros de Vanni. — Será que as pessoas deixadas no navio poderiam ajudar?

— Não sem chegar perto o suficiente para ficarem enfeitiçadas também — falou Nora.

Eric tateou os bolsos em busca de algo útil. Tudo o que encontrou foi sua flauta e um punhado de balas de alcaçuz cobertas de fiapos.

— Melhor do que nada — ele murmurou, puxando a flauta com uma das mãos. — Desculpe, Vanni.

Eric soprou uma nota aguda perto do ouvido de Vanni, que estremeceu e se afastou, e o som cortou os gritos e as súplicas no navio. Até os fantasmas se aquietaram.

Linsey Miller

— Para que foi isso? — Vanni bateu com a mão na orelha e se afastou de Eric.

Gabriella o agarrou.

— Cale-se.

Os cinco que estavam acordados congelaram. Os fantasmas, deslizando sobre a amurada, observavam Eric com fascinação em seus olhos vazios. Ele olhou para os outros, e nenhum deles lhe deu qualquer indicação sobre o que fazer. Lentamente, Eric levou a flauta de volta aos lábios e tocou uma música simples que aprendera no castelo de proa de um velho navio de Vellona. Ele sequer conseguia se lembrar da letra, apenas das notas e da maneira como sua mãe supervisionava tudo por cima das cabeças da tripulação. O fantasma dela estremeceu e sumiu de vista. Eric parou.

O espectro de Eleanora reapareceu a apenas dois passos dele, com as mãos estendidas e a boca aberta em um grito mudo. O rapaz cambaleou para trás.

— Eric — falou Gabriella —, continue tocando.

Ele obedeceu e se levantou, a melodia soando trêmula. As notas flutuaram pelo convés, vibrantes e límpidas no ar frio da noite, e todos os fantasmas avançaram no mesmo ritmo em direção a Eric. Ele recuou e tocou uma música, mais suave e lentamente. Eles o seguiram.

Sauer e Nora tiveram uma conversa que o príncipe não conseguiu ouvir, e Nora gesticulou para um dos piratas que mal se libertara do feitiço dos fantasmas. Agora que estavam seguindo Eric, os outros iam acordando. O pirata começou a cantar, e os fantasmas foram atrás dele. Eric deixou sua música morrer e foi se juntar a Sauer no tombadilho. Grimsby estava encostado no mastro.

— Você está vivo, Grim? — Eric perguntou.

— Com essa dor de cabeça, devo estar — resmungou o homem.

Eric deu um tapinha em seu ombro ao passar.

— Nunca vimos algo assim antes — confidenciou Sauer. — Isso é útil.

Príncipe do Mar

— Não posso culpar ninguém por não tentar — respondeu Nora. — Quem esperaria que isso funcionasse?

Eric olhou para a flauta em suas mãos e disse:

— É útil e, quer saber, Sauer, vou fazer um acordo com você.

Os olhos castanhos de Sauer se estreitaram.

— Você?

— Sou o príncipe Eric de Vellona.

Nora murmurou:

— Droga.

Como o futuro rei de Vellona, Eric poderia fazer quase tudo. A pirataria já acarretava uma grande penalidade, mas atacar o príncipe faria com que todos os membros da tripulação de Sauer fossem enforcados.

— Você não sabia como distraí-los ou acabar com o feitiço deles — disse Eric. — Agora sabe. Você está em dívida comigo.

Grimsby, como se sentisse que Eric estava fazendo algo de que não gostaria, cambaleou até eles.

— E o que você quer em troca? — Sauer estalou os dentes. — Vossa Alteza?

— Mais informações sobre a Maré de Sangue. Estou procurando um lugar chamado Ilha de Serein, e a Maré de Sangue foi mencionada com ele. Quero que me ajude a descobrir como ambas as coisas estão conecta-das para que eu possa encontrar a Ilha. — Eric ignorou o ar de escárnio de Grimsby. — E, com alguma sorte, depois disso, esses fantasmas serão a próxima coisa de que cuidarei.

Se os espectros tinham vindo com a Maré de Sangue e a Maré de Sangue estava relacionada a Serein, era provável que a bruxa estivesse por trás daquele horror também.

Sauer relanceou a vista pelo navio, o olhar demorando-se nos fantasmas.

— Eu não sabia que Vellona tinha dinheiro suficiente para sair por aí distribuindo-o de maneira tão frívola.

Linsey Miller

— Ah, não estou oferecendo dinheiro em troca — explicou Eric. — Estou oferecendo um perdão à sua tripulação, exceto qualquer crime drástico, é claro.

Eles poderiam navegar pelas águas de Vellona sem medo de serem presos.

— Você perdoaria piratas? — Nora perguntou.

— Coisas mais estranhas aconteceram. — Eric gesticulava ao redor deles. — Você precisará levar os fantasmas para longe de nós para que possamos escapar. Claro, alguém de sua tripulação terá que viajar conosco para garantir que você volte para Cloud Break Bay e me ajude a encontrar a Ilha.

— Eu vou — propôs Nora.

Eric assentiu.

— Vamos para lá imediatamente, e você pode nos encontrar assim que escapar deles também.

Sauer soltou o ar por entre os dentes cerrados.

— Você a está tomando como refém.

— Você dificilmente está em posição de argumentar — disse Grimsby.

— Estou e muito — retrucou Sauer. — Vocês ainda estão em desvantagem numérica.

— Pare com isso. — Nora pôs a mão no braço de Sauer e assentiu para Eric. — Eu irei com você. Tenho algumas histórias sobre a Maré de Sangue e quero esse perdão.

Eric e Sauer apertaram as mãos, e Sauer o puxou para perto.

— Vamos ajudá-lo se chegarmos e ela estiver bem — elu sussurrou.

Eric assentiu.

— Fechado.

6
A Tempestade

SAUER e sua tripulação levaram o navio-fantasma para o norte. No *Rolinha-do-Senegal*, ninguém falou até que a embarcação fantasmagórica estivesse fora de vista e, mesmo assim, foi apenas por sussurros cautelosos. Eric manteve sua flauta na mão, e Gabriella começou a conduzir o navio de volta para Cloud Break. Lá, poderiam reabastecer e entender tudo o que havia acontecido. A maior parte da tripulação estava muito abalada para fazer outra coisa senão executar mecanicamente as ações necessárias para a navegação. Eric não podia esperar mais do que isso, uma vez que haviam visto fantasmas.

E a presença de Nora fazia com que a viagem frustrada parecesse muito menos um fracasso.

— Podemos conversar aqui — disse Eric, estendendo a mão para Nora e apontando para os aposentos da capitã. Grimsby estreitou os olhos e Eric balançou a cabeça.

— Estaremos aqui fora se precisar de nós — falou Vanni com rapidez. — Para qualquer coisa.

Eric assentiu e abriu a porta. Max saiu lá de dentro como uma flecha. Saltou sobre Eric, patas em seus ombros, e lambeu seu rosto. Eric aconchegou Max como um bebê contra seu peito.

— Você acha que o feitiço dos fantasmas funciona em cachorros? — perguntou a Nora. O interior da porta estava muito danificado com marcas de unhas.

Ela se sentou em um canto livre da mesa e apoiou as botas em uma cadeira.

— Não. Eles podem ver os espectros, porém. Os gatos do navio também. Passamos por isso duas vezes e os felinos reagiram em ambas. Os fantasmas não pareceram notá-los.

— Bem, pelo menos já é alguma coisa — concordou Eric. Ele correu os olhos pelos aposentos saqueados. — Obrigado por não roubar meus mapas, acho.

— Parece que um navegador vomitou nas paredes — comentou Nora, hesitante. — Vossa Alteza.

— Com certeza parece — disse ele. — Sei que já disse isso, mas estou procurando um lugar chamado Ilha de Serein. A Maré de Sangue foi mencionada com ele, mas pensei que poderia ser uma metáfora para o amanhecer ou o anoitecer. Pelo que pude saber, a Ilha provavelmente está em um dos locais marcados nestes mapas, cercada por tempestades e relacionada à Maré de Sangue.

Nora se virou para estudar um dos mapas e assobiou.

— Sabe que isso não faz sentido, não sabe?

— Estou ciente. — Ele desabou na cama e deixou Max correr pelo quarto, farejando Nora, até ficar satisfeito o suficiente para se acomodar aos seus pés. — Agora, o que você sabe sobre a Maré de Sangue?

À luz da cabine, era mais fácil examiná-la. A pirata era alta e magra, seus longos cabelos negros caíam em cascata sobre o ombro em dreads. Algumas cicatrizes escuras cruzavam seus braços e os nós dos dedos estavam enfaixados como os de um boxeador. Ela mordiscou uma unha pintada de verde.

— Não muito — contou ela, ainda olhando para os mapas pregados nas paredes. — É uma fábula de Riva. Costumavam contá-la às crianças

Príncipe do Mar

para evitar que nadassem sozinhas no mar. "Uma única gota de sangue derramada nas ondas, e a Maré de Sangue trará a você alguém que lhe oferecerá tudo o que você sempre quis. Mas tem um preço, e você nunca deve aceitar." Uma dessas histórias.

Eric assentiu. Isso não o ajudava muito. Riva era um reino que fazia fronteira com o norte de Vellona, e eles estavam em uma situação igualmente difícil.

— Quem é esse alguém? — ele perguntou. — Uma bruxa?

Nora deu de ombros e não encontrou seu olhar.

— Talvez. As histórias raramente iam tão longe nos detalhes e, se as crianças perguntassem, eles nos contariam o que parecesse mais assustador na época.

— Então os fantasmas que vimos fazem parte da Maré de Sangue — disse Eric. — Como os fantasmas funcionam?

— O navio deles é real. Nós sabemos disso. Os espectros não são, no entanto. Lutar contra eles é inútil porque não podemos tocá-los, embora eles possam nos tocar. Espadas, bastões, tudo os atravessa. Eles podem subir a bordo de navios e arrastá-lo antes mesmo de você perceber que estão lá. Também podem empunhar armas, e podemos tocar nas armas que eles empunham. Significa que só podemos nos defender. — Nora apontou para uma cicatriz fina ao longo de sua mandíbula. — Então, Sauer estabeleceu uma regra. Nada de sangue. Assim que o sangue atinge a água, a névoa deles os arrasta para onde quer que o sangue esteja.

— E Sauer tem certeza de que é...

A porta arranhada se abriu com um rangido. Vanni e Gabriella entraram no quarto e fecharam-na atrás deles. Vanni sentou-se na cama com Eric e Gabriella ocupou a única outra cadeira. Seus cachos ainda estavam cobertos pelo lenço de Nora e seu lábio havia sido tratado. A bochecha machucada de Vanni ostentava um tom de roxo intenso. Com quatro pessoas, o quarto estava lotado demais.

— Desculpe. — Gabriella ergueu as duas mãos. — Grimsby estava ficando ansioso por você estar aqui sozinho com ela. Ele está bem, a propósito. Com raiva por ter perdido a luta e ter que recorrer à pistola.

— Sim — Nora falou devagar —, estou muito provavelmente assassinando o príncipe que acabou de me perdoar para contar histórias e ser babá dele a caminho de uma ilha.

Eric segurou uma risada e balançou a cabeça.

— Ótimo. Estamos falando da Maré de Sangue. Melhor se souberem algo sobre isso, de qualquer modo.

— Devíamos fazer Max treinar com um carpinteiro — disse Vanni, avaliando a porta arruinada. — Ou mandá-lo para Sait.

— Não o encoraje — murmurou Eric, coçando a cabeça de Max. — Como estão todos?

— Abalados — Gabriella falou com um suspiro —, mas estamos em curso e voltaremos para casa em dois dias. E você?

— Bem, a Maré de Sangue é real e grosseiramente literal. — Eric inclinou a cabeça para Nora. — Um velho conto de Riva.

— Mas por que ela existe? — perguntou Gabriella.

— Não faço ideia — respondeu Nora. A pirata ainda não conseguia encará-la. — Sinto muito. Poderia enviar algumas cartas para as pessoas que ainda conheço em Riva, mas isso é tudo o que sei sobre o assunto.

Ela estava se segurando e, apesar de todo o charme de Eric, ele não sabia como abordá-la. Poderia chamá-la de convidada até ficar com o rosto vermelho, mas isso não a faria confiar nele.

— Podemos conversar mais quando chegarmos à baía — disse o príncipe. Quando estivessem em casa, descobriria o que Nora não estava contando. — Podemos falar sobre outra coisa: vocês encontraram os piratas que têm devastado as costas ocidentais?

A mandíbula dela se contraiu.

— Encontramos.

— Eles estão sendo pagos por Sait? — questionou Eric.

Príncipe do Mar

— Estão sendo mais do que pagos. — Ela riu. — Eles não são piratas. Sait passou alguns anos reunindo todos os piratas que pôde e expulsou-os ou matou-os. Esses que estão atacando são mercenários. Os navios, as armas, as ordens que estão seguindo, tudo isso é de Sait. Sauer ainda não descobriu o que fazer com eles.

— Bem — disse Vanni —, eis um mistério resolvido.

— E você sabe que a Maré de Sangue é real. — Gabriella enxugou o rosto na manga. — Todos nós vimos...

— Coisas diferentes — Eric se apressou em dizer. — Não se preocupe. Ninguém sabe o que você viu. Eu vi minha mãe e acho que eles mostram aquilo que você daria tudo para ter.

— Mas o que são? — perguntou Vanni. — Não podem ser fantasmas. A pessoa que vi não está morta.

— Minha mãe certamente está — falou Eric.

— Por que se dar ao trabalho de nos oferecer um acordo, então? Se querem que cheguemos até eles, deve haver algum objetivo. — Gabriella recostou-se na cadeira e deu um tapinha em um dos mapas. — Sei que dissemos que não era uma corrente, mas e se for neblina?

— Nenhum de nós entende o suficiente de magia para saber o que é a névoa — disse Nora. — Você não morre quando eles o puxam, achamos que não. Você desaparece com eles. Talvez para algum covil. Talvez para o navio deles. Talvez apenas se torne parte da tripulação. Ninguém foi capaz de resistir ou distraí-los por tempo suficiente para descobrir.

Eric cantarolou a música que havia tocado para os fantasmas, uma canção antiga que sua mãe lhe ensinara.

— Agora sabemos, no entanto.

Eles ficaram em silêncio por um momento, e Eric poderia jurar que tinha ouvido sua mãe chamando. Vanni se mexeu no lugar e esfregou uma das orelhas.

— Falando em pirataria, como se tornou imediata de Sauer? — perguntou Gabriella de repente. — Você tem a nossa idade, e o norte pode estar sofrendo, mas, considerando quem está causando a maior parte do dano, a pirataria parece uma coisa estranha à qual se recorrer.

— Não eram os piratas que estavam acabando conosco quando entrei para a tripulação de Sauer. Eram as tempestades e a fome. — Nora remexeu no cabelo e semicerrou os olhos para Eric. — Você realmente é o príncipe?

Ele assentiu.

— Ótimo — disse ela. — Você deve a mim e à maioria das pessoas do norte algum dinheiro.

— Mas como você ficou tão boa em lutar? — perguntou Vanni, esfregando a bochecha.

Ela ergueu o indicador e o polegar.

— Em primeiro lugar, batendo em pessoas que pensam que são boas — falou, dobrando o polegar na palma da mão. — Em segundo, a necessidade. — Seu indicador dobrou para baixo.

Gabriella bufou, aos risos, e Nora a fitou.

— Fique com meu lenço, então, se puder — disse.

Gabriella sorriu.

— Vamos ver se você é uma boa ladra.

Nora riu, mas seus olhos dispararam para Eric.

— Seria hipócrita da minha parte prendê-la por roubo agora, acho — concluiu Eric. — Você vai gostar da baía, e devemos ficar lá por alguns dias antes de sair de novo.

— Vou rumar para meu tranquilo norte qualquer dia — disse Nora.

— Aonde você vai? — Vanni perguntou.

Gabriella fechou os olhos.

— Sério mesmo?

— Para longe de vocês — falou Nora, sem se alterar. — Sou uma pirata, lembra?

Príncipe do Mar

A agitação contagiou o navio. Durante todo o dia seguinte em que estiveram no mar, eles realizaram um funeral para o marinheiro perdido, ninguém ousando cantar. O tempo pareceu voar, indo muito mais rápido do que no caminho para o norte, e Eric passou muitas horas olhando para os mapas e tentando obter de Nora informações sobre a Ilha e a Maré de Sangue. Ela lhe contou várias histórias antigas e rumores sobre isso, mas ele ainda sentia que ela estava escondendo algo. Na noite anterior à chegada deles a Cloud Break, Eric estava cansado demais para continuar pensando na questão. Ele encontrou um canto sossegado no castelo de proa para relaxar.

Quase todo mundo estava no convés se preparando para alguma coisa. Ele ficou muito tempo no quarto e perdeu o que estava acontecendo. Curiosamente, porém, Nora já havia roubado de volta seu lenço verde e o usava como um troféu. Eric observou o olhar de Gabriella seguir o caminho de Nora subindo o cordame até o cesto da gávea, com as bochechas inconfundivelmente coradas, e suspirou, ao mesmo tempo satisfeito e melancólico.

Ele sempre sonhara em encontrar a pessoa perfeita na crista das ondas. Talvez ela fosse um dignitário em visita que preferia velejar a participar de reuniões de Estado ou talvez fosse alguma nobre fugitiva que cantava para o pôr do sol todos os dias enquanto viajavam pelo mundo. Mas, sempre que Eric queria ser arrebatado pelas infinitas e íntimas possibilidades, ele se lembrava de sua maldição e afastava esses desejos.

Passos se aproximaram de Eric, vindos da cabine.

— Sei que você não encontrou a ilha que procurava, mas com certeza essa não é razão para essa cara feia.

— Suponho que não seja — disse Eric, virando-se para Grimsby. Pelo menos, ele não havia descoberto o verdadeiro motivo da viagem de Eric. — Embora seja uma pena que você não esteja com suas espadas.

Linsey Miller

Grimsby havia aproveitado cada momento livre dos últimos dias para insistir que poderia ter derrotado Sauer se tivesse sua valiosa caixa de floretes.

— Eleanora e eu frequentemente nos considerávamos uma família, sabe? — contou Grimsby. Ele se encostou na balaustrada ao lado de Eric. — E você é um sobrinho muito, muito terrível que nunca faz o que eu peço.

Estava quase anoitecendo, o sol manchando o mar de laranja queimado e arruinando o tom esverdeado da pele branca de Grimsby.

Eric riu.

— Vejo que você está empenhado em adjetivar o termo *sobrinho*.

— Terrível — Grimsby falou uma última vez. — Seu aniversário está chegando, quer você queira admitir, quer não.

Faltava apenas uma semana para ele completar dezoito anos e duas para ser rei. Duas semanas para garantir a linha de sucessão.

— Eu sei que você queria comemorar no mar — disse Grimsby — e pensei que uma celebração seria uma boa maneira de aliviar qualquer dor de cabeça, caso você falhasse.

Eric gemeu.

— Você preparou alguma coisa, não foi?

— Celebrar fará bem a todos. Devemos relaxar e nos recuperar de nosso perigo recente, e Nora me garantiu que os fantasmas nunca viajam tão longe — propôs Grimsby. — Além disso, planejei isso no momento em que você insistiu em viajar e não vou desperdiçar meu planejamento.

— Eu não sei o que faria sem você — Eric disse com uma pequena risada.

— Sim, você sabe, e sabe que seria exatamente o oposto de minhas sugestões. — Grimsby sorriu e virou Eric para encarar o resto do navio. — Então: fiz algo tradicional e gentil, que tenho certeza de que não será apreciado, mas vamos resolver isso primeiro.

Príncipe do Mar

Vanni e o cozinheiro saíram da cozinha carregando cestos de comida e uma caixa de bebidas entre eles. O restante da tripulação lutava para trazer alguma coisa do porão, e Gabriella escondeu o riso com as mãos. Era alto e pesado, coberto por uma lona. O mesmo pavor que Eric sentiu quando solicitado a fazer um discurso sem preparação o invadiu.

— Sabe — começou Eric —, vamos guardar a surpresa para quando todos tiverem descansado de carregá-la.

Talvez ele pudesse derrubá-la no mar antes disso.

Grimsby bufou. Eric pegou sua flauta e se juntou a um violinista, tocando uma música rápida e saltitante com ele. Vanni e Gabriella tropeçaram pelo convés em uma dança cheia de risadas, e Max os perseguiu. O resto da tripulação se juntou a eles, cantando mais alto assim que o primeiro minuto de música não atraiu nenhum fantasma, e alguém na popa começou uma disputa de queda de braço. Vanni acabou arrastando Eric para a dança. A batida da música reverberou através dele produzindo passos encadeados e desenfreados. Eric deixou-se relaxar e tentou esquecer o terror da Maré de Sangue.

Um estalo baixo ecoou pela água, fogos de artifício colorindo o céu noturno com vermelhos e azuis brilhantes. Gaivotas grasnando deslizavam para dentro e para fora da fumaça em uma tarantela emaranhada, e, do outro lado do convés, Max farejava um buraco de embornal. As penas brancas de uma gaivota espreitavam por trás da amurada.

— Max! — Eric assobiou e puxou sua flauta. — Aqui, garoto!

Max soltou um uivo baixinho, e Eric respondeu com uma música que lembrava o canto de um pássaro. A velha flauta de madeira não era nada parecida com sua flauta de concerto sofisticada, mas os sons suaves eram muito mais reconfortantes. Lembravam lar.

Max dançou ao seu redor, e ele esfregou a lateral do cachorro até seu pelo se arrepiar.

— Você gosta de fogos de artifício?

Linsey Miller

O espocar dos fogos abafou o latido de Max, e o cachorro perseguiu as sombras do cordame no convés. Gabriella, lenço roubado sobre seus cachos, perseguiu Max ao redor de Eric. Um familiar pigarro parou Max de chofre.

— Então! — Grimsby caminhou até o centro do convés e gesticulou para a grande monstruosidade coberta de lona atrás dele. — Agora é minha honra e meu privilégio presentear nosso estimado príncipe Eric...

— Com um constrangimento inesquecível? — murmurou Gabriella, parando ao lado de Eric. — Bem, é por isso que ninguém vai se casar com você.

— Com uma lembrança de aniversário muito especial, muito cara e muito grande — continuou Grimsby.

— Ah, Grimsby. Seu velho varapau. Não precisava. — Eric gentilmente deu um soquinho nas costas de Grimsby e sorriu. — Por que você arrastou o presente até aqui conosco?

— Imagino que isso ficará claro em breve — proferiu Grimsby. Um dos marinheiros próximos puxou a lona.

Era uma estátua, porque obviamente era uma estátua. Eric evitava posar para retratos tanto quanto possível, e ele só se alegrou quando Grimsby parou de incomodá-lo sobre isso. Aquela coisa enorme guardava alguma semelhança com ele, mas era muito alta, muito musculosa e muito orgulhosa.

Pelo menos, Grimsby se certificara de que o artista soubesse que ele era canhoto.

— Não é de admirar que estivéssemos navegando tão devagar — murmurou um dos tripulantes.

Eric mordeu o lábio inferior para não responder e franziu o rosto. Max rosnou para a estátua. Pelo menos, não iria confundir os dois.

— Nossa, Grim. Isso é, hum... — Eric esfregou o pescoço e procurou as palavras. Por isso era Grimsby quem costumava discursar. — É realmente algo notável.

Príncipe do Mar

Não podia dizer que a obra era um desperdício; seria rude com Grimsby e com a pobre alma, fosse quem fosse, que a tivesse esculpido. A estátua era linda, detalhada e cheia de nuanças em sua opulência. Haviam acertado seu rosto e seu cabelo sem nunca tê-lo visto, embora a expressão parecesse um pouco alterada. As sobrancelhas também.

Ou talvez fosse a isso que as pessoas se referiam quando diziam que Eric era expressivo. Ele sempre presumiu que queriam dizer transparente.

— Você acredita que nenhum de nós iria querer roubar isso? — Nora perguntou, rindo.

— Vocês não conseguiriam carregá-la mesmo que quisessem — rebateu Gabriella.

Nora levantou um braço e o flexionou.

— Se fosse uma estátua minha, eu teria encontrado um jeito.

Grimsby ignorou tudo.

— Sim, eu mesmo a encomendei. Claro, eu esperava que a estátua fosse um presente de casamento. — Ele baixou a voz e ergueu uma sobrancelha para Eric. — Especialmente porque o rei de Glowerhaven insistiu em pagar por ela.

Aí estava.

— Vamos, Grim, não comece — disse Eric, rindo. — Olhe, não vá me dizer que ainda está chateado porque não me apaixonei pela princesa de Glowerhaven, não é?

— Eric, não sou só eu — falou Grimsby. — Todo o reino quer ver você feliz e estabelecido com a pessoa certa.

Aquilo novamente. Eric foi até a amurada e olhou para o mar, a fumaça dos fogos de artifício como um véu cinza sobre a noite. Sua luz estourou e brilhou acima deles.

— Ela está por aí em algum lugar — disse ele. Saber que havia alguém lá fora perfeito para ele era a única coisa bonita que sua maldição lhe concedera. — Eu só não a encontrei ainda.

Grimsby grunhiu.

Linsey Miller

— Talvez você não tenha procurado com atenção suficiente.

— Acredite em mim, Grim, quando a encontrar, eu saberei. Sem dúvida, isso vai me atingir como um raio! — Eric bateu as palmas e o ribombar de um trovão estremeceu a noite. Ele jogou a cabeça para trás.

Nuvens... não fumaça, mas nuvens rodopiantes com o mesmo tom escuro da noite.

— Furacão chegando! — gritou um marinheiro do cesto da gávea.

— Fiquem firmes! Amarrem forte o cordame!

A quietude cobriu o navio, e então começou o corre-corre. Eric pôs-se de pé, agarrando uma das cordas para amarrar. Vanni juntou tudo o que estava solto no convés e disparou para o castelo de proa, e Gabriella correu para o leme. O vento aumentou, expulsando as gaivotas do cordame e da amurada. Uma onda atingiu o casco. Max choramingou.

— Apareceu do nada! — Nora gritou, puxando com força para evitar que uma das velas fosse arrancada. — Qual de vocês irritou Tritão?

Gabriella e a tripulação gritavam instruções. Uma onda violenta varreu o navio, e Eric mal conseguiu se segurar no mastro. A água o encharcou até os ossos, fazendo seus olhos arderem, e arrancou Gabriella do timão. A cabeça da garota bateu contra a balaustrada e Eric correu para lá. Ela tropeçou, segurando a cabeça. O timão girou loucamente.

— Grim! — Eric agarrou o timão e as malaguetas cravaram em suas palmas. — Gabriella!

Nenhum dos dois respondeu.

Outra onda varreu o navio, balançando-o de lado, e metade da tripulação desapareceu em um piscar de olhos. Os braços de Eric queimavam com o esforço de manter o timão firme. Tão perto de Vellona, eles poderiam encalhar ou atingir um recife.

— Os barcos! — Gabriella se levantou com esforço e gesticulou para Nora. — Cordas na água, agora!

O navio se estabilizou. Se Eric conseguisse manter a embarcação na posição vertical, eles poderiam prosseguir. Nora mostrava o caminho.

Príncipe do Mar

Uma rajada açoitou o convés e o navio tombou. Um raio atingiu o mastro, que explodiu em chamas. O cordame subiu e o timão puxava contra todo o esforço de Eric, forçando-o a ficar de joelhos. O fogo devorou a vela mestra e iluminou a noite. Uma sombra escura rompeu as ondas à frente deles.

— Rochas! — um marinheiro na proa gritou e se jogou para trás.

A corda do leme arrebentou. Eric praguejou e o timão girou loucamente. O navio se chocou contra as rochas. Eric bateu contra a amurada e caiu no mar.

Escuridão e frio oprimiram seu peito. Eric girava os braços e batia as pernas, lutando para irromper na superfície. Uma mão forte agarrou seu braço e o puxou para um barco a remo. Vanni deu um tapa em suas costas.

— Grim! — Eric se inclinou sobre o barco, em pé, para vasculhar as ondas. A luz bruxuleante do fogo reluziu em um anel com o brasão do reino. Eric se lançou para as mãos estendidas debaixo d'água. — Aguente firme.

Ele puxou Grimsby para dentro do barco e caiu para trás. Então, um uivo ecoou sobre a água.

— Max! — Eric mergulhou sem pensar, esperando que todos estivessem seguros, e subiu no navio arruinado. O fogo atingira o convés e já havia reduzido o castelo de proa a ossos estilhaçados. Max latia e choramingava com as chamas que já lambiam o convés alto, onde estava preso. Eric correu até o cachorro e gritou por mais alguém. Ninguém respondeu. — Pule, Max! — Eric acenou para ele e estremeceu com o calor queimando sua pele. A madeira sob seus pés estava quente demais para ser confortável. — Você consegue.

Eric estendeu os braços, bateu no peito e implorou. Do outro lado do convés, o fogo se aproximava de um barril de pólvora virado. As tábuas abaixo dele rangeram.

— Vamos, garoto — gritou Eric.

Linsey Miller

O cachorro latiu e pulou, batendo no peito de Eric com um uivo. Eric correu em direção ao balaústre de popa e o convés rachou. Seu pé mergulhou na madeira e ele jogou Max o mais forte que pôde. O cachorro desapareceu na lateral do navio.

— Eric! — O grito de Grimsby mal o alcançou.

Eric tentou responder, mas engasgou com a fumaça. A dor disparou em seu tornozelo e seu coração parava a cada baque dos barris soltos rolando pelo convés em chamas. Eric puxou seu pé preso, mas as tábuas quebradas se mantiveram firmes. O navio afundou nas rochas.

E o mundo explodiu.

7
Reprise

Ela e sua voz eram as únicas coisas entre ele e a morte no mar.
E escorregaram por entre seus dedos como areia.

ERIC ACORDOU confuso. Uma dor se espalhou por trás de seus olhos, crescendo quando abriu a boca. A areia aderira em seus lábios, e uma língua enorme e úmida a lambeu. Baba escorria por sua bochecha, fazendo areia e pelos grudarem em seu rosto. Eric gemeu e trombou em Max com a testa. O cachorro ganiu.

— Ei, garoto — ele murmurou com voz rouca. — Estou feliz em ver você também.

Eric cutucou Max até que o grande animal se moveu e se sentou. Seus ouvidos zumbiam e sua garganta pegava fogo, mas nada estava quebrado ou faltando.

— Ei... — Eric tentou perguntar à garota que o salvara onde eles estavam, mas sua voz falhou.

Ele gemeu novamente e se levantou da areia. A luz do sol era tão forte que queimava, e o príncipe abriu um olho. Uma faixa de areia clara se estendia diante dele, o mar calmo batendo a seus pés. Não havia música nem garota.

Mas havia uma garota, não havia?

Max farejou o solo ao redor de Eric e latiu para o mar. Uma única marca de mão — menor que a de Eric e com dedos longos e afilados — restava, pressionada na areia perto de onde sua cabeça repousara. A praia onde ele estava era deserta e vazia, exceto por ele e Max. Eric levou a palma da mão ao rosto, a sensação do toque de sua salvadora desaparecendo. Aquilo não podia ter sido um sonho. Ele não conseguia se lembrar de ter chegado à praia.

— Max? — Eric assobiou e o cachorro voltou correndo para ele. — Estou feliz que você esteja bem, mas como chegou aqui?

A costa terminava apenas a uns poucos metros da água e estava repleta de rochas dos penhascos que se erguiam acima. Um emaranhado familiar de cabelos grisalhos esvoaçava atrás das rochas.

— Eric! — A voz de Grimsby retiniu entre os ouvidos do príncipe. — Ah, Eric. Você realmente se delicia com essas tensões sádicas na minha pressão sanguínea, não é?

Grimsby veio escalando as rochas, e um pouco da apreensão de Eric diminuiu. O velho estava maltratado, mas claramente bem. Ele ajudou Eric a se levantar e o envolveu num abraço apertado. Eric se livrou dos braços de Grimsby e cambaleou para a frente, em direção ao mar.

— Uma garota me resgatou — disse ao conselheiro. Eric se ajoelhou e pressionou a mão sobre a marca na areia o mais gentilmente que pôde. Ela era real, e ele se lembrava dela. Ele a havia sentido. — Ela estava cantando. E tinha a voz mais linda do mundo.

Eric se levantou e se virou, e manchas nublaram sua visão. Seus joelhos dobraram.

Grimsby o amparou.

— Ah, Eric, acho que você engoliu água do mar um pouco demais.

Milagrosamente, ninguém morrera no naufrágio. Foi a primeira coisa que Eric perguntou ao acordar na própria cama depois de desmaiar a caminho

Príncipe do Mar

do castelo. A médica que checava suas costelas machucadas se afastou o suficiente para Grimsby assegurar a Eric que todos estavam bem. Era um pouco depois do amanhecer e, aparentemente, eles haviam procurado o príncipe pelas praias a noite toda. Grimsby tinha as roupas esfarrapadas e molhadas, e o cheiro de fumaça ainda estava impregnado nele. Por fim, a médica declarou que Eric estava em boa forma e se despediu, insistindo que ele descansasse por alguns dias, pelo menos. Grimsby desabou na poltrona ao lado da sua cama.

— Você nos deu um grande susto, Eric — confidenciou, dando umas palmadinhas no joelho do príncipe. — Não faça mais isso, está bem? Acho que meu coração não aguenta.

— Não acredito que você pensou que eu estava morto — respondeu Eric. Sua garganta doía, cada palavra saía com dificuldade, e ele estava todo dolorido, mas felizmente com nada mais sério do que uns hematomas e arranhões.

— Você explodiu. — Grimsby bufou. — Agora, quando Carlotta vier fazendo estardalhaço, deixe-a.

Eric jogou um braço sobre os olhos.

— Ela ficou muito preocupada?

— Inconsolável. E você não poderia esperar outra coisa.

Carlotta havia sido aia de sua mãe e assumira o papel de valete para que Eric não tivesse que contar a ninguém sobre sua maldição ou interagir nervosamente com alguém novo. Era controladora como Eleanora, só que de um tipo diferente, tratando-o como uma criança, independentemente de sua idade. Às vezes era bom, e ele apreciou isso depois da morte de sua mãe. Era diferente de paparicar. Carlotta se importava com ele muito mais do que a maioria.

— Ah, Eric! — A porta se abriu e bateu contra a parede. — Olhe só para você!

Eric estremeceu.

— Estou bem, Carlotta.

— Você está horrível — falou Carlotta, entrando no quarto com uma bandeja de comida. Ela a colocou no colo de Eric e ajeitou seu travesseiro, que já estava em perfeita posição. — Pobre querido, sendo sacudido desse jeito.

— Estou bem — repetiu Eric, tomando uma colher de sopa.

— Você bateu a cabeça com força suficiente para alucinar — disse Grimsby. Ele franziu a testa quando Carlotta olhou para ele. — O príncipe afirmou que viu uma garota na praia.

— Eu realmente vi uma garota — insistiu Eric, largando a colher. — Foi ela quem me puxou para a praia. Ela cantou.

— Então, Eric. — Carlotta esfregou seu ombro e levou um copo d'água aos lábios dele. — Você passou por muita turbulência no dia anterior. É normal imaginar algumas coisas.

— Eu a vi — Eric balbuciou. — Acordei na praia. Alguém me puxou para a margem. Houve um *flash* de vermelho, e ela estava cantando. Aí, Max veio uivando pela praia.

— Claro — disse Grimsby, arqueando uma sobrancelha para Carlotta.

— Ela me salvou, Grim — insistiu. — Ela tinha uma voz perfeita. Foi corajosa. Ela era tão... — O pânico tomou conta de Eric, e ele agarrou a mão de Grimsby. — Deve ser ela! Aquela com a voz pura!

— Eric. — Grimsby apertou suas mãos com força. — Isto é exatamente o que sua mãe temia: você está ouvindo uma voz pura onde não há nenhuma.

— Eu não estava alucinando! — Eric se afastou e a dor atravessou sua cabeça. — Não foi assim. Eu a ouvi. Eu a senti. Havia uma marca na areia onde ela esteve.

— Então, onde ela está? — Grimsby perguntou. — Ela salvou o príncipe de Vellona. Com certeza esperaria uma recompensa ou admiração, não é?

Eric recostou-se na cama.

— Não sei.

Príncipe do Mar

Grimsby parecia querer falar mais, mas Carlotta deslizou entre eles e apontou para a sopa e o pão de Eric. Grimsby, por sua vez, recostou-se em seu assento e acalmou-se.

— Agora, vamos — disse a senhora, removendo a casca do pão. — O que você precisa é de alguns dias de bom descanso sem se preocupar com nada, e tenho certeza de que tudo fará mais sentido.

Eric caiu para trás. Sua sopa espirrou um pouco, fazendo Carlotta franzir a testa, e Grimsby chamou a atenção do rapaz com um estalo suave de dedos. Ele gesticulou para a comida e depois para Carlotta. Eric riu.

— Está delicioso, Carlotta — ele disse, depois de engolir outra colherada. Pareceu-lhe muito salgada, mas pode ter sido seu paladar alterado. — Obrigado.

Ela alisou para trás o cabelo úmido de seu rosto.

— É claro, querido. Vanni e Gabriella estão ansiosos para visitá-lo. Está com vontade de vê-los?

— Por favor. — Eric comeu devagar, descascando a massa de tortellini no caldo com os dentes de um jeito que teria feito o queixo de Vanni cair. — Quero falar com eles sobre o que aconteceu, depois eu descanso. Prometo.

— Você? Descansar? — Grimsby questionou. — Vou agradecer ao mar por colocar algum juízo em você.

Ele se levantou e todo o seu corpo rangeu. Carlotta balançou a cabeça em uma negativa.

— Acho que você também deveria ir para a cama — ela propôs, conduzindo Grimsby até a porta. — Coma. Vou mandar Gabriella e Vanni subirem.

Eric assentiu e mordiscou o pão. Depois de alguns minutos, sua dor de cabeça diminuiu. Uma nesga brilhante de luz se insinuou através de uma fresta em suas cortinas, e o calor dela o ajudou a relaxar. A porta se abriu.

— Eric? — Vanni perguntou e enfiou a cabeça para dentro.

Linsey Miller

— Nunca fiquei tão feliz em vê-lo — falou Eric, convidando-o a entrar.

Vanni e Gabriella pareciam muito bem. Um hematoma roxo-escuro destacava-se nitidamente na pele marrom de Gabriella, e casquinhas de ferida salpicavam o lado esquerdo de Vanni. Havia uma linha grossa de pontos acima da orelha direita do amigo, e seu cabelo havia sido raspado curto nas laterais e atrás para combinar. Max disparou para dentro com eles, pulando na cama de Eric, que arrepiou seu pelo.

— Como você está, amigo?

Max bufou e ganiu, circulando um ponto próximo aos pés de Eric algumas vezes antes de se acomodar, e Gabriella se sentou na poltrona que Grimsby havia abandonado.

— Carlotta deu banho nele — ela compartilhou, ajeitando o lenço verde que escondia seu cabelo. — Então, ele está furioso.

— Pobre bebê — disse Eric, inclinando-se para beijá-lo. Max nunca tinha tido um cheiro melhor. — Como vocês estão?

— Vivos. — Vanni passou a mão pelo cabelo comprido no alto da cabeça. — A pior parte daquele naufrágio foi o corte de cabelo.

Eric riu.

— Diga às pessoas que você lutou contra o mar e sobreviveu.

— Sim, acho que vai funcionar. — Vanni hesitou perto da cama de Eric e torceu as mãos. — Olhe, vou manter meu rosto virado, mas você quase morreu e eu quero abraçá-lo. Tudo bem?

— Por favor — falou Eric, abrindo os braços. — Estou tão feliz que vocês dois estejam vivos!

Vanni jogou os braços em volta dos ombros de Eric, e Gabriella se enroscou ao redor de sua cintura. Sua bochecha pressionou calorosamente a lateral do corpo dele. Vanni colocou a cabeça de Eric sob o queixo.

— Você está me abraçando como se eu fosse uma criança — Eric murmurou contra o seu colarinho.

Príncipe do Mar

Vanni enterrou o queixo na cabeça de Eric.

— Porque você, como uma criança, voltou para um navio em chamas.

— Como uma criança — acrescentou Gabriella, dando um tapinha nas costas dele e se afastando. — Alguém que não aprendeu que o fogo queima quando nos toca.

— Eu tinha que pegar Max — disse Eric.

— E depois ser resgatado por alguma garota misteriosa? — perguntou Vanni, soltando-o. — Carlotta contou que você sonhou que uma garota o salvou, e não deveríamos contrariá-lo quanto a isso.

— É adequado — ele lhes falou — que a garota dos meus sonhos esteja apenas em meus sonhos.

— Na verdade — observou Gabriella —, Carlotta nos ameaçou: "O pobre menino imaginou que seu verdadeiro amor veio para salvá-lo e não ouvirá uma palavra afirmando o contrário", embora eu ache que o tom dela foi doce.

— O tom dela é sempre doce. — Eric suspirou. — Eu tinha tanta certeza. Eu tenho certeza. Eu estava apagado. Se a garota não era real, como cheguei à costa?

Gabriella deu de ombros.

— Coisas estranhas aconteceram. Muitas pessoas fizeram algo que normalmente nunca seriam capazes de fazer quando estiveram em perigo. Você pode tê-la imaginado para se distrair da dor.

— Eu não estava com tanta dor — ele murmurou, mas a coisa toda começava a parecer cada vez menos razoável. — Ela cantou para mim. Foi a voz mais pura que eu já ouvi.

Gabriella riu.

— Claro que foi.

— Qual era a música? — Vanni perguntou.

— Não consegui entender as palavras — disse o príncipe. Eric podia ouvir uma peça musical e se lembrar dela por anos, notações quase perfeitas. Os olhos da maioria das pessoas ficavam vidrados quando ele falava sobre isso. — Como um coro de sinos no mar. Nítido e claro.

Ela era tão fria, mas não de maneira desconfortável. Sua voz também tinha a mesma clareza reconfortante, e era como acordar em um mundo congelado. Claro e nítido.

Real.

Se tinha alguém com uma alma imaculada, era alguém altruísta o suficiente para arriscar a vida para salvar um rapaz que estava se afogando. Sua garota misteriosa tinha que ser seu verdadeiro amor.

Vanni murmurou, assentindo. Gabriella, porém, sorriu.

— Aqui. Olhe. — Eric estendeu o braço para Gabriella. Ele rabiscara nele a melodia com uma pena, pois não havia papel ao seu alcance e Carlotta o teria matado se ele tivesse usado um cobertor. Sua salvadora tinha uma voz tão pura quanto sua alma. Ela se arriscara para salvá-lo e cantou uma canção com uma voz de sinos de inverno. Ele assobiou a melodia; a melodia já estava desaparecendo de sua mente e ele estremeceu com a ideia de perdê-la. — É isso. Acho.

— Que tal isso? — disse Gabriella, levantando-se com uma careta e estendeu a mão para Eric. — Vanni e eu temos trabalho a fazer... ele o de sempre, e eu fui contratada para ajudar Nora a pesquisar sobre a Maré de Sangue. Grimsby quer que eu fique de olho nela. Você vai passear na praia para esticar um pouco as pernas e clarear a cabeça. Sauer provavelmente chegará aqui em alguns dias. Não há muito que possamos fazer até lá, de qualquer maneira, e caminhar ajudará a se livrar dessa dor.

— Grim vai me matar — concluiu Eric. — Carlotta também.

— Então, não seja pego. — Vanni ajudou Eric a se levantar. — Você está inquieto, já descansou e precisa se mexer para se sentir melhor. Vamos, estou substituindo minha irmã enquanto ela dorme depois de procurar por você ontem à noite. Você pode nos acompanhar.

O trio se separou nas escadas dos fundos do castelo. Os dois amigos rumaram para o pátio e o príncipe desceu em direção ao cais privado. Max

Príncipe do Mar

seguia adiante dele, dando voltinhas e cheirando tudo com curiosidade, o toco do rabo abanando sem parar. Eric deixou.

Se Max não havia sido muito afetado pelo naufrágio, Eric podia se animar. Nenhum cachorro iria superá-lo. Ele subiu as escadas mais devagar do que Max, porém, e manteve uma mão nas paredes enquanto caminhava ao longo da passagem estreita que ligava o cais privado à praia.

— Max, deixe os caranguejos em paz — Eric gritou, suas botas afundando na areia. — Eles não lhe fizeram nada. Continue assim e eles se levantarão contra você, com as gaivotas como aliadas.

Max, já muito à frente para Eric vê-lo, latiu e ganiu.

— Max! — Eric correu em direção à curva da praia e ralhou. — Quieto, rapaz. O que deu em...

Uma garota empoleirada nas pedras, um pouco fora do alcance de Max, todo baboso. Ela era uma tempestade de vermelho, como um nascer do sol derramando-se sobre um navio. A branca lona de vela enrolada em volta dela se contorcia como a espuma das águas, e dois olhos azul-escuros espiavam por trás de seus cabelos desalinhados. Ela afastou o cabelo do rosto, deixando metade cair em cascata pelas costas. Max latiu e pulou. Ele lambeu seu rosto.

Eric hesitou, com a respiração presa na garganta, e tentou reconhecê-la. Tinha certeza de que já haviam se encontrado antes.

— Você está bem, senhorita? — ele perguntou, puxando Max para longe dela. — Sinto muito se esse idiota assustou você. Ele é inofensivo. De verdade.

A garota apenas sorriu e acenou com a cabeça, e Eric a olhou, perto o suficiente para sentir a respiração dela em sua bochecha. Seu pequenino nariz arrebitado se contorceu.

Havia algo bastante familiar nela, mas ele não conseguia identificar. Será que a reconhecia de uma loja na baía, talvez? De um navio de passagem?

O príncipe bagunçou o pelo de Max para evitar encará-la, e ela soltou uma risadinha ofegante. A moça estendeu uma mão hesitante para acariciar o focinho do animal. Max lambeu a mão dela.

— Você parece muito familiar para mim — confessou Eric lentamente, não querendo admitir que não conseguia se lembrar de quem ela era. — Nós nos conhecemos?

A garota assentiu e fez menção de segurar a mão dele, então, hesitou. Ela estendeu a mão, pedindo permissão.

— Hã, claro — disse ele, e ela pegou as mãos dele.

O frio de sua pele o fez estremecer. A garota estudou suas mãos, e ele a estudou, olhando para sua forma esguia. Seu cabelo estava emaranhado e cheirava a maresia — o sal do mar aberto, não o fedor de uma semana do porto. Era óbvio que a lona de vela ajeitada em torno dela como um vestido provinha de um navio naufragado recentemente. Seu cabelo vermelho fazia um belo contraste contra ela.

O coração de Eric acelerou e o rapaz temeu desmaiar. Ela estava ali. Sua salvadora estava ali!

— Eu sabia! — ele falou. — Você é ela! Aquela que eu procurava! Qual é o seu nome?

Uma alegria pura explodiu nele, enchendo suas veias com uma sensação de liberdade que ele nunca havia sentido. Seu verdadeiro amor! Afinal, ele não a havia inventado.

Mas sua esperança morreu tão repentinamente quanto havia surgido quando a garota abriu a boca. Tudo o que lhe escapou foi um sopro estrangulado de ar, e ela apertou a garganta. Eric a segurou pelos ombros.

— Há algo errado? O que é? — perguntou ele, agarrando-se à felicidade de encontrá-la. Mas, então, percebeu o que seus gestos significavam. — Você não consegue falar?

Ela balançou a cabeça em concordância, e isso o atingiu com tanta força quanto a tempestade.

Príncipe do Mar

— Ah — ele disse em um fio de voz. Tudo nele desmoronou, o grande vazio de sua solidão deixando-o com o pior tipo de frio. — Então, você não pode ser quem eu pensei.

Talvez tivesse alucinado sobre a sua salvadora. Ele havia ficado sabendo sobre seu verdadeiro amor ter uma voz pura apenas alguns dias antes, então, isso estava em sua mente. Tudo bem não encontrar seu verdadeiro amor de imediato, mas Grimsby estar certo? Isso não era justo.

A garota bateu na garganta e estendeu a mão para ele, seus dedos detendo-se antes de tocar os dele. As mãos da garota fluíam com a cadência da fala. Não era nenhuma linguagem de sinais que Eric reconhecesse, no entanto.

— O que foi? — ele perguntou. — Está ferida? Não, não. Você precisa de ajuda.

Ela assentiu com a cabeça, inclinou-se para ele e tombou, caindo da rocha.

— Ei, ei. — Eric a pegou pela cintura e quase a deixou cair quando o rosto dela se aproximou do dele. A garota passou os braços em volta do pescoço de Eric. — Cuidado. Cuidado. Calma.

As pernas dele tremiam, e Eric a agarrou com mais firmeza para garantir que nenhum dos dois caísse. A pele dela era fria mesmo através da lona.

— Nossa, você deve ter passado por maus bocados — concluiu. — Não se preocupe. Vou ajudá-la. Vamos. Você ficará bem.

Ela não era sua alma gêmea, mas, ainda assim, precisava de ajuda.

— Vamos levá-la até a baía e encontrar umas roupas para você, água e uma cadeira de verdade — disse Eric. — Então, podemos descobrir o que fazer.

Ela assentiu com a cabeça, o que significava que podia entendê-lo; isso era bom. Max se enroscou entre as pernas deles, e a garota fez o mesmo gesto de antes. Eric franziu a testa.

— Desculpe. Não sei o que você está tentando dizer. — Ele cutucou Max para fora do caminho e deu uns tapinhas no braço dela, desculpando-se. — Aposto que podemos descobrir isso juntos, no entanto.

8

Sonho que se torna realidade

A GAROTA estava tão trêmula quanto Eric. Ele a conduziu pela praia, seus braços entrelaçados para manter o equilíbrio. Não podiam seguir o caminho rochoso que ele havia percorrido até a praia por causa dos pés descalços dela, e Eric não estava forte o suficiente para carregá-la. Em vez disso, ele a levou em direção à cidade, tendo que correr atrás dela e de Max toda vez que viam algo interessante. A garota quase se perdeu dele quando foi atrás de uma vendedora de flores.

Depois que a encontrou olhando para uma livraria com uma fome em seus olhos que Eric normalmente via apenas em estudiosos, ele perguntou se ela sabia ler e escrever em velloniano ou qualquer outro idioma. Ela não sabia, mas isso não a deixava menos interessada nos livros.

— Vamos por aqui — conduziu Eric, assim que conseguiu arrancá-la da loja. Ele a ajudou a descer a rua, a caminho do restaurante de Vanni. — Deve ser mais fácil andar por aqui.

A garota deu alguns passos hesitantes na superfície plana e tropeçou em seus braços, derrubando os dois. Ela soltou uma risada ofegante. Ele refreou um suspiro.

— Vamos nos levantar. — Eric lutou para ficar de pé, com o peito doendo, e a ajudou a se erguer. A lona e a corda estavam se desfazendo rapidamente. Ele manteve o olhar fixo em sua orelha esquerda. — Então, eis o meu plano: visitamos meu amigo aqui perto, pegamos algumas roupas emprestadas da irmã dele, que é mais ou menos do seu tamanho, e, então, descobrimos o que mais você precisa. Parece bom?

Ela assentiu com a cabeça e apertou o braço dele. As ruas não estavam lotadas àquela hora do dia, e a maioria das pessoas estava muito ocupada trabalhando para notar Eric passando apressado com a garota. Ela olhava tudo maravilhada, demorando-se diante de um sapateiro e quase escapando de Eric ao passar por uma botica. Demorou meia hora e três paradas para chegarem ao restaurante de Vanni. Eric teve que fechar os olhos para não explodir. Sua cabeça doía tanto que seus dentes pareciam estar se movendo a cada passo, e ele sabia que, se Grimsby fosse ver como estava e descobrisse que havia sumido, ele estaria morto ao pôr do sol. Não era culpa da garota, no entanto.

— Você pode dar uma olhada em Cloud Break mais tarde — amenizou Eric, mandando Max esperar na porta do restaurante. Ele precisava voltar ao castelo para descansar o suficiente para Grimsby não objetar quando começasse a pesquisar a Maré de Sangue e sua maldição. — Mas hoje não é um bom dia para isso.

Ela, no entanto, estava muito envolvida com os talos de trigo em uma grande garrafa do lado de fora da porta, tocando os grãos e esfregando as folhas entre o indicador e o polegar. Bateu na garrafa alta de vidro com as unhas.

— Você não está me ouvindo, está? Se nunca esteve aqui antes, não posso culpá-la. — Ele riu e enterrou o rosto nas mãos. — Tudo bem, definitivamente serei assassinado por Grim por ficar fora tanto tempo.

O príncipe tocou em seu cotovelo e gesticulou para que ela entrasse no estabelecimento. Vanni nem levantou os olhos de sua faxina quando eles entraram.

— Vanni — cumprimentou Eric —, preciso de um favor.

Príncipe do Mar

— Acabei de chegar. Que problemas você poderia ter encontrado em sua caminhada?

— Duvido que o nome dela seja problema — brincou Eric. Olhou para a garota e ela balançou a cabeça. — Para ser justo, ainda não descobri qual é o nome dela.

— O nome dela... — O rosto de Vanni se contraiu e ele olhou para cima, para ver Eric e sua acompanhante. Seu olhar caiu sobre os pés descalços dela, subiu pela lona e terminou em sua expressão boquiaberta de admiração pela massa sobre o balcão. Vanni largou o pano que estava segurando e cobriu a boca com a mão ensaboada. — Você a encontrou?

O significado completo das palavras de Vanni foi como um soco, e Eric ficou desapontado novamente.

— Ah, não. Esta não é *ela* — disse ele. — Eu a encontrei — ele apontou para a garota ruiva ao seu lado — na minha caminhada. Ela não fala. Esperava que pudesse pegar algumas roupas emprestadas de Lucia para que não precise andar pela baía enrolada em uma vela de barco.

A garota olhou para ele e puxou o vestido improvisado, cobrindo o peito com os braços.

— Ignore-o — disse Vanni, limpando as bolhas de sabão do rosto. — Se tivesse mangas, ninguém saberia a diferença. Vamos pegar roupas mais confortáveis para você.

Ele gesticulou para que ela o seguisse, e a garota olhou de volta para Eric, que sorriu.

— Vou esperar por você do lado de fora da porta — disse ele. — Depois que estiver vestida, podemos ir até o castelo e descobrir o que fazer.

Ela assentiu. Vanni pegou algumas roupas no quarto da irmã e os conduziu até um pequeno depósito separado do cômodo principal por uma cortina grossa. Eric ficou a meio caminho no corredor e encostou-se na parede enquanto a garota se trocava.

— Preciso chamá-la de alguma coisa — falou ele. — Alguma dica sobre qual é seu nome?

A garota enfiou a cabeça pela cortina, franziu a boca para o lado e articulou com os lábios algo que ele não conseguiu entender.

— Emma? — ele perguntou.

Ela fez que não com a cabeça.

— Humm... deixe-me ver... Branca?

Ela balançou a cabeça, negando com tanta força que seu cabelo bateu na parede, e Eric riu.

— Tudo bem, tudo bem. Troque-se. — Ele assobiou um pouco, tentando pensar em um modo de tornar aquilo mais fácil. — Precisamos descobrir um jeito melhor de você dizer sim ou não antes que quebre o pescoço.

A risada sussurrada da garota foi tão silenciosa que Eric quase não a ouviu. Ele sorriu.

— Algo que as pessoas possam ver e ouvir — pensou ele. — Alguma ideia?

Houve um farfalhar de lona, o raspar de um nó de corda sendo desfeito e uma pequena bufada de reflexão. Sem alarde, ela bateu na parede uma vez.

— Você está bem? — ele perguntou.

Ela esticou um braço nu para fora da cortina e ergueu um único dedo. Depois, bateu na parede mais uma vez.

— Isso é um sim? — ele perguntou, relaxando quando ela repetiu o gesto. Aquilo funcionaria e seria fácil para os outros entenderem. — Um para sim e dois para não. Esse é um bom sistema, Ruby.

Ela deu dois tapas de leve no braço dele através da cortina, e ele quase engasgou. Havia se aproximado da cortina sem perceber. Isso não parecia incomodá-la, mas, para questões de decoro, estava perto demais. Eric recuou alguns passos.

Príncipe do Mar

— Uma batida é sim, duas é não e três é não sei — propôs. — Dessa forma, teremos as respostas mais urgentes cobertas.

Ela bateu palmas uma vez. Ele esperou em silêncio depois disso, deixando-a se trocar em paz. Eric não havia considerado que suas roupas normais poderiam ser diferentes das de Vellona, mas ela ainda não havia pedido esclarecimentos. Esperou mais um minuto antes de limpar a garganta.

— Regina? — ele sondou. — Precisa de alguma ajuda? Podemos chamar uma das irmãs de Vanni, se você quiser.

Duas batidas sacudiram a parede.

— Está bem — aceitou Eric. — Então, Regina, como é que…

Ela bateu duas vezes, forte, contra a parede ao lado da orelha de Eric.

— Registrado, não é Regina — disse Eric, rindo.

A cortina ondulou. A garota espiou, olhos azuis nervosos por trás de uma franja de cabelo ruivo. Eric recuou, curioso para vê-la fora da lona, e logo percebeu por que ela demorara tanto. A escultural Lucia, que era dois anos mais nova que Vanni e Eric, alguém a quem o príncipe tinha dificuldade em imaginar como outra coisa senão uma irmã mais nova para ele, era muito mais alta do que aquela garota. A gola estava muito baixa em seu peito, e ela havia enrolado a parte de cima da calça tantas vezes que formara um rolo grosso na cintura. Isso, pelo menos, mantinha as calças no lugar e a bainha longe do chão. Os dedos dos pés descalços tamborilaram a superfície.

Com o decote baixo, Eric não pôde deixar de notar as sardas — claras, quase inexistentes — que cobriam seus ombros. Uma delas até estava aninhada na concavidade da base de sua garganta. Eric sentiu-se corar e desviou o olhar.

— Tudo bem — comentou ele, pigarreando. — Uma última coisa.

Ajoelhando-se, Eric tirou os chinelos das mãos dela e gesticulou para seus pés. Ela ergueu um deles e deixou que o rapaz a calçasse.

— Eu sei que tudo está um pouco grande demais, mas você acha que pode caminhar bem até o castelo? É cerca de meia hora de distância. Ele pegou o outro pé da garota nas mãos.

Ela lhe deu um só tapinha no ombro para dizer que sim, e ele não pôde deixar de se inclinar para o toque dela. Erguendo a vista, flagrou os olhares dela para ele, o que a fez corar. Eric abaixou o pé da garota e deu um passo para trás. Ainda não conseguia se desprender do olhar dela.

Ele não estava acostumado com o calor em seu peito.

— Bom. Ótimo. Vamos agradecer a Vanni e, então, ahn, podemos partir. — Eric engoliu em seco e se forçou a desviar o olhar. Ele disparou de volta para a loja. — Vanni? Obrigado, e agradeça Lucia por nós, está bem? Vou mandar devolver as roupas amanhã.

Vanni zombou.

— Não se preocupe com isso.

A garota soltou um pequeno suspiro de surpresa e correu para o balcão, onde Vanni ainda trabalhava. Ele havia terminado a limpeza e estava sovando uma bola de massa verde-primavera na bancada. A família de Vanni vendia pão e todos os tipos de coisas saborosas e fermentadas, mas era o macarrão da avó que a maioria das pessoas comprava. Um fino véu de farinha cintilava no ar, e a garota olhava fascinada enquanto a massa ia sendo misturada. O príncipe riu.

Quando criança, Eric costumava observar a avó de Vanni cozinhar com uma facilidade que geralmente ele associava a mestres das belas-artes ou esgrimistas, e, em algum momento, enquanto Eric não estava olhando, Vanni assumira a mesma qualidade etérea.

— Nunca viu macarrão antes? — perguntou, entendendo perfeitamente a obsessão da garota com os movimentos de Vanni.

Ela bateu no balcão duas vezes.

— Definitivamente, não é de Vellona, então — concluiu. — Está descansada o suficiente para irmos agora? Preciso voltar antes que Grimsby perceba que fui embora.

Príncipe do Mar

Não havia muito tempo para ele encontrar a Ilha de Serein e quebrar sua maldição.

Ela assentiu lentamente, como se não o tivesse ouvido direito. Enquanto isso, Vanni separou um pequeno pedaço de massa e passou uma faca por cima, enrolando-a em uma forma curva. Um sorriso se abriu no rosto da garota, e ela desviou os olhos da comida por tempo suficiente a fim de olhar para Eric e tocar a borda de sua orelha antes de apontar para a massa. Ele sentiu um calor ao longo das costelas.

— Parece uma orelha — disse ele, e ela voltou a acompanhar o trabalho de Vanni. Eric engoliu em seco, tentando não olhar para a garota. Vanni, sem deixar as mãos perderem o ritmo, sorriu para Eric por cima da cabeça dela.

— Você está com farinha no cabelo — disse ele.

Eric deu um tapinha no cabelo perto da orelha.

— Cale a boca.

— Você também está com algo vermelho no rosto — disse Vanni, limpando as mãos no avental e se esticando sobre o balcão. Ele beliscou as bochechas do amigo. — Bem aqui.

A garota riu e Eric fechou os olhos. Ele deveria, simplesmente, tê-la levado para o castelo.

— Como você se sente em relação ao mar? — Vanni perguntou à garota.

Ela abriu um largo sorriso e tentou falar. Mas levou a mão à garganta.

— Isso é um sim, então — observou Vanni. — Quer ver a especialidade de Cloud Break?

Vanni não esperou pela resposta. Puxou um pano que cobria uma pequena bola de massa de macarrão preta, tingida com tinta de lula, e mostrou a ela um dos selos de madeira. Cada cidade na costa agora tinha sua própria bandeira para que os marinheiros soubessem onde se encontravam quando estavam perto da terra, e o navio de três mastros de Cloud Break Bay sobre um polvo retorcido era mais emocionante do que o pássaro que representava toda a Vellona. Eric esperou que ela terminasse de admirar por educação a imagem detalhada estampada na massa antes de tocar seu braço. Ela franziu a testa.

— Sinto muito — falou Eric —, mas realmente deveríamos ir...

O estômago dela roncou alto.

Ele não poderia fazê-la atravessar a baía de barriga vazia, não depois de encontrá-la desfalecendo na praia. Não tinha ideia de quanto tempo fazia desde a última vez que ela comera.

— Ok. — Eric riu, deixando o braço pender. — Vanni, posso incomodar você para pedir comida?

— Dificilmente seria um incômodo. Está me vendo cozinhar — disse Vanni. Ele se encostou no balcão e olhou para a garota. — Você gosta de sopa?

Ela piscou para ele perplexa e assentiu com incerteza.

Eric se inclinou para Vanni e falou:

— Obrigado. Pagarei quando voltarmos.

— Se insiste. — Vanni saiu por um momento e voltou com duas pequenas tigelas de sopa em uma bandeja com pão fresco e ostras, e colocou uma diante de Eric, encarando-o. — Coma. Eu sobrevivi a um naufrágio. Não estou disposto a ser morto porque Carlotta está furiosa com você por não descansar.

Eric riu e deu de ombros.

— É justo. Obrigado.

Eles podiam muito bem se demorar ali por mais meia hora. Afinal, não iria resolver o mistério de sua maldição e da Maré de Sangue na próxima hora. Provavelmente, os fantasmas ainda seriam fantasmas e a Ilha de Serein ainda estaria no mesmo lugar depois que ela tivesse comido. Até mesmo as informações de Nora poderiam esperar um dia.

Especialmente se Eric tivesse imaginado sua salvadora. Isso significava, sem sombra de dúvida, que deveria tirar um dia de folga para pensar no assunto. Ele quase podia ouvir o estardalhaço que Carlotta faria.

Príncipe do Mar

A garota se virou para ele, observou sua expressão e inclinou a cabeça para o lado.

— Desculpe. Perdido em pensamentos — ele disse e depois soltou um gemido. — Continuo pensando em você como "a garota", mas isso soa péssimo. Existe um apelido que gostaria que eu usasse até descobrir seu nome?

Eric olhou para ela. Ela ergueu a vista, assentindo, e o sol iluminou seus olhos. Eles brilharam num tom de cinza-azulado claro, como a claridade de uma manhã tempestuosa no mar. Eles comeram em silêncio, ela estudando tudo ao seu redor, e Vanni sugerindo apelidos de cinco em cinco minutos. A garota girava a colher na sopa, mordiscando o macarrão como se nunca tivesse comido nada parecido antes. Ela evitou os mexilhões e as ostras na meia concha.

— Que tal Mar? — Vanni perguntou.

Ela torceu os lábios e balançou a cabeça.

— Algo a ver com o mar? — Eric já havia acabado de comer um tempo antes, mas apressá-la teria sido rude. — Ou você prefere outra coisa?

Ela bateu duas vezes no balcão, olhando em volta, e então apontou para uma das ostras intocadas.

Vanni franziu o rosto.

— Não acho que seja…

Era perfeito. E ver o sorriso dela fez a espera valer a pena.

— Pérola — disse Eric e sorriu. — Você quer que seu apelido seja Pérola até descobrirmos seu nome verdadeiro?

Ela bateu as palmas uma vez e sorriu para ele através das franjas de seu cabelo ruivo despenteado. Eric enfiou as mãos nos bolsos para conter o desejo de colocar os fios soltos atrás das orelhas dela.

— Então — continuou Eric, curvando-se —, prazer em conhecê-la, Pérola. — Ele se levantou e piscou para ela. — Vou continuar adivinhando, no entanto. Lacey?

Ela bateu com os nós dos dedos nas costas da mão dele duas vezes.

— Bem, Pérola, estou ansioso para descobrir seu nome.

9
La Fata Morgana

ESTAR perto de pessoas era cansativo para Eric. Havia algo exaustivo em ter que considerar cada pequena ação e palavra: a inclinação da cabeça enquanto ouvia um dignitário ou a quantidade de dentes em seu sorriso para o conselho. Em comparação, navegar ou lutar nunca lhe parecera problemático, e ele presumiu que era porque em tais ações ele não precisava falar. Eric até conseguia receber convidados, mas isso não lhe dava prazer.

A garota do mar — Pérola —, no entanto, não parecia se importar com o fato de ele ignorar a tradição ou com como ele se mantinha afastado dos outros. Não exigiu respostas nem ficou ofendida quando Eric pediu que ela nunca o beijasse nas bochechas, como Vanni havia feito com ela quando tinham se despedido. Ela assentiu e seguiu em frente.

A única coisa que realmente a desconcertou foi o primeiro vislumbre que teve do castelo enquanto serpenteavam pela baía.

— Intimida, não é? — perguntou ele, conduzindo-a pelo portão principal. — Eu juro que todos ali dentro são menos imponentes. Exceto Grimsby, mas não diga a ele que eu falei isso. Ele tomaria como um elogio.

Ela riu. Ele cruzou as mãos para não lhe sorrir de volta.

Aquela garota não era o seu verdadeiro amor. Não poderia ser. Ela havia chegado à praia tarde demais para ser a sua salvadora e não tinha uma voz tão pura quanto sua alma.

E Eric não se sentia nem um pouco diferente. Estava apenas se recuperando. Suas costelas estavam arroxeadas, e não era de admirar que ele sentisse calor. Podia até ser febre.

— Aqui. Descanse um pouco. — Eric a conduziu até um dos bancos do pátio. — Estarei de volta em um instante, tudo bem?

A garota assentiu e tirou os calçados, testando o canteiro de trevos ao redor do banco. Eric partiu para encontrar Carlotta, com Max em seu encalço. Não havia como saber onde ela poderia estar.

Levara mais tempo do que ele esperava para cruzar Cloud Break. De novo, Pérola parara para olhar tudo, e desta vez o príncipe não teve coragem ou força para arrastá-la para longe. Ele abandonou sua preocupação sobre Grimsby descobrir que ele escapulira, uma vez que ficou claro que Pérola nunca tinha visto algumas das coisas pelas quais ela se sentiu tão atraída em sua caminhada, e, sinceramente, passar um tempo com ela o fizera perder a noção das horas. Pela primeira vez em anos, ele simplesmente existiu e não se preocupou com Vellona, Grimsby ou sua maldição.

Eric quase esbarrou em Carlotta ao virar o corredor para os próprios aposentos. A senhora gritou:

— Três! Horas! — E bateu nele com o pano de limpeza em suas mãos. — Onde você esteve? Gabriella disse que você estava saindo para uma curta caminhada, e então ninguém o viu voltar da praia, e Grimsby...

— Carlotta — acalmou Eric, pegando-a pelos ombros —, estou bem. Eu me deparei com...

— Problemas! — Ela se empertigou toda. — Eu sabia!

— Por que as pessoas continuam dizendo isso? — Eric balançou a cabeça. — Eu me deparei com uma garota náufraga na praia e paramos no restaurante de Vanni para que ela pegasse algumas roupas emprestadas.

Príncipe do Mar

Ela não fala, não lê nem escreve nossa língua. Até que possamos descobrir de onde ela é e o que aconteceu, gostaria de fazê-la se sentir bem-vinda.

— Ah, coitadinha — murmurou Carlotta. Seu tom mudou e ela apertou o trapo contra o peito enquanto seus olhos se arregalavam. — Na praia? Onde você estava? Afinal, isso significa que sua garota misteriosa não era imaginação sua? Eric, ela é...

— Ela não é minha salvadora — disse o rapaz. — Ainda não a encontrei e juro que ela é real.

Depois que lidasse com a bruxa, Eric encontraria seu verdadeiro amor. Ela o salvara, cantara para ele, e ele iria provar isso.

Carlotta murmurou um *ahã* e assentiu com expressão cética.

— Claro. Claro. Até que você a encontre, então, vou cuidar dessa outra garota, e pode descansar, como deveria estar fazendo.

— Descansar? — Eric riu. — Nunca ouvi essa palavra.

— É ter um dia agradável e relaxante — contou ela, olhando para o corredor. — Sem expectativas e sem preocupações. Agora me leve até sua garota.

— Ela não é minha... — Eric deu de ombros e gesticulou para o corredor. — Vamos.

Ele a conduziu ao pátio. Pérola não se encontrava no banco quando eles chegaram. Estava perto do muro alto, agachada diante de uma árvore desfolhada. Um trio de filhotes de gaivota, ainda com penugem fofa e bico preto, guinchava para ela enquanto arrancava pedaços do pão de Vanni dos dedos dela. Os ombros da garota tremiam com suas risadas, e um dos filhotes beliscou sua mão. Ela balançou o dedo para ele, ralhando. A coisinha curvou-se como um cortesão de pernas nodosas.

— Você tem feito amigos — observou Eric, tomando cuidado para não a assustar.

Ela girou e sorriu, dando-lhe um pequeno aceno. A marca vermelha da bicada da gaivota fez uma inesperada onda de ternura atravessá-lo. E não estava com raiva da ave, como a maioria das pessoas estaria. Era gentil de um jeito estranho, seus gestos lhe ocorrendo espontaneamente, sem estudada reflexão.

— Pérola, esta é Carlotta — apresentou ele, apontando para a mulher mais velha. — Se você precisar de alguma coisa, ela fará tudo o que puder para ajudar. Acho que um banho, um pouco de descanso e roupas novas seriam o melhor.

O sorriso dela vacilou um pouco, e ele se ajoelhou diante dela.

— Tudo bem você ir com Carlotta e ficar no castelo por enquanto? — Eric perguntou. — Se não, podemos encontrar outro lugar para você.

Ela bateu uma vez nas costas da mão dele.

— Ótimo — respondeu.

Algumas mechas de cabelo caíram diante de seu rosto, e Eric se adiantou antes mesmo de pensar na questão. Ele ajeitou o cabelo atrás da orelha da garota. Nunca tinha feito isso com ninguém. Parecia muito íntimo, um pouco demais, como um beijo no canto dos lábios.

— Devíamos jantar hoje à noite — propôs, e Carlotta o encarou boquiaberta. — Nós dois naufragamos e você não conhece ninguém.

E, mesmo que ela não fosse seu verdadeiro amor, ele queria passar um pouco mais de tempo ao seu lado.

Pérola sorriu e assentiu.

— Bem — falou Carlotta, deslizando entre os dois e pegando as mãos da garota. Ela lançou a Eric um olhar questionador por cima do ombro. — Vamos levá-la para um bom banho quente e arranjar roupas que lhe sirvam. Eric, vá acabar com o sofrimento de Grimsby. Eu cuidarei dela.

— Pérola é apelido, aliás. Talvez você tenha mais sorte do que eu em descobrir seu verdadeiro nome — avisou, evitando os olhos dela. — Grim está em seu escritório?

— No antigo escritório — falou Carlotta. — Vá, agora. Pérola está em boas mãos.

Príncipe do Mar

O escritório era um dos aposentos mais antigos do castelo, escondido próximo ao centro, onde o ar era frio e as paredes de pedra, úmidas, e Grimsby o usava apenas quando a tradição exigia ou não queria que muitas pessoas aparecessem por acaso na reunião. Era onde a mãe de Eric fazia pactos discretos e lidava com pessoas de quem outros nobres ou reinos zombariam. Foi ali que ele soube que sua mãe havia morrido. Era onde assinaria seu nome na lista dos governantes de Vellona.

— "Um lugar para o melhor e o pior das peculiaridades de Vellona" — ele murmurou, a descrição de sua mãe ainda impressa em seu cérebro, enquanto dobrava no último corredor.

O salão estava decorado com velhos retratos e tapeçarias, e Grimsby caminhava de um lado para o outro diante deles. O rosto pintado de Eleanora o encarou.

— Grim? — Eric exprimiu, levantando a voz ligeiramente.

O homem quase enfartou.

— Onde você esteve?

Eric explicou sobre sua caminhada e o encontro com Pérola, e a testa de Grimsby ganhava uma nova ruga a cada palavra.

— Você está me dizendo que encontrou uma garota na praia, mostrou a ela a baía e a acolheu no castelo? — Grimsby questionou. — Sem perguntas? Nenhuma preocupação se ela é uma espiã de Sait ou uma entre aqueles piratas mercenários invadindo o norte?

— Estratégia ousada, então, encalhando-se nua, exausta e com poucos meios de se comunicar. — Eric bufou. — Se ela for uma espiã, Sait logo descobrirá nosso segredo mais sombrio: as melhores receitas de macarrão de Vanni.

Grimsby gemeu.

— Você está deixando de ver o todo por causa de detalhes, vê as ondas mas não enxerga o oceano. É o príncipe amaldiçoado de um reino problemático, e há muita coisa acontecendo para você se incomodar com uma garota qualquer.

— Ela é uma convidada — falou Eric bruscamente. — Está sozinha e vulnerável. Não me importa o que mais eu seja, mas não serei o tipo de pessoa que recusa ajuda a alguém necessitado.

Grimsby se empertigou, endireitando os ombros, seus braços pendendo ao longo do corpo com as mãos cerradas.

— Há coisas mais importantes para você lidar agora. Deixe que Carlotta cuide dela, claro, mas você precisa se concentrar. Precisa se casar e garantir a linha de sucessão antes que seu tribunal resolva o assunto por conta própria.

Eric cerrou os dentes para não lhe dar uma resposta atravessada. Ajudar alguém necessitado não deveria ser algo sem importância ou secundário. E, analisando com atenção, Vellona tinha uma linha de sucessão. Eric tinha muitos primos — os mesmos que não hesitariam em contestar sua reivindicação se ele não se casasse, mas, ainda assim, tinha. Ele esfregou a têmpora e suspirou.

— Casar não vai matar a bruxa ou quebrar minha maldição. O casamento não nos trará dinheiro ou recursos de imediato. O casamento não criará instantaneamente um herdeiro. Casar não vai afastar os piratas ou as tempestades — respondeu Eric. — Vou deixar Pérola a cargo de Carlotta, mas irei em busca da Ilha de Serein novamente. Você pode ficar para trás e lidar com o impasse do casamento, se quiser.

Grimsby fez cara feia.

— Você não precisa procurar sua ilha tão cedo… aquelu pirata Sauer voltou e arrastou sabe-se lá o que consigo. Pediu uma carroça para trazer algo ao castelo e deseja falar conosco em particular.

Sauer estava em Cloud Break? Não era impossível que voltasse tão cedo, mas Eric não esperava sua chegada antes do dia seguinte, por causa da tempestade.

— Aconteceu alguma coisa? — perguntou Eric, a curiosidade queimando em seu estômago. — Vamos.

Príncipe do Mar

Eric abriu a porta do corredor. As paredes de madeira estavam escurecidas pelo tempo e por anos de fumaça de charuto, os retratos pendurados tão sérios e monótonos quanto o restante do aposento. A longa mesa de madeira que normalmente ficava no centro da sala havia sido empurrada para um lado, e as cadeiras de couro que a rodeavam, empurradas para o outro. Sauer, estudando o último retrato para o qual a mãe de Eric posara, estava no fundo da sala ao lado de um grande caixote coberto com lona. Eric não aguentava olhar para o retrato.

— Capitane Sauer — disse o príncipe. — Você voltou antes do esperado.

Não houve resposta. Parecia ter mais idade do que no navio. Sua estatura ainda era maior do que a de Eric, apesar de seu cansaço e desleixo, e se destacava na sala austera. Sua casaca vermelha estava tão desgastada quanto seu rosto, a bainha inferior quase uma franja, de tão esfarrapada, faltando a maioria dos botões, e elu fez uma leve mesura, inclinando a cabeça para o príncipe. Seu cabelo branco emaranhado de sal grudava no pescoço.

— As circunstâncias mudaram, Alteza — começou Sauer, tirando o chapéu de abas largas. — Esta é sua mãe, Sua Majestade Eleanora de Vellona?

Eric parou ao lado delu e olhou para o retrato da mãe.

— Sim, foi encomendado quando ela se tornou rainha.

— A semelhança é incrível.

Eric sentiu-se confuso. Sua nuca formigou.

— Não sabia que você conhecia minha mãe — falou Eric. — Sendo assim, o que seria tão *incrível*?

Os passos de Grimsby ecoaram atrás de Eric, mas ele não tirou os olhos de Sauer.

— O que aconteceu? — Eric perguntou.

Sauer coçou a pele queimada de sol que se estendia por seu grande nariz.

— Não há um modo fácil de dizer isso, portanto, vou lhe mostrar. Prepare-se.

Eles puxaram a lona do caixote, só que não era um caixote, era um dos fantasmas, parado dentro de uma moldura de caixa construída às pressas. A parte inferior da moldura parecia ter sido cortada do convés de um navio velho e apodrecido, e o sal escapava da forma do fantasma, salpicando o chão. A criatura era tão alta quanto Eric, e seu cabelo preto curto estava despenteado pelo vento. Parecia mais pálida ali do que no mar, tão translúcida quanto uma teia de aranha sob a iluminação errada.

— Não. — Eric deu um passo para trás, percorrendo-a com o olhar novamente. Desde a leve curva para dentro de seus pés até a largura de seus ombros, desde a maneira como suas mãos pendiam com os punhos cerrados ao lado do corpo até o modo como sua boca estava ligeiramente aberta: era sua mãe, exatamente como ele se lembrava dela. — Isso não é... É uma isca. A luz de um tamboril. Nada mais.

Ele se afastou do fantasma e, ao lado dele, Grimsby caiu de joelhos. Ele cobriu a boca com as mãos trêmulas.

— Percebi, nas três vezes que minha tripulação encontrou o navio-fantasma, que os fantasmas, depois que perdem o interesse em seu alvo ou o alvo está longe o suficiente, retornam ao que só posso supor que seja sua forma original — falou Sauer. — Esta é a forma para a qual este reverteu quando não havia ninguém por perto para atrair.

— Minha mãe está morta — disse Eric, mas sua voz vacilou. Ele se odiou por isso. — Minha mãe está morta há dois anos, e estamos bem dentro do alcance dessa coisa agora. Vejo esse fantasma como minha mãe porque é quem eu quero ver.

— E, mesmo assim, também vejo Eleanora de Vellona. — Sauer olhou para o fantasma. — Ela não está trajando a casaca e aquela cicatriz em sua bochecha não é visível no fantasma, mas tem sido Eleanora de Vellona desde que todos os fantasmas voltaram às suas formas e partiram.

Príncipe do Mar

Eric engoliu em seco, incapaz de desviar o olhar do rosto da figura.

— Como a pegou?

— Não fui eu — disse elu. — Uma vez que eles não estavam mais tentando nos atrair e longe o suficiente para partirem por conta própria, ela voltou caminhando pelas ondas. Não para meu navio, mas para o seu. Quase passou direto por nós nas ondas.

Grimsby ficou tenso atrás de Eric e, com a voz embargada, disse:

— Essa não pode ser Eleanora.

Com mãos trêmulas, Eric estendeu a mão para o fantasma que não podia ser sua mãe, e ele não reagiu. Seus dedos roçaram contra sua forma, o brilho pálido de seu corpo embotando por um momento. Sua mão a atravessou como se ela fosse fumaça.

— Parece com ela — soprou Eric.

Lentamente, seus olhos se viraram para encará-lo. Sua boca se movia como se ela estivesse falando, mas não havia nenhum som. Nem mesmo de respiração.

— A maioria de suas cicatrizes não está visível, a não ser por aquela pequena marca em seu lábio superior. — Eric gesticulou para o retrato. No fantasma, parecia que faltava um pedaço de carne, ou da substância, fosse qual fosse, de que ele era feito. — Isso está no lugar certo.

Grimsby aproximou-se por trás dele.

— Assim como a pintinha no rosto.

O pavor tomou conta de Eric.

— E se não for uma cópia? — ele questionou.

— Ela foi o único fantasma que deixou o navio. O único que já vi fazer isso. — Sauer baixou a cabeça. — Por várias vezes, quando a música estava mais fraca, ela se desvencilhou do grupo que seguia nosso cantor e pareceu estar procurando por alguém.

— O que são esses fantasmas? — Eric indagou. — Ela está morta. Por que ela... Que tipo de pesadelo acordado é esse?

Eric não conseguia nem olhar para Grimsby.

— Eu não tenho esta ou, para usar de sinceridade, nenhuma outra resposta para você. Apenas especulações — contou Sauer. — Acredito que uma parte dela está aqui agora. Não há muitos fantasmas, talvez apenas quatro ou cinco dúzias, mas eles com certeza não se deparam frequentemente com pessoas que conheceram durante a vida. No entanto, ela o viu novamente. Quanto mais se afastava do navio-fantasma, mais fraca ela ficava e começou a afundar nas ondas.

Eric respirou forte, percebendo de repente o que eles deviam ter feito.

— Então, vocês os atraíram de volta e cortaram um pedaço do navio para ela ficar de pé.

Sauer assentiu.

— Apenas eu. Remei para longe e os chamei. Estava bastante desesperade a ponto de fazer isso, visto que um perdão para minha tripulação estava em jogo. Mas funcionou.

— E aqui está ela — sussurrou Eric.

— Sim — disse Sauer. — Ela continuou tentando prosseguir sua caminhada, mas parou quando viajamos na mesma direção em que ela estava indo por uma hora.

Um golpe lancinante irradiou pelo peito de Eric, como quando se pula um degrau na escada, e toda a dor que o príncipe havia reprimido dentro de si apertou seu coração. Ele inclinou a testa o mais próximo que pôde do fantasma sem tocá-lo.

— Acha mesmo que ela está aqui por mim? — Eric abriu os olhos e a encontrou olhando através dele. Não o vendo. Realmente não vendo nada. Mas o fantasma de sua mãe estava olhando para ele, e ele não aguentou. — Naquela ocasião, no navio, teve um momento em que o espectro não me ofereceu nada. Só disse o meu nome. Acham que ela está ciente de mim em algum nível e que está esperando por algo ainda agora?

Ninguém respondeu à sua pergunta. Grimsby estava congelado no centro da sala, com o olhar em Eleanora e as mãos cobrindo a boca. Eric afastou as mãos do homem do rosto.

Príncipe do Mar

— Acho que o casamento pode esperar — Eric sussurrou. — Você não?

Grimsby o encarou.

— Eric…

Eric se afastou de Grimsby para olhar Sauer, as palavras de Nora no mar sobre seu tempo como imediata de Sauer voltando à sua lembrança. Ele respirou fundo, desejando manter o foco, apesar do desconforto que sentia com o fantasma de sua mãe a poucos passos dele.

— Acho que prometi algo a você se me ajudasse, mas primeiro tenho uma pergunta: por que descambou para a pirataria?

— Descambou? Essa é uma palavra bastante carregada, não acha? — Elu riu e balançou a cabeça, passando os longos dedos pelos cabelos. — Quando a sociedade educada nem se digna a reconhecer que você faz parte dela mesma e muito menos é educada com você, por que se preocupar em tentar se encaixar? Meu lar não fazia nada para garantir que as pessoas pudessem sobreviver. Tive que fazer isso por mim. Não sinto escrúpulos em relação ao meu trabalho. Como você se sente sobre o seu?

— Melhor do que me sinto sobre isso. — Eric apontou para o fantasma de sua mãe. — Ainda concorda em cumprir nosso acordo?

Sauer assentiu.

— Quero partir amanhã para a Ilha de Serein. O mesmo curso que seguimos da última vez — disse Eric. — Na Ilha está uma bruxa responsável por coisas terríveis. Eu vou matá-la. Leve-me até lá, volte com vida e você e sua tripulação receberão indultos completos.

— Eric! — Grimsby recuou como se tivesse sido atingido e balançou a cabeça. — Você não pode partir numa missão para enfrentar uma bruxa apenas…

— Apenas? — Eric perguntou, apontando para o fantasma de sua mãe. — Pense em quantos vimos no navio-fantasma, Grim. Quantas pessoas morreram por causa dos fantasmas? Quantos por causa da bruxa? Cansei de esperar que a vida entre nos eixos sozinha. Mamãe morreu indo atrás dessa bruxa e, sinto muito por não ter lhe contado, mas estou indo atrás dela também, quer você goste ou não.

Grimsby encarou Eric, pálido como um cadáver.

— Eleanora foi atrás dela?

— Foi o que ela fez — falou Eric. — E morreu por obra da bruxa.

Grimsby ficou em silêncio por um momento, olhando para Eric com uma expressão impenetrável. Por fim, respirou fundo e voltou-se para Sauer.

— Você vai, é claro, manter sua parte no acordo e acompanhá-lo?

Sauer deslizou a língua pelos dentes e parecia estar repassando o cronograma.

— Podemos estar prontos amanhã à noite, assim que tivermos descansado e reabastecido, mas dou à minha tripulação a opção de ficar para trás. Não ordeno que lutem contra uma bruxa. Eu e qualquer um que concordar manteremos o trato.

— Isso é justo — concordou Eric ao mesmo tempo que Grimsby ameaçou:

— Se ele ficar com um único hematoma, juro que você nunca mais terá paz.

As sobrancelhas de Sauer se arquearam.

— Entendido.

— Grimsby, dê a Sauer o que elu precisar — disse Eric. — Se minha mãe se movimentar, quero ser avisado imediatamente. Coloque duas pessoas aqui a observando o tempo todo, de preferência duas que já saibam sobre os fantasmas. Aqueles marinheiros com quem viajamos, talvez. Amanhã nos lançaremos à busca novamente.

Eric deu uma última olhada no espectro da mãe, seus olhos vazios nunca encontrando os dele, e se virou.

10
Salada de caranguejo

ERIC FUGIU da sala em pânico. Grimsby o encontrou no corre-dor minutos depois, rindo baixinho do absurdo da situação. Ainda não havia nada que Eric pudesse fazer, mas tudo dependia de encontrar a Ilha de Serein e matar a bruxa. Grimsby deu a Eric um momento para se recompor antes de arrastá-lo até o salão de refeições para o seu jantar com Pérola.

— Você *acabou* de me dizer para deixá-la a cargo de Carlotta — res-mungou Eric enquanto ajeitava as roupas do lado de fora do salão. — E a chegada de Sauer mudou as coisas.

— As recomendações da médica para você descansar não mudaram — disse Grimsby. — Se Carlotta não veio atrás de mim por causa dela, é quase certo que ela não é uma espiã.

Eric estreitou os olhos. A princípio, foi irritante tentar voltar para o castelo quando Pérola parecia não saber o significado da palavra *urgência*, mas depois seu estresse e sua dor diminuíram, enquanto eles comiam com Vanni e vagavam pela baía. Sua companhia tinha sido um bálsamo.

— Tudo bem — disse Eric, abrindo as portas para o salão.

Linsey Miller

Pérola ainda não havia chegado, e o lugar não trazia qualquer sinal do último jantar desastroso. Eric foi até uma das janelas, encostando-se nela. Na outra extremidade do porto, balançava o navio de Sauer.

— E eu acho que a companhia desta garota será uma boa distração de sua misteriosa salvadora — Grimsby confidenciou no mesmo tom que normalmente reservava para quando Max lambia seu rosto.

— Ela *era* real — insistiu Eric. — Eu teria me afogado se alguém não tivesse me salvado.

Uma mulher tão compassiva e corajosa o havia resgatado das ondas, e ela possuía uma voz pura, ou pelo menos pura para ele. Não tinha sido uma alucinação de quase morte ou fruto de sua imaginação. Ela era seu verdadeiro amor.

— Ah, Eric. Seja razoável — Grimsby disse, acenando de modo frenético. — Boas moças não nadam por aí salvando pessoas no meio do oceano e depois desaparecem do nada como uma...

— Estou lhe dizendo, Grim, ela era real. — Eric ignorou a carranca de Grimsby por ter sido interrompido. — Vou encontrar aquela garota e hei de me casar com ela.

Ele procuraria por sua salvadora misteriosa depois que a maldição fosse quebrada e já não restassem receios pairando sobre ele para arruinar a alegria de ter um amor verdadeiro, e ninguém poderia detê-lo, nem uma bruxa, Grimsby ou todos os primos perdidos desafiando sua reivindicação ao trono.

Grimsby balançou a cabeça.

Risos ecoaram do lado de fora do salão. Carlotta raramente ria assim, e até mesmo Grimsby ergueu os olhos de seu cachimbo favorito para a entrada. As portas foram abertas de par em par, e Carlotta passou entre elas, gesticulando para que Pérola a seguisse. O arrastar suave de seus pés, tão incerto, chegou primeiro a Eric. Sem dúvida, Carlotta havia exagerado. A garota mal conseguia andar sem sapatos. Ela iria...

— Oh — Eric sussurrou, engolindo em seco.

Príncipe do Mar

Pérola parou na entrada. Seu cabelo escorria como vinho doce por suas costas, um pequeno rio reunido nos dentes de um pente de concha branca. Na penumbra da noite, seus olhos eram mais escuros, safiras azuis arrancadas da parte mais profunda dos mares, e o vestido rosa que usava fluía em torno de seu corpo como a maré alta ao pôr do sol. Ela fez uma reverência graciosa, apesar do movimento claramente desconhecido. As pérolas penduradas em suas orelhas brilhavam.

— Ah, Eric. — Mesmo o velho e cansado Grim parecia cativado. — Ela não está encantadora?

— Você parece... — Eric se moveu em direção a ela, desejando pegar sua mão, mas, no último momento, afastou-se. Não podia. — Maravilhosa.

Pérola deu de ombros, sorrindo para ele, e todas as palavras que Eric pretendia dizer lhe fugiram.

— Venha, venha, venha. Você deve estar faminta. — Grimsby chamou Pérola para a mesa e puxou a cadeira para ela. — Deixe-me ajudá-la, minha querida.

Eric engoliu em seco, fechando os olhos com força, mas a visão de Pérola permaneceu. O calor em suas faces diminuiu, e ele espiou a garota novamente. Grimsby olhou para o príncipe, uma sobrancelha erguida.

— Lá vamos nós — falou Grimsby para Pérola. Ele deu um passo para trás e deixou Eric ajudar Pérola com sua cadeira. — Que tal? Está confortável? Não é sempre que temos uma convidada tão adorável para o jantar, não é, Eric?

Ele havia dito isso sobre todas as convidadas em idade de se casar desde que Eric completara dezesseis anos.

— Você está tramando alguma coisa — murmurou Eric, inclinando-se para perto de Grimsby de modo que apenas ele pudesse ouvi-lo.

O conselheiro sacudiu o guardanapo e sussurrou:

— Estou escolhendo minhas batalhas.

O mais provável é que ele estivesse tentando desviar a mente de Eric de seu verdadeiro amor.

Eric balançou a cabeça. Pérola ainda estava inspecionando a mesa posta, sem entender Grimsby. A garota passou um dedo no garfo e, antes que ele pudesse reagir, ela pegou-o e passou-o pelo cabelo como se fosse um pente. Grimsby congelou. Eric tentou pensar em algo para dizer, mas não conseguiu. Ele nem havia considerado que os costumes de Vellona poderiam ser diferentes dos dela, e eles não haviam usado garfos com a sopa no restaurante de Vanni.

Pérola corou e encolheu-se, compenetrando-se, e olhou em volta. A pele de Eric ardia com seu desconforto. Grimsby, há muito imune a qualquer embaraço que Eric sentisse, pegou seu cachimbo e riscou um fósforo. O som e o brilho atraíram o olhar de Pérola. Ela se inclinou para ele.

— Ah — disse Grimsby, pitando-o uma vez. — Você gosta disso? É muito bom.

Grimsby ofereceu o cachimbo a ela, e Pérola passou os dedos pela haste. Ela colocou os lábios na boquilha e soprou. Cinzas de tabaco voaram do fornilho, espalhando-se pelo rosto de Grimsby. Ele congelou, e Eric explodiu numa risada, socando o peito para se controlar.

— Desculpe, Grim — ele disse.

— Oh! — exclamou Carlotta. Eric havia se esquecido dela desde que vira Pérola entrar. Carlotta se aproximou dele e deu um tapa de leve em seu ombro. — Ora, Eric, é a primeira vez que vejo você sorrir em semanas.

Depois de saber do destino de sua mãe, ou do destino de sua alma, ele não tinha certeza se voltaria a sorrir. Grimsby estava certo; Eric se sentia mais leve. Melhor.

Grimsby puxou o lenço do bolso do peito e limpou o rosto.

— Oh, muito divertido.

Eric lançou a Pérola um olhar reconfortante. O rubor em suas bochechas descia por todo o pescoço, salpicando sua clavícula como suas sardas desbotadas. Eric colocou uma mão sobre a mesa perto da dela.

Príncipe do Mar

De repente, o abismo entre os dois, ampliado por suas dificuldades de comunicação, parecia intransponível, e o príncipe odiava isso. A conversa deles já era tão limitada, e o decoro era outra barreira desnecessária. Isso nunca o incomodara antes; geralmente, ficava satisfeito com a camada adicional de proteção que o decoro lhe proporcionava. Pérola não deveria ser diferente, e ele não sabia por que ela era.

— Carlotta, minha querida — chamou Grimsby, interrompendo os pensamentos de Eric —, o que temos para o jantar?

— Você vai adorar — respondeu ela, passando por Eric. Ela apertou seu ombro. — O chef está preparando sua especialidade: caranguejo recheado.

Eric apoiou um cotovelo na mesa, bloqueando Grimsby do ângulo de visão de Pérola com o ombro.

— Não se sinta mal pelo garfo e pelo cachimbo — ele sussurrou para ela. — Muitas coisas aqui são novas para você, e eu deveria ter perguntado. Se houver mais alguma coisa que desconheça, diga a mim ou a Carlotta, e nós ajudaremos.

O sorriso dela murchou ligeiramente, e Eric fez menção de ampará-la, não exatamente a tocando, mas deixando as mãos abertas para ela sobre a mesa. Um estrondo veio da cozinha. Carlotta estremeceu.

— Acho melhor eu ir ver o que Louis está aprontando — disse a senhora, saindo apressada.

Poucos minutos depois, a portinha da cozinha se abriu de repente e Carlotta saiu de lá apressada com três pratos nos braços.

— Sabe, Eric? — indagou Grimsby. Ele deu uma baforada em seu cachimbo, sorrindo levemente. — Talvez nossa jovem hóspede possa gostar de ver alguns dos pontos turísticos do reino. Que tal fazer um tour com ela?

Um tour? Enquanto o fantasma de sua mãe esperava no castelo? Sim, isso proporcionaria uma distração e manteria Eric fora do alcance de Grimsby até que Sauer e sua tripulação estivessem prontos para partir, mas Grimsby tinha algo a mais em mente. Eric só precisava manter o foco na bruxa e em sua ilha, além de ignorar a obsessão de Grimsby em encontrar uma esposa para ele.

Eric quase disse isso, mas o sorriso esperançoso de Pérola o fez parar. Ele próprio se *oferecera* para levá-la num tour quando estavam no restaurante de Vanni, e raramente Eric exibia Cloud Break para pessoas tão animadas em conhecer a cidade. Ele lhe sorriu de volta e imaginou o quanto ela apreciaria os mercados, considerando todas as paradas que fizera entre a loja de Vanni e o castelo. Ela gostara de ver Vanni fazendo macarrão, e muitos vendedores ficariam felizes em demonstrar seu trabalho para alguém. Ela certamente adoraria os moinhos de vento...

— Sinto muito, Grim — falou Eric, obrigando-se a desviar os olhos de Pérola. — O que pretende com isso?

Carlotta colocou os pratos cobertos diante de cada um, o cheiro de manteiga e ervas subindo com o vapor.

— Não pode passar o tempo todo se lamentando. Precisa sair. Faça alguma coisa, aproveite a vida. — Grimsby levantou a tampa e aspirou com tanta profundidade que fechou os olhos. O caranguejo em seu prato estava tão fresco que parecia vivo. — Tire sua mente...

— Vamos com calma, Grim — Eric o interrompeu para evitar que Grimsby saísse pela tangente. Então, aquele fora o mais recente esforço do conselheiro para unir Eric a uma bela e jovem noiva. Ele nunca ansiara por passar tempo com uma provável futura esposa, mas fazer isso com Pérola não parecia uma tarefa árdua. — Não é uma má ideia, se ela estiver interessada.

Ele olhou para Pérola.

— Bem, o que me diz? Gostaria de se juntar a mim em um tour pelo meu reino amanhã?

A garota assentiu vigorosamente, os braços cruzados sobre a tampa do prato. Eric sorriu.

Príncipe do Mar

— Maravilha — concluiu Grimsby, pegando o garfo. — Agora, vamos comer antes que esse caranguejo fuja do meu prato.

Metal retiniu contra cerâmica, e Eric se virou para Grimsby. Apenas um pedaço solitário de alface cobria sua travessa.

— Ah, Carlotta querida — disse Grimsby —, parece que estou perdendo minha refeição.

Depois do jantar, Max encontrou Eric e Pérola do lado de fora do salão de refeições e os seguiu até a praia onde tinham se conhecido. Fora sugestão de Eric, como forma de descobrir mais sobre Pérola, e também queria conversar com ela em um lugar menos intimidador do que o castelo. O caranguejo de Grimsby nunca mais reapareceu, e Eric fez a terrível constatação de que havia esquecido outra coisa importante: o que Pérola comia. Ela não havia tocado no caranguejo, mas parecera apreciar bastante o restante da refeição. Suspeitou de que ela não comesse carne. Não queria cometer o mesmo erro de novo.

— Se quiser comer mais alguma coisa ou se quiser algo específico, peça a Carlotta — ele lhe disse, ajudando-a a se deslocar pelas pequenas pedras que separavam a escada da praia.

Pérola assentiu, mas sua cabeça estava inclinada para trás e o olhar focado nas estrelas. Max a cutucou com a cabeça. Sorrindo, Pérola tirou os calçados e disparou pela areia. Max correu atrás dela.

— Dê-lhe umas palmadinhas nas costas! — Eric gritou e os seguiu, rindo enquanto Pérola fazia o que ele dizia e Max ficava de pé nas patas traseiras.

Ela o pegou pelas patas e o conduziu em círculos trêmulos.

— Sabe dançar? — Eric perguntou. Ela balançou a cabeça e ele estendeu os braços. — Quer aprender?

Pérola baixou Max no chão e se juntou a Eric. Ele colocou a mão esquerda dela em seu ombro. Os dedos da garota se mexeram inquietos contra ele, provocando-lhe um leve calafrio que se infiltrou em sua camisa, enquanto ela se recostava na mão dele em sua cintura. Pérola enterrou os dedos dos pés na areia. Eric riu.

— Olhe só, isso vai ser perfeito. — Eric assobiou o compasso ternário rápido da última música que havia dançado (meses antes, mas depois que Vanni desarmara Gabriella pela primeira vez, Eric, Vanni, Gabriella e o restante de seus amigos dançaram na praia mal iluminada, sob as docas), e deixou Pérola se acostumar com o ritmo. Era uma dança saltitante e não exigia a precisão da maioria das danças formais. Ele moveu os pés lentamente no início, acelerando assim que ela começou a acompanhá-lo. Depois, começou a saltar.

Com as mãos em seus quadris, Eric levantou Pérola até que seus pés estivessem a uns bons centímetros do chão. Seus cabelos esvoaçaram atrás dela como uma coroa. Seus olhos brilharam de alegria.

— Divertido? — ele perguntou, baixando-a de volta na areia.

Ela assentiu com a cabeça, os dedos agarrando com firmeza o ombro de Eric.

Eric puxou-a para perto mais uma vez e a conduziu em outro círculo.

— Que tal um salto e um giro desta vez?

Ela disse sim, dando-lhe um só tapinha, o luar reluzindo em seus olhos enquanto ela ria, e lembrava o badalar de sinos, alegre e delicado, com uma promessa de profundidade ainda não ouvida. Eric a ergueu mais uma vez e saltou ele mesmo. Ela girou no ar com tanta graça que parecia ter dançado a vida toda.

Muitas das danças populares em todos os reinos exigiam contato próximo e lábios à distância de um beijo. Como o único príncipe de Vellona, esperava-se que Eric recebesse convidados e participasse de festas, mas sua mãe raramente permitia que ele dançasse fora de suas aulas. Era o caminho da sensatez e o mantinha em segurança.

Príncipe do Mar

Mas ele adorava dançar e também o que estava acontecendo, a emoção de tirar o fôlego que era experimentar aquilo tudo com Pérola. Ela saltava cada vez mais alto, dançando com um entusiasmo que Eric não conseguia igualar, mas respeitava a distância em que ele a mantinha.

Embora estivesse com muito medo de admitir, havia uma parte dele que desejava que ela não o fizesse.

— Preciso de uma pausa — disse Eric, interrompendo a dança. Suas costelas doíam, mas foi o súbito desejo de puxá-la para perto que o levou a se afastar. — Isso é mais difícil na areia.

Pérola bufou e afastou o cabelo do rosto. Eles se sentaram, a água batendo em seus pés. Max se enrolou atrás deles.

— Podemos tentar novamente amanhã, na pedra — propôs, estremecendo. — Por falar em amanhã, terei que partir à noite por um tempo. Não tenho certeza de quantos dias ficarei fora, mas é inevitável. Eu ainda vou levar você para dar um passeio pela baía. Infelizmente, você ficará presa a Carlotta e Grimsby depois disso. Se precisar de alguma coisa, peça. Não importa se deseja ficar em Cloud Break ou encontrar o caminho de casa, eles vão ajudar.

O pânico nublou o olhar da garota e, pela primeira vez desde que se conheceram naquela manhã, ela parecia sentir medo.

— Carlotta ficará encantada em ter companhia — compartilhou Eric. — E ainda teremos muito tempo para conversar amanhã. Se pudesse deixar a viagem para outro dia, eu o faria, mas recebi más notícias hoje e não posso adiá-la mais.

Pérola mordiscou o lábio inferior.

— Vai ficar tudo bem. Eu prometo — disse ele. Então, tentando mudar de assunto, continuou: — Sei que não podemos realmente conversar, mas o que mais há de diferente aqui da sua casa, se você não se importa em responder?

Pérola levantou dois dedos — ela não se importava — e inclinou a cabeça para trás, o pescoço pálido arqueado e nu. Eric olhou para o céu.

— As estrelas parecem diferentes aqui? — ele questionou e olhou de volta para ela.

Ela bateu palmas uma vez e suspirou, o cabelo farfalhando com a respiração. Alguns fios grudaram em sua bochecha. Eric enfiou as mãos nos bolsos para evitar afastar o cabelo dela.

— Elas são completamente diferentes ou apenas mais difíceis de ver? — ele perguntou.

Ela bateu duas vezes e depois fez um gesto como se enxugasse os olhos.

— Mais fáceis de ver?

Ela assentiu.

— Não tenho ideia de onde você pode ser, então — concluiu ele, sorrindo enquanto ela ria. Eles ficaram sentados em silêncio por um longo tempo, ombro com ombro, observando as luzes distantes dos navios passarem. Lentamente, Pérola deu quatro tapinhas nas costas da mão dele.

— Então isso não é "eu não sei", é? — Ele se virou para ela e perguntou: — Está tentando dizer outra frase comum?

Um tapinha.

— Não posso explicar? — ele ofereceu, e ela balançou a cabeça e, em seguida, agitou a mão. — Explicar?

Um tapinha.

— Explicar o quê? — perguntou Eric.

Pérola fez um movimento de balanço com a mão, deslizando-a no ar como um barco sobre a água.

— Por que estou partindo? Oh, não é uma história feliz.

Pérola pôs a mão no braço dele, inclinou a cabeça e pousou a outra mão sobre o coração.

— Não é necessário se desculpar — afirmou ele. Eric raramente falava com alguém sobre a mãe, mas o fantasma dela era tão novo e tanta coisa estava acontecendo. Pérola, embora melancólica, não olhava para ele como se estivesse com pena. — Minha mãe morreu no mar há

Príncipe do Mar

dois anos, e recentemente descobri por que e onde. Estou viajando para descobrir mais.

Não era toda a verdade, mas era o suficiente para que ele se sentisse mais leve por ter compartilhado.

Pérola gesticulou para si e depois para ele, e Eric soube instantaneamente o que ela queria dizer.

— Absolutamente não. — Eric balançou a cabeça e se afastou. — Eu não posso pedir a você que venha comigo nem permitir isso. Existem piratas e outras ameaças mortais, e eu irei diretamente para o perigo. Se você se machucasse, com quem entraríamos em contato?

Pérola soprou uma mecha de cabelo do rosto. E deu de ombros.

Eric olhou de esguelha para ela.

— Devemos entrar em contato com alguém por você?

Ela levantou dois dedos.

— Sua família — disse ele com cuidado. — Eles não são malvados para você, são? Se quisesse voltar, seria seguro?

Ela assentiu e deu de ombros de novo. As mãos se contorceram no colo. Ela tocou o coração.

— Você os ama? — Eric perguntou. — Mas é complicado.

Ela ergueu um dedo e o usou para bater na testa.

— Você acha...

Pérola estendeu a mão e fez um gesto vago no escuro.

— Você acha que o mar?

Dois dedos.

— Eles?

Um.

— Você acha que eles...?

Ela assentiu e sorriu. Sua mão direita bateu na testa e, então, ela a manteve na altura do estômago. Sua mão esquerda acenou para longe de si mesma novamente, pousando sobre sua cabeça. Eric tentou conter sua confusão.

Linsey Miller

— Você acha que eles pensam — disse ele, analisando possíveis coisas que diria sobre a própria família e amigos usando esses gestos. — Você acha que eles pensam que precisam cuidar de você?

Pérola baixou as mãos e deu de ombros. Ela bateu no peito mais uma vez e colocou a mão sobre a cabeça; depois a ergueu lentamente sete vezes.

— Você é a menor?

Ela balançou a cabeça.

— Você é a mais nova?

Ela gesticulou com a mão "talvez" e bufou. Desenhou as linhas de uma árvore genealógica e pressionou a mão no peito. Seus braços embalaram um bebê imaginário.

— Você é a mais nova e eles cuidam de você. — Eric assentiu e trouxe os joelhos até o peito. — Minha mãe era mais ou menos assim. Sempre quis me proteger, e hoje é ainda pior, porque ela era uma rainha muito boa e agora tenho que cumprir esse papel. Isso me apavora. Ela não tinha medo de nada. Sinto que, não importa o que eu faça, nunca chegarei aos pés dela.

Pérola assentiu e segurou a mão dele, entrelaçando os dedos dos dois.

Ele não podia lhe contar sobre sua maldição nem sobre o fantasma da mãe, mas uma parte dele queria isso. Tinha vontade de deixar todos os seus segredos escaparem de seus lábios e perguntar: *Eu quero tanto salvar minha mãe por ela ou para que não tenha que arcar com todas essas responsabilidades ainda?*

Em vez disso, recostou-se na areia e olhou para as estrelas que Pérola não reconhecia. Ela se deitou ao lado dele.

— Devemos voltar — falou. Se os dois ficassem mais tempo juntos, não tinha certeza do que contaria a ela. — Carlotta vai me matar se eu mantiver você fora a noite toda.

Pérola bufou.

Príncipe do Mar

— Vamos sair para o passeio bem cedo, se você não se importar. — Eric a ajudou a se levantar. — Cloud Break é melhor pela manhã.

Pérola sorriu e assentiu. Ela estendeu a mão e desembaraçou um galho de cerejeira do cabelo do príncipe, enfiando-o no bolso da camisa dele. Seus dedos tocaram a bochecha dele uma vez.

Algo provocou um aperto no peito de Eric.

Outro mistério para resolver no dia seguinte.

11

Beije a moça

A PRÓXIMA coisa que Eric soube foi que o sol da manhã estava queimando uma linha em seu rosto. Uma dorzinha fez sua mandíbula travar enquanto ele gemia, e Eric se espreguiçou. Não havia tempo para descansar. Naquela noite, partiria outra vez para a Ilha de Serein.

Ele se vestiu e foi para o pátio, certo de que chegaria lá antes de Pérola, mas ela estava parada perto de uma árvore. Os filhotes de gaivota a encontraram novamente, e a garota estava jogando pequenos pedaços de peixes miúdos para eles, fazendo um gesto enérgico sempre que pulavam ou grasnavam, para que cada um esperasse sua vez. Um andou bamboleando em sua direção, e ela ergueu a mão vazia. O filhote eriçou a plumagem.

Pérola balançou a cabeça e o enxotou.

— Bom dia — disse Eric, postando-se ao lado dela. — Como consegue que eles façam isso?

Pérola inclinou a cabeça para ele. Ela estava vestida de azul naquela manhã, metade do cabelo puxado para cima e preso com um grande laço. Quando ela se virou para as aves e ergueu a mão oferecendo-lhes os últimos três pedaços de isca, seu vestido rodopiou ao seu redor como chuva. As gaivotas pulavam para cima e para baixo diante dela.

Elas grasnaram, e Pérola atirou o peixe para cada um dos filhotes.

— Elas são mais bem-comportadas do que Max — falou ele. Se ao menos funcionasse gritar até que alguém jogasse para Eric o que ele queria...

Pérola sorriu para o príncipe, franzindo o nariz, e ele se virou.

Aqueles eram os momentos de que Eric mais gostava: a respiração antes do sorriso, quando os olhos dela se enrugavam e os dentes apareciam por trás dos lábios. Ela se continha às vezes, como se lembrasse de sua situação difícil, e não sorria totalmente, mas as covinhas quase imperceptíveis o faziam sorrir. Ali estava ela, perdida em uma terra que não conhecia, incapaz de se comunicar bem, e ela não parecia nem um pouco assustada. Era corajosa, e isso o fazia se sentir corajoso.

E todos aqueles pequenos sentimentos complicados ardiam em seu peito como um carvão em brasa. Aquela garota não era seu verdadeiro amor, então, por que o príncipe se sentia assim?

— Você está pronta para ir? — Eric perguntou.

Ela assentiu. Eric a conduziu até o centro do pátio, perto do portão, onde uma charrete esperava por eles. Pérola respirou fundo ao ver o cavalo e levou as mãos ao peito, retorcendo os dedos. Ela só se aproximou depois que Eric demonstrou como acariciar o animal, avisando-a para não passar perto de sua traseira, e o cavalo mordiscou o ombro dela com os beiços.

— Vamos começar fora da baía e entrar aos poucos — contou Eric. — Assim, vai conseguir ver tudo.

Finalmente, eles subiram na charrete e trotaram pelo portão. As fazendas escondidas nas colinas longe da costa eram douradas e verdes, com cabras vagando preguiçosamente pela grama e corvos descansando em moinhos de vento que giravam devagar. Não havia muito o que ver nas margens extensas de Cloud Break Bay, mas Pérola os parava de vez em quando para observar veados e criaturas menores em busca de comida. Riu encantada com um coelho, usando o ombro de Eric para se equilibrar, a fim de que pudesse vê-lo pular de volta para os arbustos.

Príncipe do Mar

— Venha cá — chamou Eric, ajudando-a a se sentar de novo. Ela se apertou contra ele, e ele descobriu que não se importava nem um pouco. — Você vai gostar disso. Olhe.

Era a vista de Cloud Break que aqueles que não viajavam de navio viam primeiro: as construções de pedra clara com telhados vermelhos, pavilhões de madeira sombreando as ruas com tetos de videiras frondosas e canais cintilantes cruzando a cidade como a teia azul-prateada de alguma aranha gigante. Ela ficou de pé na charrete novamente, para dar uma olhada melhor, com um sorriso de olhos arregalados contagiante, e Eric diminuiu a velocidade do cavalo. Os dedos dela se curvavam ao redor de seu ombro, o polegar roçando sua pele distraidamente.

— Gosta disso? — ele perguntou.

Ela bateu em sua garganta uma vez e depois quatro vezes, colocando a mão espalmada contra o peito do príncipe.

— Gosto do crepúsculo — disse ele —, quando o mar e o céu são a mesma mancha escarlate e o mundo parece durar para sempre.

Ela afundou no banco, aninhando-se ao seu lado. Eric, repentinamente quente, estava ciente de cada centímetro do próprio corpo que tocava o dela e se afastou ligeiramente. Era apenas o calor da manhã. Tinha que ser.

Passou o braço em volta dela, porém.

Seguiram em direção à rua principal. A praça central fervilhava de gente, com barracas alinhadas à beira do caminho. As pessoas permaneciam ao redor da fonte, coletando água e se inteirando das novidades, e Eric ajudou Pérola a descer da charrete. Ela parou diante de um show de marionetes e abriu a boca admirada quando avistou um grupo dançando. Ela agarrou Eric e o puxou para o círculo de dançarinos.

Não era a dança da noite anterior, mas a garota aprendeu os movimentos rapidamente e com entusiasmo suficiente para encantar até o mais rabugento dos observadores. O príncipe a conduziu em uma dança lenta e cuidadosamente desembaraçou o laço que prendia seu cabelo das mechas bagunçadas pelo vento. Ela sorriu para ele.

— Talvez mais devagar da próxima vez — disse Eric com uma risada, refazendo o laço de Pérola. — Emily?

Pérola riu e levantou dois dedos. Depois de mais três rodadas de dança, Eric estava cansado de todos os olhares sobre eles. Já era fim da manhã, quase meio-dia, e logo teriam uma plateia ainda maior. Estavam acostumados a vê-lo em Cloud Break, mas Gabriella ou Vanni geralmente eram seus companheiros. Aquela garota do mar era total e obviamente nova.

— A maioria das pessoas que mora aqui trabalha nas docas — explicou Eric, conduzindo-a por um bando de pessoas mais velhas fofocando enquanto consertavam uma rede de pesca. Ele parou, pois a garota ficou olhando fixamente para a rede. — Sua família pesca?

Ela arrastou os olhos da rede e balançou a cabeça.

Caminharam pelos cruzamentos de Cloud Break cheios de pequenas barracas repletas de várias iguarias vellonianas. Eric pegou tortellini de espinafre e queijo em caldo com tempero de ervas para o almoço, que comeram sentados à beira de um canal perto da periferia da cidade, onde a água era mais limpa. Pérola partiu pedacinhos de pão fresco e alimentou os peixes e os pássaros reunidos ao redor deles, e Eric lhe perguntou por que ela queria sair de casa.

Aventura, ela enfim conseguiu explicar com mímica depois que ele não foi capaz de entender. *Explorar. Pessoas. Minha.*

— E sua família não queria que você fosse embora? — ele perguntou, lembrando-se da conversa que tiveram na praia.

Ela balançou a cabeça. Ao que parecia, a família dela era mais rigorosa do que Grimsby.

— Então, vamos à aventura. — Ele lhe ofereceu a mão. — Já viu uma lagoa antes? É onde um trecho do mar ficou preso no interior, então,

Príncipe do Mar

agora há uma pequena ponte de terra separando a água da lagoa do mar. Há vida de todo tipo lá.

Ela amava os animais, claro, e as criaturas da lagoa raramente entravam na baía.

Pérola assentiu. Devolveram o cavalo e a charrete ao castelo antes de partirem a pé. O caminho até a lagoa era sombreado e privado, o que lhes possibilitou conversar mais do que na cidade. O rapaz lhe contou tudo o que sabia sobre os fortes arbustos e plantas que apareciam ao longo do caminho, e ela chegou muito perto da beira do penhasco, para desconforto de Eric. Ele manteve uma mão protetora ao lado dela e a conduziu até o pequeno cais na lagoa. Aquele trecho pantanoso da área fazia parte dos terrenos de caça e pesca do castelo. Ela passava os dedos pela água enquanto ele remava.

— Vou partir hoje à noite, mas você é mais do que bem-vinda para ir e vir de Cloud Break o quanto quiser — disse ele. — Mas, se sair, certifique-se de que alguém saiba.

Pérola ergueu dois dedos e passou-os pelo pescoço.

— Eu realmente espero que isso signifique que você não está indo embora nem que está prestes a me afogar. — Ele puxou os remos para dentro do barco e os deixou à deriva.

Pérola revirou os olhos — pelo menos tal gesto significava o mesmo em ambos os mundos — e apoiou os cotovelos nos joelhos. Ela torceu a mão para apontar para si mesma.

Ele entendeu o que a garota quis dizer quase instantaneamente.

— Não vou levar você comigo — reforçou Eric. — Não é uma viagem segura. Você não veria nada além de mar aberto. Está mais para uma caça ao ganso selvagem do que para uma aventura.

Ela inclinou a cabeça para o lado e Eric riu.

— Uma caça ao ganso selvagem significa uma busca longa e muitas vezes inútil por alguma coisa — ele explicou rapidamente. — Você já esteve em um navio diferente daquele que naufragou?

Ela hesitou. Lentamente, bateu uma vez no barco a remo.

— Não incluindo este barco.

Franzindo a testa, ela bateu duas vezes.

— Sabe velejar? Como sobreviver em mar aberto? Pode haver piratas, lutas. Podemos ficar fora por dias ou semanas, e as tempestades surgem do nada deste lado de Vellona. É muito perigoso.

Pérola enfiou a mão na água e espirrou-a em Eric. Sua outra mão gesticulou referenciando a si mesma, da cabeça aos pés.

— Tudo bem, argumento justo. Você sobreviveu a um naufrágio, mas sabe lutar?

Relutante, ela bateu duas vezes no barco. Alguns peixes que o rodeavam pularam e jogaram água nele.

— Sinto muito — disse Eric, suspirando. Ele não achou que ela fosse capaz de lutar, mas era justo perguntar. Por mais que quisesse confiar que poderia se virar sozinha, ele só a conhecia há um dia. — Eu realmente não quero ser responsável por você se machucar.

O príncipe já tinha muitas responsabilidades.

A boca da garota se fechou numa linha rosada e raivosa, e ela estreitou os olhos para ele.

— Acabei de conhecê-la — disse Eric. — Como poderia justificar você se juntar a nós?

Pérola se encolheu, queixo apoiado nos joelhos, e passou os braços em volta das pernas. Ela bufou.

— Desculpe. — Eric pegou os remos de novo e os mergulhou na água.

Uma gaivota arremeteu em direção a uma das árvores acima deles e grasnou. Eric estremeceu. Não era a melhor serenata que a baía tinha a oferecer, mas Pérola não parecia se importar muito. Ainda assim, lançou à ave um olhar feio quando passaram por ela.

Um silêncio constrangedor entre eles sobreveio quando a gaivota se aquietou, e Eric pigarreou. Ele continuou remando, algo beliscando

Príncipe do Mar

seu dedo na descida. Eric sacudiu a mão. Pérola olhou para a água. A gaivota grasnou novamente.

— Uau — Eric murmurou —, alguém deveria encontrar aquele pobre animal e dar um fim à sua infelicidade.

Pérola bufou, aos risos. O sorriso dela fez o peito de Eric doer, e ele remou para longe da árvore da gaivota. Uma brisa ondulante agitou a grama. Um galho roçou a orelha de Eric. O silêncio foi repentinamente preenchido com os coaxos e gorjeios das criaturas ao seu redor, como se estivessem em um coral, e não em uma lagoa.

— Está ouvindo isso? — Eric perguntou.

Ela balançou a cabeça, assentindo, uma mecha de cabelo escapando de seu laço, e Eric se inclinou para perto. Seus dedos roçaram a face da garota e ajeitaram para ela a mecha atrás da orelha. Ela pressionou o rosto contra a mão dele. Seus lábios se separaram.

Eric recuou, remando com mais força. Foco. Foco. Foco. Falar era bom. As pessoas faziam isso.

— Sabe, eu me sinto muito mal por não saber seu nome — disse ele. — Talvez possa tentar adivinhar de novo.

Ela assentiu, apoiando-se nos joelhos.

— É Mildred?

Ela mostrou a língua e balançou a cabeça.

— Ok, não. Que tal Diana? — ele perguntou. — Rachel?

Ela se curvou. Seus olhos reviraram, e ela nem se deu ao trabalho de balançar a cabeça.

Haviam restado outros nomes? Tinham passado por pelo menos uma centena no último dia, percorrendo todos os tipos comuns de nomes e significados. A música da lagoa aumentava ao redor deles, pássaros cantando e água pingando. Era uma ária sem voz.

Ária...

— Ariel? — ele indagou com voz vacilante. Talvez devessem começar de novo pela letra *A*.

Ela se lançou para a frente e pegou a mão dele.

— Ariel? — Ele agarrou a dela, surpreso com sua reação. — Seu nome é Ariel?

A garota assentiu com a cabeça, o narizinho franzido pela risadinha de contentamento.

— É um nome um bocado bonito — confidenciou ele. — Ok, Ariel. Ele disse isso lentamente, experimentando o sabor do nome da garota, e sorriu. Simples e bonito. Conciso.

— Ariel — ele sussurrou e estendeu a mão para ela. — É maravilhoso sermos apresentados de novo.

Ariel diminuiu a distância entre eles e segurou as mãos do príncipe. Eles deslizaram através de um véu de galhos de salgueiro, as folhas salpicando seu cabelo, e Eric cedeu, a dor ardente em seu peito, grande demais para ser ignorada. Seus dedos arrancaram cada folha e se demoraram na nuca dela. Vaga-lumes flutuavam no ar.

Ela era selvagem e bonita, cabelos molhados pelo mar. Enquanto se encaravam, a garota umedeceu os lábios com a língua, e Eric não pôde deixar de se perguntar qual seria o gosto deles contra os seus. Ambos se inclinaram para perto, os olhos dela se fechando. Eric estendeu a mão para ela e...

O barco virou. Eric saiu voando, caindo de cara na água. O frio o chocou, penetrando em seu nariz e sua garganta, caindo até o fundo da lagoa. Sentiu algo deslizar por ele e chutou o chão. Seus pés atingiram o lodo.

Ele irrompeu na superfície e gritou:

— Ariel? — Água salobra espirrou em seu rosto, e ele piscou para afastá-la dos olhos, que ardiam. Estendendo os braços, vasculhou a água em torno dele. — Ariel!

Ela já havia emergido. Mechas de cabelo ruivo grudavam em seu rosto em tufos, flutuando na água como tentáculos ao seu redor. Seus

Príncipe do Mar

olhos estavam apenas um pouco acima da linha d'água, e ela o encarava por sobre a superfície ondulante.

— Você está bem? — ele perguntou, nadando em sua direção.

A garota assentiu e se mantinha à tona na água, mas não se levantou.

— Sua saia está muito pesada? — Ele se moveu para erguê-la e congelou.

Ele quase a beijara.

Ele quase a beijara.

Eric recuou. Ariel flutuou em sua direção, e ele não conseguiu deixar de se encolher quando se aproximaram. Ela parou, boiando e incapaz de fazer qualquer tipo de sinal, e ele sacudiu a cabeça. Náusea borbulhou no fundo de sua garganta.

Quase morrera, mas ainda queria alcançá-la, cruzar a distância entre eles e tomá-la nos braços. O que havia de errado com ele?

— Permita-me — disse ele e, em vez de puxá-la para seus braços, ofereceu-lhe a mão. — Espere, aguente firme. Peguei você.

Ainda assim, sua outra mão se enrolou em volta da cintura dela, e ele a conduziu até a beira da água. Ela sacudiu as roupas e o cabelo, a delicada garganta nua. Ela não era seu verdadeiro amor. Não poderia fazer isso.

— Sinto muito mesmo — ele falou, afastando-se da garota tão logo ela se pôs de pé com firmeza. — Vamos voltar ao castelo. Já chega de tour por hoje.

12

Sob falsa bandeira

ERIC DEIXOU Ariel com Carlotta assim que voltaram para o castelo sem sequer se despedir. Ele sabia que era rude, mas não conseguia se acalmar. Era exatamente por isso que mantinha todos à distância e agora não conseguia se concentrar em sua iminente viagem com Sauer e o fantasma de sua mãe. Ele passou a hora anterior ao horário em que precisava partir para o navio verificando suas anotações e escrevendo uma carta para Ariel, desculpando-se por sua reação ao quase beijo. Ele poderia explicar quando retornasse, se ela não voltasse para casa.

A ideia de ela partir o atingiu com mais força do que deveria.

O navio de Sauer, o *Siebenhaut* — embora Sauer risse de como Grimsby pronunciava o nome —, era um navio mercante de três mastros equipado como uma fragata. Max entrou no navio atrás de Eric e tentou abocanhar os calcanhares de Gabriella enquanto ela caminhava pelo convés com Nora. O fantasma da mãe de Eric estava escondido em segurança nos aposentos de Sauer por ora, fora da vista do povo de Vellona, e Sauer se encontrou com Eric perto do timão. Vanni permaneceu por perto, deslocado e sem saber o que fazer. Ele e Gabriella insistiram em acompanhá-lo assim que souberam que Sauer estava pronte para levar Eric em sua busca pela Ilha de Serein.

141

Linsey Miller

— Ainda não tenho um plano completo — comunicou Eric a Sauer. Sauer chupou os dentes e fez uma careta para o sol poente.

— Como suspeitei. Imagino que tenhamos a mesma opinião: não importa o que devamos fazer, temos de ficar algumas horas longe de Vellona antes de fazê-lo?

— Exatamente — concordou Eric, entregando-lhe um dos mapas de sua mãe. A luz lançava tudo em um tom escarlate que fazia seus olhos doerem. — Acho que ir para esta área é um bom ponto de partida. Então, podemos ver o que acontece com... ela.

Sauer assentiu como se lidasse regularmente com fantasmas, bruxas e ilhas misteriosas.

Zarparam sem muito alarde. Nora, com os braços cheios de mapas, e Gabriella juntaram-se aos demais no timão assim que partiram. Max andava para cima e para baixo no navio, farejando ao longo da amurada, e Eric assobiou para ele. Max não veio.

— Deixe-o vagar — pontuou Sauer. — Depois que decidirmos como proceder e chegarmos a mar aberto, prefiro que ele fique abaixo do convés, caso precisemos dele fora do caminho.

— Tudo bem — concordou Eric. — Você acha que vamos ter problemas?

Sauer bufou.

— Você mencionou ou não a morte de uma bruxa?

Nora assobiou, apertando os mapas contra o peito.

— Isso explica muita coisa. Mas não estamos levando soldados? Você sabe, pessoas que realmente matam para se sustentar?

— Não há nenhum de sobra. — Eric balançou a cabeça. — E, pelo que sei de Sauer, acho que sua tripulação ficará bem.

Max ganiu do outro lado do tombadilho e Eric o chamou.

— Justo — falou Nora, olhando para Sauer. — Se você não trouxer o príncipe de volta vivo, seu conselheiro vai te estrangular.

Príncipe do Mar

Sauer murmurou algo que poderia ter sido "não conseguiria alcançar meu pescoço", e ela lhe deu uma cotovelada.

— Esqueça Grimsby, eu vou te estrangular. — Vanni estreitou os olhos para Sauer. — Não que eu ache que alguém esteja prestes a morrer nesta excursão, mas apenas para que todos saibamos.

Ainda ignorando Eric, Max latiu novamente.

— Tudo bem. Se todos terminaram de defender minha honra, devemos discutir para onde estamos indo — disse Eric.

— Preciso falar com você sobre isso. — O olhar de Nora disparou para Sauer e ela se preparou. — Talvez não tenha lhe contado tudo o que sei sobre a Maré de Sangue.

Eric assentiu.

— Tive essa impressão da última vez que conversamos.

— Bem, não o conhecia então, não é? — Nora disse. — Eu não iria lhe contar a história da minha vida sem obter todas as informações. Um príncipe qualquer navegando rumo ao desconhecido e guardando seus próprios segredos? Não valia a pena. Eu vou lhe contar agora.

Era mais do que justo. Max começou a latir novamente, e Vanni girou.

— Max! — ele chamou. Quando viu para o que o cachorro latia, seu rosto empalideceu. — Oh, bem, isso não é o ideal.

Todos se viraram ao mesmo tempo. Max uivava e saltava em torno de uma Ariel molhada e semipendurada para fora de um buraco de embornal. Ela silenciou Max com um gesto e uns tapinhas na cabeça, e Vanni olhou para Eric. Como o príncipe não se mexeu, Vanni ajudou Ariel a se levantar. Ela lhe sorriu.

— O que está fazendo aqui? — Eric perguntou, seu tom de voz aumentando, e fez uma pausa para conter a raiva. Fechou os olhos, respirou fundo e tornou a abri-los, tentando acalmar seu coração apavorado. — Eu disse que seria melhor se você ficasse.

O sorriso da garota murchou e ela fez vários gestos que ele não conseguiu decifrar.

Eric levantou a mão.

— Desculpe. Não sei o que isso significa e não sei o que fazer.

Ela franziu a testa.

— Normalmente — disse Sauer quando Vanni e Ariel se juntaram a eles perto do timão —, eu mato clandestinos.

O cenho franzido de Ariel se transformou em uma carranca tão indignada que Eric quase riu.

— Ninguém aqui vai matar ninguém — tranquilizou Eric. — Você se agarrou ao casco?

Ariel assentiu.

Ele a encarou.

— Como?

Ariel franziu a testa e segurou o corrimão ao lado dela, agarrando a madeira com os dedos. Ela deu de ombros, e Eric precisou reprimir a calorosa apreciação que o invadiu. Aquilo exigiria uma quantidade absurda de força.

— Impressionante — observou Gabriella. — Você é aquela náufraga?

Ariel fez que sim com a cabeça para Gabriella e acenou.

Era tarde demais para eles voltarem. Ariel iria viajar com eles para matar aquela bruxa agora, e a ideia de arrastá-la para o perigo aterrorizava Eric. Já estava acontecendo de tudo; a presença de Ariel era a última coisa de que aquela viagem precisava.

— Tudo bem, tudo bem — disse o príncipe. — Posso falar como isso vai ser? — Ele olhou para Sauer, que assentiu. — Nora e eu vamos conversar sobre a Maré de Sangue e o que vamos fazer a respeito. Ariel, por favor, fique no convés com Max até terminarmos.

Ela pareceu confusa, mas assentiu. Então, deu um passo em direção a Eric, mas ele se afastou. Ele franziu a testa, muito consciente de quão ridículo ele parecia, e se dirigiu para os aposentos de Sauer.

Príncipe do Mar

Gabriella e Vanni seguiram Eric até lá. Nora permaneceu no convés, dizendo-lhes que se juntaria a eles assim que falasse com Sauer. O quarto era abarrotado, mas opulento. Havia uma cama encostada na parede, coberta com uma colcha grossa, e almofadas gastas cobriam as poltronas. Eric caminhava de um lado para o outro entre a mesa e a cama, as palmas das mãos pressionadas nos olhos.

— Por que você está assim? — perguntou-lhe Gabriella. — Sei que a presença de Ariel aqui não é o ideal, mas, se ela naufragou, pelo menos sabe se virar em um navio.

— Eu quase a beijei hoje — revelou Eric, jogando as mãos para cima. — Nem sei se ela já esteve em um navio. Ela sabe nadar, acho, mas vamos matar uma bruxa. Isso é só mais uma preocupação e...

Vanni levantou a mão.

— Espere, qual foi a primeira coisa que disse? Não posso ter ouvido o que ouvi.

— Eu quase a beijei — sussurrou Eric.

— O quê? — Vanni cobriu o rosto com as mãos e gritou por trás delas. — Por quê?

Gabriella desabou em uma das poltronas e deixou a cabeça cair entre os joelhos.

— Você quase beijou uma garota que acabou de conhecer? Quando você teve tempo?

— Quando mostrei Cloud Break a ela, mais cedo — explicou Eric. — Felizmente não, mas estive a um passo de morrer.

— Beijar a moça! — Vanni ergueu as mãos. — Eric! Que parte da sua maldição você não entendeu?

— Eu sei!

Ele quase morrera. Um rosto bonito. Um lindo dia sem preocupações. Uma promessa de compreensão e uma confidente em Ariel, e ele quase a beijou. Isso o deixou tão ansioso que ele passara mal.

Linsey Miller

— Bem, espere — amenizou Gabriella. — Acalme-se. Você não fez isso e agora sabe que está atraído por ela, então, não faça de novo.

Eric revirou os olhos.

— Você faz isso parecer tão fácil...

— Esperaria que fosse fácil não sair por aí beijando as pessoas — disse ela. — Estou mais interessada em saber por que estamos indo atrás dessa bruxa quando você tem absoluta certeza de que essa mulher que o salvou é real e seu verdadeiro amor. Encontrá-la provavelmente envolveria menos assassinato!

Eric tentou encontrar as palavras, mas não teve sucesso. Ele engoliu em seco e sussurrou:

— E se eu estiver errado? Como posso confiar em mim o suficiente para tentar? É morte certa. Pelo menos tenho uma chance matando a bruxa.

Recuou para o outro lado da mesa e se encolheu em uma das poltronas.

Vanni se aproximou dele com as mãos estendidas e disse com gentileza:

— E, se matarmos a bruxa primeiro, você não terá medo, porque a maldição terá desaparecido. Será capaz de se apaixonar de verdade por alguém.

Eric assentiu. Ele não ficaria apavorado nem teria que ser tão cauteloso, e poderia sair e encontrar qualquer pessoa. Todos. Suas emoções não seriam uma espada sobre sua cabeça. Ele poderia se apaixonar por quem quisesse, até mesmo Ariel.

O pensamento o deixou tonto.

— E Grimsby ainda se pergunta por que você tem medo de se casar — Gabriella zombou. Ela caminhou até ele e tocou seu ombro. — Você está bem para discutir a Maré de Sangue?

Eric inspirou pelo nariz, exalou com um assobio e assentiu.

Gabriella enfiou a cabeça para fora da porta e chamou Nora, que olhou para todos eles com os olhos semicerrados ao entrar. Gabriella empoleirou-se nas costas de uma poltrona e Vanni sentou-se em seus pés. Eric bateu no grande mapa preso à mesa.

Príncipe do Mar

— Então, o que você quer compartilhar? — ele perguntou.

— Vou dizer o que penso e depois explicarei por que posso estar certa — começou Nora, com o corpo tenso. — Acho que a Maré de Sangue é o caminho que nos levará à Ilha de Serein.

— Você acha que a Maré de Sangue leva à Ilha de Serein? — perguntou Eric, inclinando-se para a frente. — Por quê? Como?

— Olhe, não tenho como provar isso. Tentei encontrar alguma informação com Gabriella enquanto estávamos em Cloud Break, mas você vai ter que acreditar na minha palavra — ela disse, batendo a mão freneticamente contra a coxa. — O que eu não contei anteriormente é que vi a Maré de Sangue muito antes de qualquer outra pessoa neste navio.

Eric fez o possível para esconder sua surpresa e esperou que ela continuasse. Nora circulou um amplo trecho de mar ao norte de Cloud Break que tocava Vellona, Riva, Altfeld e Sait no mapa principal colocado sobre a mesa. Suas mãos tremiam.

— A Maré de Sangue é uma velha história de ninar nas cidades ao longo desta costa — contou ela. — Então, se a Maré de Sangue e a Ilha de Serein estão conectadas, provavelmente ela está aqui.

— É uma faixa enorme de mar bem explorado — disse Eric, observando o rosto dela mudar entre o pânico e o estoicismo. — Sabemos que não há nenhuma ilha lá. Sem contar que seriam pelo menos dez dias de viagem.

— Não acho que teremos que viajar muito para seguir a Maré — alertou Nora. — Eu acho que é por magia.

— Magia? — Gabriella repetiu. Suas sobrancelhas franziram. Nora assentiu.

— Então, pelo que sei, minha mãe e eu fomos umas das primeiras vítimas da Maré de Sangue — disse Nora, engolindo em seco antes de se apoiar na mesa. O quarto ficou em silêncio. — Fui criada em Riva por um velho chamado Edo. A Maré de Sangue era uma daquelas histórias que os adultos contavam para manter as crianças na linha: "Não entre na água ao amanhecer ou ao entardecer porque a Maré de Sangue virá e levará você embora. Não deseje coisas que apenas a magia poderia lhe dar". Do modo como Edo contava, pessoas desesperadas costumavam nadar, oferecer sangue ao mar e fazer um acordo com algo nas profundezas para que pudessem realizar seus maiores sonhos. Os custos, porém, sempre foram almas.

— Mas o que é esse algo? — Eric sentou-se em uma das poltronas extras. — Os fantasmas? Uma bruxa?

— Tendo encontrado muitas vezes com os fantasmas, não creio que eles estejam por trás de nada. Acho que são iscas de pesca. Não faço ideia de quem é o pescador, mas, com base no que você me contou, aposto que é sua bruxa — concluiu Nora. — O navio-fantasma leva as pessoas com ele quando parte. Não sabemos para onde, mas sabemos que vem e vai na Maré de Sangue. Acho que a Maré é uma espécie de caminho. É assim que o navio-fantasma chega até você, não importa quão longe você esteja.

Eric, Vanni e Gabriella se entreolharam. As palavras de Nora faziam sentido e explicariam como os fantasmas conseguiam ir e vir através do mar. Gabriella pigarreou e perguntou, hesitante:

— O que você quis dizer com "você e sua mãe terem sido as primeiras vítimas"?

— Não me recordo com muita clareza. Só sei com certeza o que Edo me disse, mas ele me relembrou tantas vezes que tudo parece minhas próprias lembranças.

Eric assentiu. Ele nunca conheceu seu pai, mas às vezes achava que conseguia se lembrar dele. Já haviam lhe contado histórias suficientes sobre o rei para que ouvisse o som de sua risada, e vira retratos dele o bastante para visualizar seu rosto. Tudo isso era uma ilusão que parecia muito real.

— Eu tinha apenas cinco ou seis anos, disse Edo. — Nora fez uma pausa e fechou os olhos. — Quando a Maré de Sangue matou minha mãe e a mim.

Eric se surpreendeu:

Príncipe do Mar

— O quê?

— Matou você? — questionou Gabriella. — Mas você está bem aqui.

— Não estaria se a Maré de Sangue tivesse o que queria. — Nora passou as costas da mão pela boca, parecendo um pouco enjoada. — Não conto essa história com frequência. É difícil explicar.

— Certo — articulou Eric, tentando esconder seu choque. — Desculpe. Continue.

— Era crepúsculo, quando a água estava vermelha como o céu, e minha mãe e eu estávamos nos afogando — disse Nora. — Não me recordo de como chegamos lá, mas me lembro de estar debaixo d'água e vê-la afundar. Ela me empurrou para a superfície, mas eu desmaiei. De acordo com Edo, que estava na praia quando aconteceu, alguém me puxou para a areia e me fez respirar novamente. Ele sempre me disse que foi a Maré de Sangue que tentou nos matar e que tentaria novamente se eu voltasse ao oceano.

— Então — falou Gabriella —, você morreu no mar e depois voltou para lá?

— Eu era importante demais para continuar morta — disse Nora. — E não me juntei a Sauer até alguns anos atrás. Eu me escondia no navio como clandestina e perturbei Sauer até que me deixou ficar. Até então, eu nunca estivera no oceano. Aprendi a nadar em um lago, e Tritão teve a gentileza de poupar nosso navio de qualquer naufrágio.

Eric balançou a cabeça. Era uma história louca, e, se ele já não tivesse encontrado metade dela, não teria acreditado.

— Mas por que você acha que a bruxa está por trás da Maré de Sangue?

— Porque tenho outra lembrança daquele dia. — Nora respirou fundo. — A princípio, pensei que tinha imaginado a cena ou a inventado em algum pesadelo. Vi uma mulher caminhando sobre a água vermelho-sangue em direção a uma ilha cintilante bonita demais para ser real.

Eric tentou imaginar, seus olhos arregalados enquanto compreendia.

Linsey Miller

— Você acha que a água não apenas é um caminho para os fantasmas, mas que também leva à ilha — concluiu ele.

— Ela desapareceu após os primeiros passos. Sempre pensei que tinha sonhado, estando meio morta e delirante, mas, com sua conversa sobre uma bruxa e a Ilha de Serein, é no que creio agora. — Nora respirou fundo e, então, fixou o olhar contra Eric. — É por isso que estou pensando que a única maneira de encontrar sua bruxa é aceitar um acordo com o fantasma de sua mãe e fazer com que ela nos leve até a Ilha de Serein usando a Maré de Sangue.

13

Um passo mais perto

FOI NECESSÁRIA certa persuasão, mas fazia sentido. Se a Maré de Sangue era como o navio-fantasma viajava, eles teriam de segui-lo para ver de onde saía. Nora raciocinou que a única maneira de fazer isso era provocar a Maré de Sangue, e eles tinham acesso a um dos fantasmas. O maior desejo de Eric era encontrar a Ilha. Ele poderia derramar sangue na água e deixar que o fantasma de sua mãe o tentasse, e então a tripulação poderia segui-la — ou o navio-fantasma, se aparecesse — para onde quer que ela fosse depois que ele fechasse o trato. Se algo desse errado, a tripulação de Sauer sabia como parar os espectros. Eles simplesmente tocariam música se Eric estivesse em perigo.

Embora estivesse longe de ser um plano perfeito, Eric aderiu a ele. Demorou mais para convencer Sauer, que não tinha tanta certeza de que sua embarcação poderia seguir o mesmo caminho que o navio-fantasma, já que não era mágico. Só havia um jeito de descobrir, no entanto.

Eles decidiram navegar por mais uma hora até que estivessem longe o suficiente de Cloud Break Bay, para que não houvesse risco de o navio--fantasma seguir para lá. Ariel permaneceu na borda do castelo de proa enquanto Eric discutia o plano com Sauer. Ela brincava de "Pega!" com

Max, olhando para eles de vez em quando. Eric quase perdeu a colaboração de Sauer dizendo que eles deveriam ir em frente e mover o fantasma de sua mãe para o convés.

— Ariel. — Eric se aproximou da garota assim que todos ao redor se dispersaram para se preparar para o que viria a seguir. — Posso falar com você?

Ela assentiu e o seguiu, gesticulando para Max se sentar.

O pequeno traidor obedeceu, e Eric não pôde deixar de sorrir.

— Sinto muito por ter ficado aborrecido por você ter subido a bordo clandestinamente, mas esta é uma viagem perigosa. — Ele a levou até o caixote que continha o fantasma de sua mãe. — Isso vai soar estranho, mas, no momento, estou tentando encontrar uma ilha que é o covil de uma bruxa. Ela machucou muitas pessoas e não pode continuar viva, e, acima de tudo, achamos que ela atraiu pessoas para si usando fantasmas.

Ariel soltou um gritinho e apertou a garganta.

— Um dos fantasmas é a minha mãe — contou ele, removendo a lona que cobria o caixote. — Então, Ariel, posso apresentar a você uma ilusão ou o que sobrou de minha mãe, Eleanora de Vellona.

Ariel abriu a boca de espanto e deu um passo para trás. Seus olhos percorreram de cima a baixo a forma translúcida da mãe de Eric, fixando-se em seu rosto inexpressivo. Ariel acenou com a mão diante dela, mas o fantasma nem se mexeu, e ela voltou a olhar para ele.

— Em uma hora, basicamente, nós a seguiremos até a Ilha de Serein. Ou seremos atacados quando os outros fantasmas aparecerem. — Ele suspirou e jogou a lona de lado, o fantasma de sua mãe tão resignado ali no navio quanto em Cloud Break. — É uma aposta no escuro.

Enxugando os olhos, Ariel gesticulou do rosto dele para o da mãe e sorriu. O coração de Eric disparou, e ele se desviou. Ariel era uma ameaça para ele, embora a garota não tivesse culpa disso. Ele queria abraçá-la; queria mergulhar em outra lagoa para escapar dela. Não podia fazer nada disso, entretanto, e saber mais sobre magia e bruxas era uma necessidade.

Príncipe do Mar

— Nós éramos parecidos — falou ele. — Gostaria que você pudesse tê-la conhecido antes...

Ele gesticulou para o fantasma da mãe, e Ariel fez menção de tocar seu ombro, mas ele se afastou.

Os integrantes mais fortes da tripulação de Sauer chegaram e levaram o caixote de sua mãe para o convés. Eric esperou que eles terminassem e, então, fez sinal para Ariel, indicando a proa.

Eles caminharam até lá em silêncio. O céu diante deles adquirira um tom nebuloso de azul-escuro, com o sol se afogando no horizonte. Ela se moveu para ficar ao lado dele, mas Eric deu meio passo para longe dela. Ariel olhou para os pés dos dois e depois para ele, levantando uma sobrancelha. Ele deu de ombros e apontou para o convés. Sentaram-se.

— Então, sobre hoje mais cedo, lá na lagoa. Quando quase nos beijamos... — ele disse, esperando que sua voz soasse menos estranha do que se sentia. — Sei que agi de forma estranha depois. Pode até parecer tolice dizer isso, mas o problema está comigo, não com você. Há muita coisa acontecendo na minha vida, acho que ainda não posso explicar tudo, mas sinto muito pelo barco ter virado e, depois, simplesmente eu ter ido embora.

A boca de Ariel se abriu em um *oh* de surpresa, e ela assentiu, colocando uma pequena trouxa de pano que estava escondendo sob o casaco entre eles. Dali, ela tirou duas fatias de *pane di grano duro* cobertas com lascas finas de *capocollo* marmorizado, figos cortados ao meio e mel. Devia ter conseguido os itens com Vanni, enquanto Eric estava com Sauer. Ele inspirou e percebeu o aroma forte de alho e pimenta no mel. Eric olhou para a comida e se deu conta que não comia desde antes da ida à lagoa.

— Obrigado — ele agradeceu, de repente se sentindo insuportavelmente culpado por descartar o desejo da garota de fazer aquela viagem e por deixá-la ficar. — Devíamos ter pensado em um jeito melhor de nos comunicarmos antes de tentar conversar sobre coisas complicadas.

Ela riu e fez o gesto novamente.

— Você sente muito? — Eric perguntou.

Uma batida.

Ela levou uma fatia de pão à boca de Eric, que hesitou, afastando-se ligeiramente. O embaraço cruzou o rosto da garota por um momento, e ela deu uma pequena mordida no pão. Ele estremeceu e pegou um figo regado a mel. Ela congelou.

— Tome, experimente isto.

Ela estava tentando, apesar de ser uma pessoa desconhecida em uma terra desconhecida, e aquele era um bom momento para Eric tentar também. Logo não teriam chance de discutir o que havia acontecido e fazer deliciosos passeios ao amanhecer. Ariel pegou o figo dele com dois dedos e comeu-o de uma só vez. Os olhos dela se iluminaram.

— Bem — disse Eric —, se aventuras perigosas e deprimentes não a mantêm em Vellona, talvez a comida o faça.

Ela riu e franziu o nariz. A luz do dia continuava a diminuir, a hora de convocar a Maré de Sangue se aproximando. Eric passou os dedos pelo braço, embora as notas musicais não estivessem mais lá. Ele tinha que ser corajoso.

— Tenho dificuldade em me aproximar das pessoas — confessou ele — e em deixá-las se aproximarem de mim.

Ele quase nunca falava sobre isso. Com Vanni e Gabriella, pareceria muito com as queixas de um principezinho mimado. Grimsby teria zombado dele, e Carlotta, sempre que abordava seus sentimentos, mostrava aquela expressão em seus olhos e acariciava sua cabeça, como se ele fosse um menino de cinco anos ou Max. Mesmo aquela única frase para Ariel parecia boba demais para ser considerada, mas ela não riu. A garota soltou um longo suspiro pelo nariz e assentiu. Ela usou as mãos para desenhar um círculo no ar entre eles e depois balançou a mão como um barco.

— Exatamente. Na lagoa, percebi que estávamos nos aproximando e entrei em pânico. Há muita coisa acontecendo na minha vida. Adicionar uma nova pessoa foi mais do que eu poderia suportar. — Ele gesticulou

Príncipe do Mar

para o navio. — Para ser franco, provavelmente não terei condições de lidar com minha dificuldade em deixar as pessoas me conhecerem por um tempo ainda.

Erguendo as mãos com as palmas para cima, ela as deixou descansar em cima da trouxa entre eles. Ela não o tocou, não exigiu uma explicação de por que ele tinha dificuldade, não descartou isso nem tentou provar que ela era exceção. Eric, hesitante, colocou uma das mãos sobre a dela.

— Vou tentar superar meu constrangimento em relação a me aproximar das pessoas — falou ele. — De você, na verdade. Das demais, ainda é exaustivo.

Ela sorriu e apontou para si mesma. Uma mão levantada para o sol, movendo-a em um arco, como se estivesse se pondo. Ela estendeu a mão para o príncipe.

— Vai me dar tempo para fazer isso? — ele perguntou.

Ela levantou um dedo e ele riu.

— Obrigado. Fico grato por isso — ele disse, estendendo a mão. — Amigos?

Ela parou por um segundo. Lentamente, pegou a mão dele e articulou com os lábios:

— Amigos.

Ariel deu a ele um pequeno sorriso, mas Eric não pôde deixar de notar a decepção em seu rosto. Seu coração se acelerou, mas fez o possível para ignorá-lo.

— Ótimo — respondeu Eric, encostando-se na amurada. — Não acredito que escalou a lateral do navio com as mãos nuas.

Ariel encolheu os ombros e flexionou um braço. Eric espiou por cima do ombro para olhar o mar. Era um bom dia para navegar, a água estava calma e as ondas pequenas, mas ele ainda não conseguia se imaginar nadando para fora do cais e agarrando-se à lateral da embarcação. Abaixo deles, golfinhos deslizavam ao lado do navio, alguns mergulhando fundo

Linsey Miller

e rompendo a superfície em graciosos saltos. Um veloz peixe amarelo e azul ziguezagueava entre os golfinhos.

— Nunca vi um assim — disse ele, apontando para o peixe. — Você já?

Ariel sorriu para o peixinho reluzente e atirou um pedaço de damasco seco à frente do navio. O peixe disparou para apanhá-lo.

Ela bateu uma vez no convés e se apoiou na amurada, com um sorriso triste no rosto.

— É um dos peixes de onde você é? — ele perguntou. — Ou você tem uma pequena turma de peixes a seguindo como mestra por toda parte?

Ela riu e fez vários movimentos como se estivesse dando uma aula.

Eric bufou, e Ariel se curvou em uma risada silenciosa. Ela parecia mais animada no mar. O vento enrolava seu cabelo em torno dos ombros e deixava suas bochechas rosadas. O reflexo das ondas em seus olhos azul-escuros parecia mais intenso. As cristas de espuma das ondas eram mais brancas. O prateado dos golfinhos cintilava.

Passos se aproximaram por trás deles e Eric se virou. Eram Gabriella e Vanni; Nora os seguia um pouco atrás, segurando uma faca.

— Está na hora? — Eric perguntou.

Gabriella assentiu.

— Não há tempo melhor que o presente.

Os cinco caminharam até o fantasma da mãe de Eric. A tripulação havia desmontado o caixote e colocado o pedaço salgado do navio-fantasma em um dos pequenos barcos a remo, para que pudessem vê-lo por entre as ondas. Eric parou diante do fantasma, que brilhou. Seus olhos focaram nele.

— Nosso plano, para que fique bem claro para todos, é que eu ofereça um pouco do meu sangue para provocar a Maré de Sangue e esperar que ela nos leve até a Ilha — disse ele. — E achamos que ela vai remar?

Nora fez um som, mostrando indecisão.

Príncipe do Mar

— Eles geralmente escolhem a opção mais rápida disponível e têm a capacidade de colocar em movimento um navio mercante inteiro.

— Com magia — completou Eric.

— E — disse Sauer em voz alta, erguendo um dedo nodoso —, se os outros fantasmas não aparecerem, talvez ela pegue o barco a remo.

Eric suspirou. Na pior das hipóteses, eles teriam apenas que seguir sua mãe caminhando sobre as ondas.

— E se o fantasma da minha mãe me obrigar a fazer alguma coisa? — perguntou Eric.

Nora deu de ombros.

— A pessoa mais próxima de você lhe dá um soco. Problema resolvido.

Eles baixaram o barco a remo ao mar. Eric aceitou a faca limpa de Nora e recuou em direção à amurada de estibordo. Ainda assim, os olhos do fantasma da mãe o seguiram. Com cuidado, ele fez um corte na ponta do dedo esquerdo e deixou algumas gotas de sangue escorrerem para a água. Um rastro de vermelho atravessou o mar, que escurecia até o horizonte. A criatura saiu de dentro do barco.

O fantasma de Eleanora de Vellona não vacilou. Suas mãos agarraram os remos, forçando-os para a frente e para trás. Ela não produzia nenhum som de esforço, e sua expressão não mudou. Eric se inclinou sobre o navio para mantê-la à vista. O escarlate do pôr do sol espalhava-se diante dela, e o homem no cesto da gávea gritou para Sauer. A maior parte da tripulação também olhava para ela, sussurrando entre si. Gabriella e Vanni o flanqueavam. Até Max enfiou a cabeça entre as pernas de Eric para ver.

A mãe seguia por um caminho de um vermelho profundo e escuro que cortava a água e se dirigia para o horizonte.

— Há algo lá — apontou Sauer. — Meu homem no cesto da gávea está de olho nisso.

A linha de sangue de Eric, mais escura e, de alguma forma, mais profunda do que o resto da água, espalhava-se por baixo do barco de sua mãe. Ela mantinha um ritmo exaustivo, nenhuma onda a atrasava. Não parecia cansada ou faminta; a única expressão que ele podia ocasionalmente vislumbrar em seu rosto era tristeza. Ela remava como se tudo o que queria estivesse fora de seu alcance. Eleanora de Vellona fora um portento de força que nada abalava. Agora, toda sua determinação se concentrava em um único e insondável intento.

E a ideia repentina e terrível de que o fantasma era realmente sua mãe de alguma forma se enraizou na alma de Eric. Ele precisava libertá-la.

— Que Deus nos acuda — disse Sauer. — Olhe para o céu.

Eric olhou. Nuvens pesadas e cinzentas se juntavam acima deles, relâmpagos espocavam por todo lado. O céu estava da cor de Grimsby depois de uma hora no mar, e o oceano se revirava tanto quanto o estômago do velho. A mancha doentia onde a água vermelha encontrava o céu esverdeado escureceu e embaçou, neblina branca como osso se derramava pelas ondas. Ariel agarrou a mão de Eric e apontou para as águas diretamente abaixo deles. Max uivava.

Enguias se ergueram da água e se enroscaram no barco de sua mãe. Ela deu outra remada vigorosa ao longo do caminho vermelho-sangue, e dezenas de outras enguias irromperam na superfície da água vermelha, contorcendo-se. Elas roíam a madeira do barco e afundavam assim que ela passava. A presença daqueles peixes despertou uma inquietação profunda em Eric.

Enguias não nadavam em águas abertas como aquelas. Escondiam-se em cavernas e fendas, aguardando que suas presas chegassem até elas.

— O nevoeiro nunca apareceu dessa forma. — Nora tirou uma luneta do bolso de Sauer e a pressionou contra o olho. — Macacos me mordam se isso não é magia.

Sauer se afastou da amurada.

— Sigam-na!

Eric respirou fundo. Com que velocidade ela estava remando para ultrapassar um navio? Ariel se inclinou tanto sobre a amurada que o

Príncipe do Mar

príncipe temeu que a garota caísse, e ela olhou entre o fantasma de sua mãe e o horizonte. Uma ruga de preocupação apareceu entre suas sobrancelhas.

— Não havia navio nesse nevoeiro — disse Nora. Ela olhou para Eric. — É possível que tenhamos acertado.

— Ela não me ofereceu um trato nem me obrigou — concluiu Eric com um estremecimento. — Por que não?

— Meu palpite anterior de que o fantasma dela reconhece você ainda está de pé — disse Sauer.

Ariel tocou o braço de Eric e gesticulou para a névoa.

— Vamos perdê-la na névoa — disse Eric. — Ou contorná-la e perdê-la de vista em nosso rastro.

Os dedos de Ariel se apertaram, e ela puxou o braço de Eric.

Eleanora desapareceu atrás de uma onda alta, e ele se moveu para ver melhor.

— Nós temos que fazer alguma coisa.

Ariel bateu em seu ombro uma vez e agarrou um dos cabos de amarração no convés.

Eric se virou para Ariel. Seu cenho franziu em confusão.

— Ela não consegue segurar um...

Mas, antes que ele pudesse terminar a frase, Ariel recuou, tirou as botas, correu e saltou por sobre a lateral do navio.

Eric se jogou contra a amurada quando o som de seu corpo caindo na água atingiu seus ouvidos. Ele procurou por Ariel entre as enguias, mas não conseguiu localizá-la em meio às ondas. Começou a tirar as botas.

— Lá! — Sauer apontou para o fantasma.

O cabelo ruivo de Ariel era uma centelha entre as enguias, e elas se separavam onde a garota nadava. Seus movimentos eram desajeitados no início, suas pernas se agitando, como se não estivessem acostumadas com a água, mas, em apenas alguns segundos, ela pareceu ficar confortável e começou a deslizar pelo oceano com facilidade. Com o coração martelando contra o peito, Eric tentou avistar quaisquer ferimentos, mas não conseguiu localizar nenhum de tão longe.

Sauer murmurou.

— O que ela está fazendo?

Ariel se virou para acenar para eles. O fantasma da mãe de Eric era pouco mais que um brilho contra as ondas. Ariel nadava atrás dela, já se aproximando do barco a remo. Ela entrou no barco ao lado do fantasma e acenou para eles, amarrando a corda ao redor do assento.

A corda os impediria de perder o fantasma de vista.

Sauer soltou um assobio baixo.

— Com certeza ela tem coragem.

Uma onda de afeto invadiu Eric, e ele agarrou a corda. O céu mudou para um verde pálido salpicado de névoa e, um minuto depois, o nevoeiro cobriu o navio. Tudo começou a perder os contornos, até que Eric já não conseguiu ouvir as velas ou ver o chapéu vermelho-vivo de Sauer ao lado dele. Eric puxou a corda com força duas vezes, e dois puxões decididos responderam-lhe. Tudo o que ele sabia era que o navio estava se movendo e a corda ainda o conectava a Ariel. Um lampejo de luz iluminou a névoa.

— Sauer! — Eric gritou. — Está vendo isso?

A luz ficou tão brilhante que Eric estremeceu. A resposta de Sauer ecoou estranhamente na névoa, incompreensível e distante.

O gurupés rompeu a parede de neblina. A luz do sol ardeu na madeira. Eles emergiram do nevoeiro singrando a superfície de um mar calmo e claro, e os raios quentes do sol do meio-dia dissiparam a névoa. Alguns tufos perdidos se agarravam ao navio.

— Magia — Eric disse, limpando um fiapo de neblina do ombro.

Gabriella correu para a amurada ao lado dele.

— Você está bem?

— Estou — respondeu ele, acarinhando o pelo de Max enquanto o cachorro choramingava a seus pés. — E os demais?

Príncipe do Mar

— Tudo certo.

— Ariel! — Eric gritou. — Você está bem?

De seu lugar atrás do fantasma da mãe, Ariel ergueu um braço e o flexionou. Gabriella soltou uma risada ao lado dele.

— Olhe — ela disse —, se essa garota não é seu verdadeiro amor, eu não sou tão exigente.

Eric se irritou e se odiou por isso.

— Fique com sua ladra.

Ele puxou o lenço verde em volta do pescoço dela, e Gabriella deu um peteleco em sua bochecha.

— Você está perdendo o todo por causa dos detalhes — disse ela. — Olhe ali na frente.

Eric franziu a testa e se virou. Para além de Ariel assomava uma ilha. Um turbilhão de névoa rodopiando com sombras que poderiam ter sido navios, tempestades ou fantasmas cercava a ilha e os prendia naquele meio-dia estranho e brilhante. Uma fina trilha vermelha cortava a água à frente do fantasma de sua mãe e terminava na costa da Ilha de Serein.

Era uma meia-lua de verdes luxuriantes e marrons arenosos em meio ao oceano aberto. A ilha em si não era grande; o que parecia uma lagoa verde-garrafa ocupava a maior parte de seu centro, mas a lagoa estava escondida atrás de árvores altas carregadas de laranjas. Elas balançavam na brisa, cobrindo o chão com frutas maduras. Arbustos espinhosos carregados de amoras se estendiam até a costa rochosa.

— Um paraíso — Gabriella sussurrou.

Não um paraíso. Não uma coincidência. Ele estava certo: tudo estava conectado.

— A Ilha de Serein — concluiu Eric, com o coração disparado. — Nós a encontramos.

14
A Ilha de Serein

SUA MÃE chegou antes à Ilha de Serein. Ela hesitou pela primeira vez na praia, a água batendo em seus pés. Estava muito mais sólida agora; olhar para ela era como olhar para uma janela congelada. Ariel esperou no barco a remo. Sauer, Gabriella, Vanni e Eric foram os únicos da tripulação corajosos o suficiente para desembarcar. Até Max se escondeu no casco com as patas sobre os olhos.

— Não confiem — murmurou uma marinheira enquanto ajudava a baixar o bote até a água. — Não há pássaros.

Ela estava certa: não havia um único pássaro na ilha ou planando no céu. A espessa muralha de neblina e vento provavelmente os mantinha afastados.

Eric não conseguia ficar parado, tamborilando na perna a melodia da canção de sua salvadora enquanto remavam no pequeno barco em direção à ilha. Gabriella agarrou sua mão.

— Vai ficar tudo bem — ela murmurou, mas ainda ajeitou nervosamente o lenço verde de Nora que prendia seus cachos.

— É lindo — observou Eric, ainda tremendo, apesar do gesto reconfortante de Gabriella. — Mas pode haver alguma coisa naquelas árvores.

Linsey Miller

Ao se aproximarem da ilha, chegaram aonde Ariel e o fantasma de sua mãe haviam parado. Ariel escorregou do outro barco e subiu no de Eric, acomodando-se ao lado dele. O príncipe lhe estendeu um casaco seco que trouxera para ela.

— Você está bem? — ele perguntou.

Ela levantou um dedo e prendeu o cabelo encharcado no alto da cabeça.

— Lá do navio não conseguimos ver ninguém na ilha — ele lhe disse —, mas a bruxa pode estar escondida na lagoa ou do outro lado.

A tripulação de Sauer ainda estava se preparando para uma luta e virando o navio para um ataque lateral, e até mesmo Gabriella havia pegado emprestado um mosquete para a viagem até a costa da ilha. Ariel olhou para a arma.

— Ela arruinou muitas vidas — contou Eric. — Quero ter certeza de que não pode estragar mais nada.

A espada embainhada ao seu lado parecia mais pesada do que nunca. Ele havia estado em muitas lutas, tanto em treinos quanto para valer, mas nunca matara ninguém. Aquela bruxa não poderia ser deixada viva. O príncipe sabia disso. Ela matara. Fizera até pior do que matar.

Mas a ideia de enfiar uma espada em seu peito o enchia de pavor em vez de triunfo. Mesmo agora, pensar nisso parecia um pesadelo distante, não a realidade.

— Vamos. — Sauer checou a pistola e endireitou o chapéu. — Fiquem atentos. Sei que estamos aqui para lutar, mas, ao primeiro sinal de problema, lembrem-se de que nosso poder de fogo está no navio.

Eles quase não precisavam mais remar. As correntes ao redor da ilha os tinham feito encalhar na areia branca que formava o lado externo da meia-lua. Quando chegaram à margem, a água morna ondulou ao redor de Eric enquanto ele saía do barco. Algas marinhas mais verdes do que ele jamais vira cresciam na água rasa, enrolando-se em suas pernas. Ariel saiu da arrebentação com ele.

Príncipe do Mar

No momento em que seus pés deixaram a água e pisaram na areia seca, Eric se virou para olhar onde haviam deixado o fantasma de sua mãe no outro barco a remo, mas sua silhueta havia desaparecido. Ele respirou fundo, e Ariel pegou sua mão.

— Estou bem, mas obrigado — Eric sussurrou para ela. — Você está bem?

Alguns hematomas apareciam em um ombro, onde uma enguia devia tê-la atingido enquanto nadava em direção ao barco a remo, mas ela dispensou a preocupação dele.

— E obrigado por isso. — Eric colocou o casaco em torno dela e o abotoou abaixo do queixo. — Mas, por favor, não repita. Nem pude... Não quero que se machuque porque sou um viciado em fantasmas.

Tinha sido uma coisa corajosa e irresponsável de se fazer. Se eles tivessem perdido o rastro de sua mãe, teriam ficado no nevoeiro para sempre? Teriam acabado em alguma outra ilha? A magia os teria expulsado? Não teria acontecido nada? Era melhor não saber.

— Acho que, desde o começo, deveria ter deixado você vir conosco — ele disse. — É óbvio que está em casa no mar e sabe o que está fazendo. Sinto muito por não ter acreditado em você.

Ariel sorriu para ele e apontou para a estreita linha de árvores. Ele pegou a mão dela. Ela era corajosa, e isso o fazia se sentir ainda mais corajoso.

— Fique perto de mim — falou ele, olhando para os outros. Gabriella e Sauer inspecionavam as rochas a poucos passos da água. Vanni havia se instalado no barco com uma luneta e uma pistola. — Vamos encontrar essa bruxa.

Vanni ficou no barco para vigiar a retaguarda e começar a remar se precisassem fugir rapidamente. Gabriella seguiu Eric e Ariel, e Sauer fechava o cortejo, deixando um rastro de pedras atrás deles, apesar do pequeno tamanho da ilha. Ariel olhou para as árvores e levantou a mão para Eric. Ele parou sob uma das maiores árvores frutíferas.

Linsey Miller

— Tudo parece normal. — Eric estremeceu. Seu tom de voz baixo só tornava o silêncio sem vida da ilha mais perceptível. — Sem dúvida alguma, fomos transportados para cá por magia. Considerando quanto tempo navegamos e onde começamos, estamos muito perto de Vellona para esta ilha não ter sido descoberta, mas todos os mapas marcam este lugar como oceano aberto.

— Parece uma ilha normal, e não ouço nada que soe como uma bruxa — Gabriella sussurrou.

Sauer varreu a ilha com sua pistola.

— O silêncio é pior. Como saber se ela está aqui ou não?

— Seguindo em frente — respondeu Eric.

As árvores acompanhavam o formato de meia-lua da Ilha. O pequeno bosque não era muito denso, mas ainda parecia escuro e fundo. Eric olhou por cima do ombro, e a costa aparentava estar mais distante do que teria pensado. Ariel passou os dedos por uma videira entrelaçada nos galhos das árvores, colhendo uma única uva e cheirando-a. Ela a deixou cair no chão e deu de ombros para Eric. Uma uva bastante normal, então.

— Maçãs não cresceriam aqui naturalmente — observou Gabriella, batendo em uma maçã caída com a bota.

Sauer arrancou uma maçã de uma das árvores, descascou-a e enfiou o polegar na polpa da fruta. Jogou-a de lado e limpou as mãos.

— Esta ilha parece mais uma despensa do que uma morada, mas acho que seria melhor se não comêssemos.

— Concordo — murmurou Gabriella, agachando-se ao lado de um arbusto de alecrim. Ela recolheu uma pata de caranguejo tão longa quanto seu braço. — Este aqui deve ter sido capturado em águas mais profundas. Devia ser enorme. Maior do que qualquer um que já vi perto de Vellona.

Estava rachada e torcida nas juntas, como o chef Louis os preparava para o jantar. Dezenas de cascas de caranguejo cobriam o chão sob o mato, e conchas de ostra vazias brilhavam à luz do sol. Eric cutucou a pilha.

— Muitas conchas — disse ele —, mas nada vivo aqui.

Príncipe do Mar

— Nem mesmo insetos — observou Sauer.

Eles chegaram a um véu de galhos retorcidos e grossas folhas verdes que separavam o pequeno pomar da lagoa. Sauer empurrou Eric para trás de si e preparou a pistola. Levantou três dedos e baixou um. Ariel agarrou a mão de Eric. O segundo dedo baixou. Gabriella levou o mosquete ao ombro.

Sauer empurrou os galhos. A lagoa estava parada e vazia, a água batendo na areia. Nenhuma pessoa, animal ou bruxa apareceram. Havia apenas lixo por ali.

Uma decepção aguda e amarga tomou conta de Eric. Ele respirou fundo e tentou se acalmar.

— Vamos verificar todo o lugar — disse ele. — Apenas por precaução.

Com certeza ela estava ali e se escondendo. Mas eles cruzaram a Ilha de Serein mais uma vez, até mesmo checando com Vanni, e não encontraram nada além de uma lagoa abandonada. Não havia vestígios da bruxa.

Eric estava tão certo de que ela estaria ali, que a ilha seria a resposta para todos os seus problemas. Ela deveria estar ali. O silêncio decepcionante da ilha o pressionou, até que tudo o que podia ouvir era o barulho interminável das ondas e as batidas do próprio coração. Era isso que Grimsby devia sentir cada vez que pisava em um navio.

Consternação inquietante e doentia.

Eric falhara.

— Perdoe-me, Alteza — expressou Sauer quando todos eles pararam para descansar perto do bosque, após sua terceira checagem —, mas vou considerar uma vitória o fato de encontrar a ilha e não morrer pelas mãos de uma bruxa. O que fazemos agora?

Eric suspirou. Mesmo agora, aborrecido por sua incapacidade de completar a tarefa que sua mãe havia deixado para ele, a ausência de um confronto o fazia respirar com mais facilidade. Havia menos perigo e menos chance de alguém se machucar. Ele riu e abriu os olhos. Nada nunca fora fácil.

Feliz em matá-la. Infeliz por matar.

Todas as suas emoções eram contraditórias e confusas?

— Vai ficar tudo bem — disse Gabriella, aproximando-se dele. — Se não for hoje, tentaremos novamente. Ainda há uma chance de que esta ilha possa nos contar mais sobre ela.

Ariel deu um tapinha no ombro de Eric e assentiu.

— Mas onde ela está? — Eric perguntou. — O que está fazendo? Ainda vem aqui? Como nós...

— Você sabe que eu não tenho as respostas para essas perguntas, certo? — Gabriella estendeu um braço e o girou, varrendo o ar. — Estamos trabalhando com as mesmas informações, Eric, e só podemos lidar com o que temos.

Apontando para a lagoa, Ariel gesticulou para que eles a explorassem com mais profundidade.

Eric se curvou, vencido.

— Tem razão. Acho que veremos o que podemos descobrir sobre ela com o que está aqui.

— Esse é o espírito da coisa. — Gabriella deu um tapinha nas costas dele. — Talvez ela mantenha um diário de todas as suas fraquezas.

O príncipe bufou e caminhou com ela até a lagoa. Era larga e profunda, e uma rocha gigante se erguia em seu centro. Eric a tinha visto durante a exploração inicial da Ilha, mas agora estava perto o suficiente para ver as manchas de umidade sobre ela, como se algo se sentasse ali frequentemente. Sauer e Eric arregaçaram as calças até os joelhos, tiraram as botas e entraram no lago cristalino. O fundo estava coberto com ervas marinhas verde-esmeralda, urnas e pistolas antigas, nada disso organizado de maneira perceptível. Ariel e Gabriella andaram pelas margens da lagoa.

Príncipe do Mar

— Tem alguma coisa aqui. — Sauer caminhou até a parte mais profunda da lagoa e parou. — Uhu. Bem, a bruxa tem bom gosto, mesmo que mantenha tudo submerso.

Eric passou por uma prateleira de madeira flutuante com vários cosméticos de todas as partes do mundo e hesitou quando viu a pequena coleção de arte sobre a qual Sauer estava de pé. Ficava em um pequeno recanto de rochas meio submerso na água e sombreado por uma alta ameixeira. Havia um banco debaixo d'água no centro do recanto, perfeitamente posicionado para se relaxar na água morna e admirar as peças. Sauer apontou para uma estátua de um deus reclinado segurando um cajado de pastor e uma romã aberta na mão.

— Isso foi roubado décadas atrás — disse Sauer. — E isto também.

Sauer bateu em uma placa de pedra rachada que jazia na água como uma lápide, ao lado do banco. Uma marca circular, como se tivesse sido deixada por um copo gelado, manchava seu topo. Eric inclinou a cabeça para o lado, a fim de estudar a escultura ligeiramente torta de uma figura barbuda e amarrada.

— É um dos deuses do norte, acho — falou Sauer. — Tenho uma gravura parecida.

— Isto é de Sait — concluiu Eric, apontando para um grande retrato. A figura era uma cantora de ópera e esgrimista que havia desaparecido no campo depois que sua esposa falecera. — Está coberto pelo quê?

Ele tocou a camada branca e embaçada que cobria a pintura e arrancou parte dela com as unhas.

— Cera — murmurou. Os outros retratos também estavam protegidos dessa forma. — Bem, essa bruxa gosta de sua arte.

— A mesma coisa aqui. — Sauer passou os dedos por uma pequena estatueta de dois homens, um na antiga armadura do reino a sudeste de Vellona, carregando o corpo lasso de outro.

Eric limpou a garganta.

— Talvez roube isto depois que ela estiver morta.

— É uma ideia — murmurou Sauer.

— Eric? — Gabriella chamou e obteve sua atenção. Ela usava um pedaço de pau para cutucar uma rocha perto da parte mais estreita da ilha, onde apenas um recife branco como dentes separava o mar da lagoa. — Acho que tem uma caverna aqui embaixo.

— Existe uma entrada? — Eric caminhou de volta até ela.

Gabriella balançou a cabeça e jogou o graveto de lado.

— Debaixo da rocha, eu acho, mas é muito grande para mover. Parece que foi colocada aqui de propósito, e o chão embaixo dela está arranhado.

Do outro lado da lagoa, Ariel acenou com os braços. Eric a encontrou na margem. Suas saias úmidas dificultavam seu caminhar na areia fofa, e o tecido verde grudava em suas pernas, parecendo um rabo de sereia. Eric lhe ofereceu o braço.

— O que há de errado? — ele perguntou, levando-a para longe da água.

Ela ergueu dois dedos e apontou para o lado oposto da lagoa, onde ele ainda não havia procurado. Nada de arte exposta ali, mas havia uma grande rocha plana perto da água. Eric contornou a lagoa até lá e riu. Incrustado na rocha, um velho frasco de vidro marinho com tinta e um esqueleto de peixe, que descansava próximo a ele, a ponta da espinha afiada como uma pena de escrever. Uma folha de pele de peixe fina e lisa como pergaminho com as palavras *Onde ela está?* gravadas nela tremulava na rocha. Eric tocou a pena de osso.

— A tinta ainda está fresca — disse ele. — Quem escreveu isso esteve aqui recentemente.

Sauer ergueu os olhos da inspeção da prateleira de madeira flutuante.

— Então, pode retornar ainda mais rapidamente ou desaparecer por muito tempo. Entendo você querer esperar para ver se é ela, mas a ideia de passar a noite na ilha de uma bruxa poderosa não me enche de confiança.

— É justo — concordou Eric. Ele esfregou o rosto. — Tudo bem, não sei quão perto minha mãe chegou de encontrá-la e matá-la,

Príncipe do Mar

mas duvido que ela tenha chegado tão longe ou soubesse o que era a Maré de Sangue antes de morrer, já que não falou nisso em seu bilhete. Agora sabemos como encontrar a Ilha e evitar os fantasmas. Isso é mais do que sabíamos antes. Podemos partir, atrair o navio-fantasma até nós e ativar a Maré de Sangue novamente amanhã, ou algo assim. Vamos tirar o máximo de proveito possível por ora e descobrir tudo o que pudermos sobre ela.

Sauer assentiu e usou um espelho e uma lanterna coberta para enviar algum tipo de sinal de luz para o navio, murmurando em satisfação com o rápido *flash* de luz que veio em resposta. Não era nenhum código que Eric conhecesse, mas imaginou que as três piscadas longas e as três curtas significavam "tudo limpo". Daquela distância, Eric mal conseguia distinguir Nora segurando uma grande lanterna no alto do convés.

— O mar está limpo — observou Sauer. — Nada se aproximando e nenhuma mudança na ilha, exceto por nós.

— Bem, sabemos que ela deixou outras pessoas com raiva, para dizer o mínimo. — Gabriella se inclinou e leu o bilhete de novo. — Pessoas que ela conhece bem o suficiente para não assinarem seus nomes.

Ariel cheirou a tinta, agitou os dedos e apontou para o mar. Eric levou um momento e mais alguns gestos para entender.

— Isso é tinta de lula? — ele perguntou, e a garota assentiu. — Por que alguém usaria tinta pura de lula?

Ele circulou ao redor da rocha e quase tropeçou em um baú meio enterrado na areia. Era uma antiguidade, madeira grossa esculpida com tanto esmero que as peças se encaixavam e sem necessidade de dobradiças de metal. Eric tocou a tampa e saiu com cera sob as unhas. A cera era mais espessa ao redor da tampa.

— Acho que encontrei algo. — O príncipe tentou não deixar a esperança que sentia transparecer em sua voz. Aquele era o tipo de baú em que as pessoas guardavam documentos e suprimentos importantes nos navios. Impermeável e flutuante, sobreviveria a qualquer coisa.

Linsey Miller

Certamente, estava cheio de documentos muito frágeis para serem deixados ao ar livre. — Também está coberto de cera.

Gabriella, Sauer e Ariel se juntaram a ele. Eric ficou de joelhos, passando a mão por todo o baú. Era tão largo quanto sua envergadura e chegaria até suas coxas se não tivesse sido enterrado.

— Há um selo — apontou ele, sentindo as bordas de um entalhe na cera. Cobria o ponto onde devia estar uma fechadura. Consistia de uma série de círculos estranhos em um padrão que ele não reconhecia. — Não sei dizer o que é.

Ariel se inclinou ao lado dele, o queixo perto de seu ombro. Ela tocou as marcas.

— Você o reconhece? — ele perguntou.

Assentindo, ela desenhou um polvo na areia. Eric riu.

— As ventosas. Claro — disse. — É a impressão de um tentáculo de polvo.

— Ela saberá que foi aberto — falou Sauer.

Gabriella deu de ombros.

— Nosso plano original era matá-la. Importa se arrombarmos um baú?

— Preparem-se caso seja mágico. — Eric enfiou os dedos na cera e abriu a tampa. Fedia a sal e água estagnada. Um arrepio passou por ele, pequeno e rápido como o ar antes de uma tempestade, e o chão estremeceu. Pedra esmagada contra pedra, e a lagoa ondulou. Algo grande e veloz se chocou contra o recife que separava a lagoa do mar, libertando-se. Uma cauda surgiu na superfície e desapareceu. A tampa do baú se abriu.

Ariel ficou de pé.

— O que foi aquilo? — Sauer perguntou, pistola em punho.

Ariel empurrou com cuidado o cano da arma para o chão. Ela desenhou um peixe na areia com o dedo do pé.

— Se tem certeza — disse Sauer, mas manteve a pistola na mão e varreu a Ilha com o olhar.

Príncipe do Mar

— Não vejo nada. — Gabriella subiu no topo da rocha para olhar ao redor. — Seja lá o que for, verifique o conteúdo do baú bem rápido.

O baú estava cheio de cartas e mapas. Eric vasculhou os primeiros e puxou um com o nome da mãe.

— "Não temos nenhum desejo de ver nosso mundo entrar em guerra mais uma vez e não possuímos recursos nem estômago para nos envolvermos em tal barganha" — Eric leu em voz alta. — A parte seguinte está borrada... A tinta ficou molhada, mas diz: "Não vamos desconsiderar nosso acordo com Sua Majestade, a Rainha Eleanora", e há uma assinatura embaixo. Benjamin Huntington, Duque de Wright.

Wright ficava ao norte, no reino de Imber, do outro lado de Sait, e mantivera o acordo com a mãe de Eric de não cobrar as dívidas de Vellona até que as tempestades cessassem. Tinha que ser esse o significado daquela carta.

Sauer assobiou.

— Muita coragem de Imber em recusar a oferta de uma bruxa como esta.

— Estes devem ser todos os acordos que ela fez ou tentou fazer. Dezenas de cartas de diferentes reinos — Eric concluiu, pegando uma diferente. — Alguns ofereceram suas propriedades em troca de um clima favorável. Algum dinheiro. Muitas das cartas são de Sait. Eles darão à feiticeira um título de nobreza assim que a parte dela for cumprida... tenho um palpite sobre qual é essa parte.

Aquela bruxa não era apenas a causa de sua maldição, mas de todos os problemas que assolavam Vellona. Eric estava certo: Sait havia se aliado a uma bruxa, mas a ideia de dizer *eu não disse?* a Grimsby havia perdido um pouco de graça desde que encontrara a Ilha e perdera o fantasma da mãe.

— Ela é a razão pela qual todo o reino de Vellona está sofrendo. — As mãos de Eric tremiam, e ele guardou no bolso as cartas de Sait agradecendo à bruxa por seu trabalho com as tempestades. — Pela data em que enviaram aquilo, significa que a tempestade de que estão falando é a da primavera passada, em Brackenridge. Quarenta e sete pessoas morreram só na tempestade e estão agradecendo a ela.

Ariel colocou a mão em seu ombro e o apertou, mas o toque apenas o deixou mais tenso.

— Não sabia que poderia odiar tanto alguém — ele sussurrou.

A mão de Ariel deslizou de seu ombro, e ela pegou as cartas de suas mãos, entregando o que Eric ainda não havia lido para Gabriella.

— Para uma bruxa do mar — murmurou a amiga, folheando os papéis —, ela não está oferecendo a nenhum dos reinos melhores condições de navegação ou pesca. Eu me pergunto se o mar não gosta muito dela.

Ariel bufou, aos risos.

— Por que ela haveria de querer um título? — Eric perguntou. — Ela é uma bruxa.

— É um tipo diferente de poder. — Gabriella desceu da rocha. — Ser reconhecido como nobre não é o mesmo que ser habilidoso o suficiente em algo para colocar medo nas pessoas.

— Ela também terá terras em Altfeld — disse Sauer, batendo os dedos numa carta que Eric não havia lido. — Darão a ela uma propriedade na costa assim que ela lhes entregar Riva.

Eric ergueu a vista para Sauer.

— Achou alguma coisa sobre os fantasmas ou as maldições?

Saber por que Vellona estava sendo alvo era muito bom, mas não ajudava Eric ou o reino. Ele precisava achar um modo de detê-la.

Ele vasculhou o restante das cartas e dos mapas, e Sauer leu os escritos na língua de Altfeld.

— Parece que ela estava se preparando para enviar esta aqui — disse Sauer. — "A colheita tem sido abundante, e o bom das almas é que elas não requerem manutenção além de um espaço para armazená-las antes do uso. Meus campos estão cheios e lindos nesta época do ano e muito mais valiosos do que seu ouro e suas moedas. Contate-me novamente assim que souber o verdadeiro valor das almas, fofo."

Príncipe do Mar

— Vamos levar as cartas conosco — decidiu Eric. — Elas são a prova de quem está trabalhando com ela e por quê. Gabriella, pode carregá-las?

Ela assentiu e juntou as cartas e os contratos. O nome de Eleanora no fundo do baú chamou a atenção de Eric. Ele puxou da pilha a pele de peixe que parecia papel. No topo, o nome de sua mãe e, abaixo, o dele próprio. Havia apenas outros três nomes na lista, cada qual um governante de outro reino. O nome da mãe fora riscado.

— Isso é...

O cheiro de podridão o sufocou. Ariel engasgou, cobrindo a boca com a blusa. Um baque alto ecoou na Ilha, seguido por uma série de sons doentios de esguichos. Eric ficou de pé. As árvores murcharam e seus frutos escureceram em segundos. Sauer agarrou a camisa de Eric.

— Hora de ir — disse. — Mate-a mais tarde.

Eric assentiu. Eles não podiam lutar contra o que estava acontecendo ali.

Os quatro atravessaram a ilha de volta correndo. Vanni acenou do barco a remo, o rosto branco de medo. Diante de seus olhos, a Ilha de Serein morrera. Mofo esverdeado agora crescia nas árvores retorcidas, soltando baforadas de esporos cinzentos e malsãos. Bandos de moscas zumbiam e besouros corriam pela areia, chapinhando na maré alta. O grupo chegou ao barco a remo enquanto as árvores enfraquecidas tombavam atrás deles. As algas marinhas estavam marrons e murchas.

— Entrem! — Sauer gritou, acenando para Nora na proa do navio. — Remem.

Mas Vanni já começara a remar de modo frenético. O príncipe estava com um pé dentro do barco quando algo o fez parar e recuar. Eric ouviu uma voz familiar chamando seu nome. Aquilo tocou seu coração e despertou nele um desespero tão profundo que doeu.

— Minha mãe — falou Eric, com voz vacilante. O mundo se turvou e aquietou até que só restassem a voz dela e sua necessidade de encontrá-la. — Eu me esqueci da minha mãe.

— O quê? — disse Gabriella. — Ela não está aqui.

— Você não a ouviu? — ele perguntou, afastando-se do barco. — Lá.

Uma figura fantasmagórica surgiu do mar. Algas tão verdes quanto o trigo jovem ondulavam ao seu redor, as folhas se retorcendo em suas pernas. O mar fervia onde a tocava, e Eric se esforçava para correr pela água até ela. Uma dor de cabeça perturbava o seu foco. Ela estendeu a mão para ele, e Eric estendeu a mão para ela.

— Você tem que me salvar, Eric. — Os dedos dela passaram pelos dele. — Por favor. Ajude-me. Faça um trato. Ela vai me devolver por...

Um corpo se chocou contra suas costas. Cabelos ruivos derramados por sobre seu ombro e braços travados ao redor de seu peito. A bochecha de Ariel pressionava contra o seu ombro.

Não, não, não, ela batia contra o peito dele. *Não.*

O choque, a dor, as lembranças... aquela não era a sua mãe. Era uma isca.

— Você não é ela — disse Eric ao fantasma. — Você não é ela e não sabe nada sobre mim.

— Não seja ridículo, querido — respondeu o fantasma da mãe. — Por favor. Me ajude.

Eric deu um passo para trás.

— Minha mãe nunca me chamou assim.

O espectro inclinou a cabeça para o lado e congelou.

— Bem... — a figura disse em uma voz tão diferente da de Eleanora que Eric gelou até os ossos — ... você é rude, não é? Estava curiosa para saber o que aconteceria se um dos meus fantasminhas encontrasse alguém que tivesse conhecido antes de eu tomá-lo. É decepcionante que isso os deixe lutar contra meu controle, mas aqui estamos nós, finalmente cara a cara. Suponho que ela ter conduzido você até aqui foi bom nesse aspecto, pelo menos.

— Você!

Príncipe do Mar

Uma clareza gloriosa e terrível atravessou cada pensamento da mente de Eric, e ele se lançou para a frente. Mal sentiu Ariel escorregar de seus ombros. Seus dedos rasgaram o fantasma, pegando nada. O fantasma riu.

— Devolva-a — Eric grunhiu entre os dentes cerrados. — Solte a alma da minha mãe!

Seu punho passou por ela de novo, e as mãos de Ariel agarraram seu outro braço.

— Devolva-a. Solte-a — disse o fantasma, balançando a cabeça de um lado para o outro. — Tão contraditório. Você ao menos sabe o que quer?

— Cale a boca, seu monstro!

Ali estava ela, a bruxa, finalmente diante dele, e o príncipe não podia sequer tocá-la. A raiva por sua inutilidade ardia nele. Seu coração trovejava em seu peito.

Eric a havia encontrado e não podia fazer nada. Não importava o quanto quisesse matá-la, não podia.

Fraco. Inadequado. Impotente.

— Se você queria um monstro, tudo o que tinha que fazer era pedir. — De repente, os olhos do espectro estavam negros como piche e sua boca era um rasgo vermelho. A forma vacilou. — Tão doloroso.

— Doloroso? Vou lhe mostrar o que é doloroso! — Ele se afastou de Ariel e mergulhou na direção do fantasma novamente. — Onde está você, sua covarde? Encare-me como você mesma em vez de usar o rosto de minha mãe para seus jogos doentios!

— Oh, eu gostaria, querido, mas estou um pouco ocupada com negócios mais importantes. Política… você sabe como é — disse ela, revirando os olhos. — Mas devo estar em Vellona em breve e odiaria chegar lá antes de você. Quero dizer, o que eu teria para fazer lá?

O medo o paralisou no lugar. Ela riu de sua expressão horrorizada e encolheu os ombros, olhando para ele por cima do ombro levantado.

— Palavra de honra: se fizer alguma coisa com Vellona, vou matar você.

A bruxa que usava o rosto de sua mãe riu.

— Alguma coisa? Mas já fiz tanto e tenho muito mais planejado, uma vez que você está longe. Até breve, namoradinho. Acho que vou aposentar esse fantasma. Já deu o que tinha que dar, como se diz.

O fantasma piscou para ele. Seu rosto brilhou, voltando à forma estoica de Eleanora. Uma faixa de algas marinhas cresceu ao seu redor, enrolando-se como um tentáculo, e se enterrou em seu peito. Sua forma girou e encolheu, ossos estalando, a boca aberta em um grito silencioso. Ela se condensou em uma única mancha de luz branca e brilhante sob a água. Quando se apagou, tudo o que restou em seu lugar foi uma folha de alga marrom esfarrapada com dois galhos como braços se agitando. E brilhava com magia aprisionada.

O medo e a fúria que o mantinham no lugar cederam. A decepção tomou conta dele, e, de repente, estava exausto. Aquela viagem não fizera nada além de chamar a atenção da bruxa para Vellona, e não havia sentido em ter ido atrás dela se ela machucasse mais alguém. Para que ele servia se colocou Vellona em perigo? Sua vingança não era mais importante do que seu povo.

Um novo pavor tomou conta de Eric.

— Temos de ir! — Ele agarrou Ariel e correu de volta para o barco. — Ela está indo para Vellona. Temos que chegar lá primeiro.

15
Pobres corações infelizes

ERIC e Ariel se jogaram no barco a remo. Houve um gemido nos ouvidos de Eric, o guincho de uma tempestade distante ou de espadas raspando umas nas outras. Era alto e baixo ao mesmo tempo, audível apesar de Sauer o estar enchendo de perguntas aos berros.

— O que é que foi aquilo? — elu perguntou.

— Era a bruxa — Eric respondeu, segurando a lateral do barco com as mãos doloridas. — Ela falou através do fantasma da minha mãe. Ameaçou Vellona. Disse que poderia chegar lá antes de mim. Está indo para a baía. Precisamos vencê-la.

Ela era a maldição. As tempestades. Era cada dor e problema que atingira Vellona nas últimas duas décadas e estava indo para o seu lar.

— Que maravilha — Vanni gemeu e remou mais rápido, os remos batendo contra as ondas agitadas. — Encontramos algo útil?

— Mais ou menos — contou Gabriella.

Eric se curvou sobre as pernas e respirou fundo várias vezes. Ariel gentilmente tocou seu ombro, o gesto mais uma pergunta do que consolo. Ele estendeu uma mão entre os dois e lhe deu uns tapinhas tranquilizadores. Os dedos dela se curvaram ao redor do ombro de Eric e, então, moveram-se para o cabelo dele, removendo as mechas molhadas de sua testa. Ela era real e presente, não um truque inventado pelos fantasmas. Não; pela bruxa, não pelos fantasmas.

Aquilo era real.

Não parecia que ele estava sendo controlado. A boa manipulação provavelmente não se parecia com nada, mas ele se lembrava da estranha névoa que o dominara da última vez. Desta vez, parecia natural. O desejo de perseguir o fantasma de sua mãe parecia partir *dele*.

E isso foi assustador.

— Ela me chamou de namoradinho, entre tantas coisas que poderia me chamar — questionou ele e se endireitou. — Por que faria isso?

Gabriella lhe atirou um beijo e Ariel fez uma careta.

— Preparem-se para as cordas. — Ofegante, Vanni puxou-os para o lado do *Siebenhaut*. — Podemos ficar enojados com a bruxa quando estivermos voltando para casa.

Dois membros da tripulação jogaram as cordas e os ajudaram a subir. O convés se encontrava em desordem calculada, os marujos se preparando para partir o mais rápido possível. Nora estava na metade do mastro principal, uma luneta gêmea da de Sauer nas mãos, e Sauer correu para ela no momento em que pisou no convés. Vanni deteve Eric e Gabriella quando todos estavam a bordo novamente.

— O que aconteceu? — Vanni perguntou.

— Nada muito além do que você viu — compartilhou Eric. — Ela é quem está por trás das tempestades. Sait e outros reinos estão trabalhando com ela, dando-lhe títulos em troca de magia. Ela está mirando Vellona há anos.

— Pelo menos, agora temos certeza — murmurou Vanni.

Ariel passou correndo por eles em direção ao outro lado do navio. Eric escapou de Vanni e a seguiu. Ela estava encostada na amurada, a orelha virada para o vento e para o mar abaixo. O príncipe parou ao lado dela.

— O que é?

Ariel deu um tapinha na orelha.

Príncipe do Mar

— Não estou ouvindo nada — disse Eric. — Ei! Nora, você vê ou ouve alguma coisa à distância?

A garota meneou a cabeça e apertou a luneta com mais força contra o rosto.

De repente, algo os atingiu. O navio se inclinou perigosamente baixo, a tripulação deslizando pelo convés e a água espirrando em todos. Ariel fechou os braços em volta de Eric e eles deslizaram até a amurada. Eric poderia ter beijado as ondas, de tão próximas que estavam. Ariel se preparou e apontou para as profundezas. Uma sombra escura se desenrolou sob o navio.

— Sauer! — Eric subiu no convés enquanto o navio se endireitava.

— Sauer! Há algo abaixo de nós.

— Não diga! — foi a resposta de Sauer, que arrastava os membros da tripulação para um local seguro. — Alguém tem a coisa na mira?

— Bombordo — gritou Nora. — Está vindo de novo!

O navio balançou novamente, mas o golpe foi mais fraco. Gabriella e Vanni deslizaram pela inclinação do convés até Eric e lhe entregaram uma espada. Gabriella ofereceu uma faca a Ariel, que torceu o nariz.

Vanni bufou, aos risos.

— Tem toda razão, Ariel. O que vamos fazer? Esfaquear uma baleia?

— Não tem graça nenhuma — resmungou Gabriella —, porque estamos mesmo prestes a tentar atirar em algo do tamanho de uma baleia.

Nora gritou. Um som viscoso e babento os cercou. Ela deslizou pelas cordas, gritando palavras que Eric não conseguiu compreender. Sauer empalideceu, e uma sombra saiu de baixo do navio. Ela bloqueava o sol e espirrava água salgada no convés, o fedor das profundezas enchendo o ar. Vanni engasgou, e o fôlego de Ariel escapou em um grito sem voz. Os olhos de Eric finalmente focaram na silhueta contorcida acima deles.

Era um tentáculo malformado feito de enguias. Centenas delas estavam atadas em uma massa monstruosa, emaranhadas tão próximas que chovia sangue. Bocas se abriam e fechavam, muito próximas umas das

Linsey Miller

outras, e uma única enguia se libertou do tentáculo e despencou, batendo no convés ao lado de Vanni.

— Preferiria lutar contra uma baleia — ele murmurou, empurrando a coisa para fora do caminho.

O tentáculo se enrolou sobre o navio, rompendo cordas e arrancando parte das velas, agarrando-se com força a dois mastros. A madeira rangeu e gemeu. O navio parou de se afastar da Ilha.

— Está tentando nos manter aqui — disse Eric.

Ele saltou para a frente e cortou o tentáculo. Rasgou a barriga amarela de uma das enguias, que caiu morta no convés. Gabriella e Vanni se moveram para ajudar.

— Mais fácil do que os fantasmas — disse a amiga, cortando um emaranhado delas.

Três delas, enroscadas entre si, despencaram sobre o convés, e Ariel pegou duas pelas caudas, atirando-as de volta ao mar. Suas mãos ficaram cobertas por um lodo cinza e gelatinoso. Por toda a parte superior, os marinheiros chutavam e jogavam enguias na água, sacudiam o lodo das mãos ou cortavam o grande tentáculo que se enrolava de bombordo a estibordo.

Eric correu para a amurada de bombordo, e uma luz chamou sua atenção. Sob o navio, uma faísca de eletricidade brilhou das profundezas. Saltava de uma enguia para outra e aumentava de tamanho à medida que se aproximava das que estavam no convés do navio. Eric cambaleou para trás.

— Afastem-se disso! — ele gritou. — Larguem os metais. Rápido! — Os membros da tripulação que atacavam o tentáculo recuaram, e um raio brilhante como o sol disparou entre as enguias. Ele atingiu o convés com um estalo ensurdecedor e deixou uma mancha preta fumegante. Mais enguias arrebentavam as cordas e as velas. O navio começou a virar novamente.

— Tire-nos daqui — alguém gritou.

Príncipe do Mar

Mais enguias caíram no convés e foram chutadas pela tripulação furiosa. A eletricidade atingiu outras delas mais uma vez. Um estalo terrível cortou o ar, fazendo com que Eric tapasse os ouvidos. Um novo som extremamente desagradável ressoou pelo casco, perturbando-o ainda mais, e, de repente, as enguias ao longo do tentáculo mostraram os dentes. Eric investiu contra elas, cortando uma das pequenas, que caiu no convés e tentou morder seu tornozelo. E a chutou para fora.

Ao seu redor, as pessoas entravam e saíam da luta, esquivando-se de dentes e caudas. Ariel corria de um lado para o outro do convés e jogava as enguias desembaraçadas de volta ao mar. Uma lhe lançou um silvo, e ela silvou de volta.

— Nora! — Sauer gritou do timão. — Você sabe o que...

— Não sei o que fazer! — Apunhalando o fino tentáculo de peixes elétricos e seus dentes ávidos, Nora se virou para Sauer. — Ninguém sabe o que fazer. Isso é um absurdo.

Uma grande enguia surgiu atrás dela e mordeu seu pescoço. Gabriella agarrou seu colarinho, puxando-a para trás. A dupla caiu contra a amurada.

— Tá de brincadeira? — Gabriella carregava uma enguia e ganiu ao levar um choque. — Eric, se sobrevivermos a isso, você me deve uma!

— Fechado. — Ele a ajudou a cortar o pescoço grosso da enguia.

Vanni gritou do outro lado do convés, enquanto limpava o lodo de enguias do rosto.

— Descubra como parar essa coisa, principezinho, ou nem se preocupe em ficar me devendo, porque eu vou matar você!

Ariel era a mais próxima da amurada.

— Consegue ver de onde estão vindo? — Eric gritou para ela, esquivando-se de um ramo de enguias. Ele o cortou da massa principal.

A garota empurrou uma poça de enguias e lodo com os pés através de um buraco de embornal, inclinando-se sobre o parapeito. Ergueu um dedo, correndo para a lateral da embarcação de onde o tentáculo viera. Chamou-o com um gesto.

Linsey Miller

Um espesso aglomerado de peixes elétricos se retorcia sob a superfície perto do navio. Estendia-se por baixo, envolvendo completamente o casco. A eletricidade faiscava vividamente logo abaixo da superfície da água, e duas enguias do tamanho de cavalos se contorciam no centro da massa. Elas pareciam controlar todo o tentáculo, girando para direcioná-lo para um lado e para o outro. Dois pares de olhos incompatíveis — um branco e outro dourado — encararam-nos.

— Brilhante — disse ele, apertando a mão da garota. — Gabriella, preciso desse mosquete.

Ela o passou para a fila de pessoas lutando contra as enguias e a arma foi de mão em mão até chegar no príncipe. O peso era familiar e estranho ao mesmo tempo. Eric sabia atirar, mas não ligava para isso e evitava quando podia. Ele tentou mirar, e o tentáculo chicoteou para proteger as duas enguias. Ariel pegou a faca de Eric e espetou o tentáculo, afastando-o para o lado. Eric deu o tiro.

A bala atingiu de raspão a cabeça de uma das enguias, tirando-lhe sangue. Elas sibilaram, e o olho dourado da que tinha sido ferida escureceu para preto. Elas se desvencilharam do grupo de enguias e a eletricidade se esgotou. Sem as duas líderes, o tentáculo de enguias se desfez e caiu de volta no mar e no convés. Uma acertou Gabriella, que caiu de joelhos. Eric chutou outra para fora do navio.

O alívio, avassalador e exaustivo, inundou-o, e ele largou o mosquete.

— Como — ele disse sem fôlego — sobrevivi tanto tempo sem você?

Ariel lhe sorriu. Ela limpou a gosma restante de seus ombros e deu uns tapinhas em sua bochecha.

— Chega de acordos como este — anunciou um membro da tripulação de Sauer a Nora. — Se Sauer tiver alguma ideia fantástica sobre como ajudar as pessoas com bruxas novamente, vou jogar você ao mar e você pode ser a capitã.

Nora o saudou e desabou no convés.

— Obrigada por seu apoio.

Príncipe do Mar

— Sempre quis um funeral no mar — disse Sauer, mancando. — Vossa Alteza, tudo bem?

— Acho que sim. — Eric olhou para Ariel, que assentiu. Gabriella e Vanni não pareciam estar muito afetados. As enguias que ainda deslizavam pelo convés eram pequenas demais para causar dano significativo.

— Vamos dar o fora daqui.

— Primeiro, vamos tirar essas enguias do meu navio — falou Sauer.

— Vamos, matadora de enguias. — Gabriella usou o balaústre de popa para se levantar e estendeu a mão para Nora. — Deixe-me ajudar você a...

Um tentáculo recém-formado de enguias e raios moribundos chicoteou sobre a lateral do navio e agarrou Gabriella, que gritou e lutou contra os peixes elétricos, mas elas a puxaram por cima da amurada. Ela desapareceu. Nora se levantou.

— Não! — Ela mergulhou por cima da amurada e caiu no mar antes que alguém pudesse protestar.

— Nora! — Sauer correu para a amurada. — Não, não, não.

Ariel agarrou uma corda e a jogou pela lateral do navio. Vanni veio correndo pelo convés arrastando uma das escadas de corda e também a jogou. A escada caiu na água, atingindo a superfície no ponto onde a entrada de Nora ainda borbulhava. Nem Nora nem Gabriella emergiram.

— Vou atrás delas — disse Eric.

Sauer tirou as botas.

— Vou pegar Nora. Ela não deveria estar na água. Não se toda aquela bobagem sobre a Maré de Sangue e a mãe dela for verdade.

Eric havia se esquecido disso.

Mas, antes que qualquer um deles pudesse pular, Gabriella e Nora apareceram. Nora estava em pânico, debatendo-se nas ondas agora mais calmas. Gabriella se afastou dela e tentou agarrar as cordas sem olhar, mas errou. Nora desapareceu sob a superfície novamente.

— O que aconteceu? — Sauer se lançou sobre a amurada e começou a descer a escada. — O que aconteceu com Nora?

— Não sei — disse Gabriella. Ela abriu a boca algumas vezes e engoliu. Olhou sem piscar para a água. — Eric, as enguias sumiram, mas temos outro problema.

Sauer rosnou, e Eric agarrou-lhe o braço.

— Gabriella — falou ele —, por favor, explique o que está acontecendo.

Sauer desvencilhou o braço e continuou descendo a escada de corda. Nora emergiu novamente, respirando com dificuldade e engasgando com a água.

— Ela está se afogando — disse Sauer. — Ajude-a.

— Acho que ela não conseguiria se afogar nem se tentasse — compartilhou Gabriella.

Sauer bateu no casco do navio.

— Então, o que há de errado?

— Isso! — Nora se recostou como Gabriella, mas, em vez de suas pernas saindo da água, havia uma cauda azul-escura brilhante.

16

Queridas crianças perdidas

ERA UM rabo. Um rabo de peixe. Um rabo em Nora. Era do povo do mar? Humana? Isso tinha algo a ver com a Maré de Sangue ou...

— Nora, colabore, você pode dar piti mais tarde, mas vamos sair daqui agora, e vou puxá-la para este navio, não importa quantos membros você tenha — gritou Sauer.

— Piti? — Ela se debateu e chocou a cauda contra a superfície do oceano, encharcando Sauer, que estava na metade do casco. — Piti!

Nora se contorceu na água. Sua cauda era do mesmo azul-profundo do oceano ou do céu noturno, suas escamas brilhando como estrelas. A cauda parecia mais comprida do que suas pernas, e as barbatanas largas eram cercadas por uma membrana opalescente que cortava a água como um trem. Ela permanecia flutuando sem nem mesmo se esforçar, e as ondas pareciam levantá-la em vez de bater nela, como faziam com Gabriella. Nora tocou a ponta da cauda com a mão trêmula.

Vanni se afastou da amurada, com as mãos na cabeça, e se esquivou de uma enguia, praguejando baixinho contra bruxas e magia. Ao redor deles, os membros da tripulação olhavam para Nora com choque e interesse.

Linsey Miller

— Viu? — um dizia ao marinheiro do cesto da gávea que havia descido para enxergar melhor. — É por isso que as tempestades nunca nos atingem. Temos a bênção do rei Tritão.

— É culpa dos gatos — disse outro.

— Não, não, não. Eu vi aquela garota nadar. Duas pernas o tempo todo.

— Mas isso foi em um lago, não no mar.

Eric balançou a cabeça e olhou para Nora e Gabriella. Nora ainda estava se revirando na água, inspecionando com os dedos as laterais do pescoço.

— Eu tenho guelras? — ela perguntou a Gabriella, virando-se para a outra garota com o cenho franzido.

Gabriella lentamente recuperava a compostura e segurou o pescoço de Nora com as mãos. Elas trocaram algumas palavras baixinho. A cauda de Nora cortou a água atrás dela, brilhando a cada ondulação. Gabriella afastou-se ligeiramente. Nora assentiu.

— Sauer? — ela perguntou. — E se eu não conseguir entrar no navio?

— Se não consegue subir, eu carrego você — respondeu, estendendo a mão para ela. — Venha aqui. Se precisar ficar submersa, coloco uma rede atrás do barco ou encho um barril com água do mar. A gente descobre isso depois. Vamos sair daqui.

Eric se ergueu devagar e olhou para eles.

— Talvez o que quer que tenha acontecido acabe assim que estivermos longe da Ilha.

Nora soltou um gemido.

Gabriella flutuou para perto de Nora e examinou sua cauda.

— Nada dói, certo?

— Não — respondeu Nora —, mas parece estranho. Diferente.

— Primeira vez no mar desde que você morreu, e aquele homem que a criou disse que você nunca deveria voltar. — Gabriella nadou atrás de Nora e a empurrou para as cordas. — Talvez, quando sair da água, mude de volta.

Príncipe do Mar

Nora assentiu com tristeza e deslocou-se em direção a Sauer.

— Ei, Nora! — um dos tripulantes gritou por cima da amurada. — Posso ficar com suas botas verdes?

— Só por cima do meu cadáver — ela gritou.

Sauer virou a cabeça e olhou para o convés.

— Vocês não deveriam estar preparando a nossa partida?

A tripulação no convés se dispersou.

Nora cobriu o rosto com as mãos, balançando o rabo nervosamente embaixo dela, e assentiu.

— Tudo bem. Eu vou subir, e depois podemos descobrir o que há de errado comigo.

Um grande deslocamento de água perturbou a superfície ao redor deles.

— Não há nada errado com você — disse uma voz grave.

Nora se virou tão rápido que bateu com o rabo nas pernas de Gabriella. Eric olhou a lateral do navio e Ariel soltou um gritinho de surpresa. Era um homem flutuando ereto na água a alguns metros de distância. Uma longa cauda verde-esmeralda ondulava no oceano abaixo dele.

— Isso é perfeitamente normal — falou ele. — Filhos de ambos os mundos possuem a habilidade de viver em ambos os mundos.

— Filhos de quê? — Nora perguntou, com a voz embargada. — Quem é você?

— Meu nome é Malek — o tritão afirmou, olhando para ela. — Seus pais: um era humano e outro do povo do mar.

— Sem ofensa, mas não conheço você — disse Nora, começando a se mover em direção a Sauer junto com Gabriella. — Perdoe-me se não acredito em suas palavras.

O homem inclinou a cabeça para o lado. Sua pele intensamente negra estava salpicada de sal e tinha reflexos azulados, destacando o brilho azul-petróleo nas escamas que corriam ao longo de sua cauda verde. Suas tranças escuras estavam cuidadosamente reunidas em um coque no topo de sua cabeça, pequenas conchas decorando os fios. Uma conta de vidro azul pendia de sua orelha esquerda. Ele semicerrou os olhos negros para eles, como se não estivesse acostumado ao sol, e acenou com a cabeça, rindo levemente.

— Claro que não deveria acreditar — concordou ele. — Desculpe. Eu me antecipei.

Ele parecia e soava bastante verdadeiro. Mas eles estavam lidando com uma bruxa que rotineiramente enganava as pessoas.

— De onde você veio? — Eric perguntou. — Como podemos ter certeza de que não está trabalhando com a bruxa?

— Com ela? — Malek praticamente cuspiu as palavras. — Ela me manteve refém aqui por anos!

— A caverna — murmurou Gabriella.

Malek confirmou com a cabeça.

— Sim, quando ela me deixava sozinho na ilha, eu era mantido em uma caverna sob a lagoa. Presumo que um de vocês quebrou algo ou mexeu nas coisas dela, não foi? Perturbar sua magia detonou as defesas da ilha e me permitiu escapar.

Sauer olhou para Eric.

— Temos tempo para considerar isso?

— Na verdade, não — respondeu Eric. — A menos que você conheça algum teste para determinar se alguém é uma bruxa do mar.

— Que tal eu subir a bordo? — ofereceu o tritão. — Eu estaria à mercê de vocês, basicamente.

— A menos que tenha poderes mágicos — disse Sauer.

— Garanto a você, não tenho, ou então teria me livrado daquela caverna muito antes. — Sua voz era o ruído grave de grãos de areia caindo uns sobre os outros na maré. — Vou contar tudo o que sei sobre a bruxa se me ajudarem a escapar deste lugar amaldiçoado.

Sauer assentiu.

— Nora, vamos levantar você primeiro.

Ela olhou para Malek, perguntando em um sussurro:

— Tem certeza de que voltarei a ser humana?
— Voltará — garantiu Malek. — Você deveria ter aprendido como controlar a transformação para que se tornasse tão natural quanto respirar. A maioria das crianças parte humana e parte povo do mar se transforma toda vez que sai ou entra no mar, mas isso pode ser controlado. Supõe-se que seja uma escolha. Apenas saia da água. Você vai ver.

Ninguém conseguia se livrar da Ilha de Serein com rapidez. Eric e Vanni ajudaram Gabriella a subir de volta no navio enquanto Nora observava ansiosamente lá embaixo, na outra extremidade da corda. Ela circulou no oceano até que Sauer endireitou a escada, baixando à água para que pudesse se segurar em seus ombros, e um silêncio nervoso caiu sobre o navio assim que a cauda de Nora ficou totalmente à mostra. Não era um truque do mar ou um emaranhado de enguias coloridas. Malek continuava olhando para a ilha com nervosismo. Ariel jogou outra corda para ele.

— Eu estava de calça — murmurou Nora enquanto Gabriella a tirava das costas de Sauer e a puxava por cima da amurada. — Para onde foram minhas roupas?

Sauer riu.

— Alguém pegue um cobertor para Nora, por favor.

Nora enrolou o rabo para cima e tocou a ponta, passando os dedos pela fina teia.

— Bem, você está pronta se naufragarmos — disse Eric. — E a cauda é muito adorável. Não acha, Gabriella?

— Graciosa. — Gabriella se ajoelhou ao lado de Nora e a envolveu em um grande cobertor. Ela lhe deu um sorriso meigo. Havia uma expressão em seus olhos que Eric nunca vira antes. — Obrigada por mergulhar para me salvar, mas, por favor, não faça isso de novo.

Nora disse *ahã* e puxou o lenço verde do pescoço de Gabriella.

— Seja como for, ainda não decidi se valeu a pena.

Fiel às palavras de Malek, as pernas de Nora voltaram assim que as últimas gotas de água do mar escorreram de seu corpo. Eles podiam ver a ponta de sua cauda que aparecia por baixo do cobertor. As escamas se desprenderam como as penas de um pássaro e revelaram seus pés descalços. Ela balançou as pernas, esfregando suas mãos para cima e para baixo. Ariel observava, paralisada pela transformação.

Sauer checou Nora uma última vez e voltou para a amurada.

— Você é Malek, sim?

— Sou.

— Poderíamos baixar um barco na água para você entrar nele — propôs Sauer. — Mas, se preferir, será bem-vindo para subir.

— Obrigado. Vou subir, mas, ao contrário de Nora, não terei pernas. Vai ser desajeitado. — Malek agarrou a escada e começou a subir. — É muita gentileza de sua parte se preocupar, entretanto.

A tripulação o evitou, todos presos entre a admiração e o medo, e logo Sauer tinha o navio voltando para o nevoeiro. Sauer trouxe uma muda de roupa para Nora e a conduziu aos aposentos de Sauer, que, depois de alguns minutos, chamou Ariel, Vanni, Gabriella e Malek para dentro. Eric hesitou, molhado e confuso, e respirou fundo algumas vezes para clarear a cabeça.

— Não sei dizer se esta viagem foi amaldiçoada ou abençoada — murmurou o marinheiro do cesto da gávea, jogando-se contra o cordame.

— Nora vai interceder por nós junto ao mar — respondeu outro. — Suba lá. Estou farto deste lugar.

Eric se encostou à porta dos aposentos de Sauer. Exausto. Essa era a definição.

Juntou-se aos outros na cabine. Malek havia se acomodado ao lado da pequena sacada na parte de trás do navio, com o borrifo do mar em suas costas. Nora estava meio reclinada na cama, olhando para as próprias pernas. Vanni também estava boquiaberto com elas.

Príncipe do Mar

— Nenhum de nós poderia ser um tritão em segredo, não é? — ele perguntou.

Eric meneou a cabeça.

Sauer puxou uma cadeira para perto de Nora e sentou-se ao contrário.

— O que pode nos contar sobre a Ilha de Serein e a bruxa que mora lá?

— Um pouco — começou Malek. — Estive preso lá por sete anos.

— Sete? — Gabriella sentou-se na mesa e plantou os pés na cadeira. — Por quê?

— Eu era... sou... até que o contrato termine ou ela morra, punição por um trato que minha irmã, Miriam, e seu companheiro, Andrea, romperam com a bruxa. — Ele entrelaçou os dedos no colo e endireitou os ombros, uma pose que Eric via constantemente em Grimsby. — Ele era humano e ela não, mas os dois se amavam. O homem navegou para vê-la todos os dias durante vinte anos e, um dia, decidiu que queria se juntar a ela sob as ondas. Para conseguir isso, teve que fazer um acordo com uma bruxa: ele se tornaria um tritão, e seu preço era uma única alma, uma dívida que ele pagaria em data posterior.

Uma das mãos de Ariel voou para o coração. Eric entendeu o gesto. Era uma história tão romântica, um trato desesperado feito por amor. O tipo de história a que Eric costumava se apegar.

— E a alma era você? — Nora perguntou, confusa.

Malek negou com a cabeça.

— Era minha sobrinha, a primogênita, mas Miriam e Andrea fugiram com ela. Toda magia tem um preço, e esse preço sempre deve ser pago. Quando não é, a magia cobra. Andrea era um homem inteligente e pensou que, como sabia ler e escrever, ao contrário da maioria dos tritões, seria capaz de garantir que seu contrato com a bruxa fosse a seu favor. Todos os tratos dela são contratos por escrito, entendem? Ele estava errado e foi morto enquanto ajudava Miriam a escapar. Minha irmã, pelo que a bruxa me disse mais tarde, foi capturada perto da terra. A bruxa decidiu ensinar-lhe uma lição, matando sua filha em vez de levar sua alma.

Linsey Miller

Eric engoliu em seco. E que demonstração de força tinha sido isso: sua alma significava tanto para Miriam e tão pouco para a bruxa que ela iria em frente e mataria, se isso significasse causar mais dor.

Então, o que era o fantasma de sua mãe se aquela bruxa trabalhava com almas?

— Se a bruxa não pôde ficar com minha sobrinha, ninguém poderia — falou Malek. — Mas Miriam se libertou por tempo suficiente para levar minha sobrinha para a praia, onde a bruxa não poderia tocá-la. Miriam foi morta por isso. Tive que ouvir essa história muitas vezes depois que fiquei preso quando me deparei com a bruxa anos depois, enquanto procurava por minha irmã.

Sauer olhou para Nora, a expressão inescrutável.

— As histórias são praticamente iguais.

— Não sabia que a bruxa podia transformar as pessoas, como ela fez com Andrea — comentou Eric. — Isso é comum? Transformar humanos em tritões?

— Bastante comum — disse Malek. — Agora menos, que a maioria de nós se mudou para águas mais profundas. A transformação é uma magia cara, pelo que descobri nos últimos anos, e requer um nível de habilidade que a maioria das bruxas não possui. Ela é arrogante, mas não se trata de uma confiança totalmente imerecida.

Ariel bufou e dispensou com um aceno os olhares estranhos que recebeu. A expressão azeda em seu rosto foi o suficiente para Eric adivinhar que ela relutantemente concordava com a avaliação de Malek sobre a bruxa. Malek olhou para Ariel.

— Você me parece familiar — disse ele, e a garota enrijeceu.

— Com licença. — Sauer ergueu a mão e respirou fundo. — Essa bruxa pode transformar as pessoas no que elas quiserem em troca de receber dinheiro, mas ela não age assim, e por qual motivo? Você sabe quantas pessoas estariam dispostas a mudar?

Príncipe do Mar

— Sim, mas ela não tem o objetivo de ajudar as pessoas — respondeu Malek, de forma arrastada. — Eu não diria que bondade é um de seus pontos fortes. Os preços que ela cobra são geralmente coisas que estão fora do seu alcance e muito maiores do que qualquer um poderia ou aceitaria pagar, e ela sente muito prazer em usar almas, visto que isso horroriza os outros. Para alguém que odeia como a sociedade a sufoca, a bruxa adora prender as pessoas em um trato. Maldições, também, ela aprecia muito. São raras, pois permitem que os amaldiçoados tenham uma chance de escapar. Ela as reserva, sobretudo, para a nobreza, para que possa extrair um pagamento melhor mais tarde, quando eles desistem e imploram para que ela remova a maldição. Houve apenas cerca de cinco dessas.

Ariel estremeceu.

— Como sabe de tudo isso? — Vanni questionou. — Ela fica conversando como um vilão em uma peça?

— Sim, regularmente — disse Malek, sem se alterar. — Suspeito que se sinta sozinha, e alguém incapaz de discordar de você é uma ótima companhia. As únicas outras pessoas na Ilha são as almas que ela prendeu lá, mas que não podem se comunicar. Ela as mantém na forma de pólipos e só as libera como fantasmas quando precisa de mais almas. É mais bonito assim, diz ela.

Eric respirou fundo e soltou o ar lentamente. Malek revelara muita coisa, e nada disso era bom. A bruxa era pior do que ele pensava, cobrando preços exorbitantes por coisas pelas quais estava certa de que suas vítimas mudariam e pagariam para conseguir. Ela poderia ter ficado rica se tivesse aceitado pagamentos em dinheiro, mas parecia estar atrás de um tipo diferente de poder. O príncipe estava certo em querer detê-la.

E estava errado por pensar que seria fácil.

— A bruxa — começou Eric — é do povo do mar, não é?

Parecia óbvio agora. A Maré de Sangue, a Ilha e sua obsessão em ganhar poder na terra.

Linsey Miller

— Sim, ela é — falou Malek no mesmo tom que Carlotta usava com Max. — Até onde posso dizer, por suas constantes reminiscências, ela gostava muito do mundo humano enquanto crescia e aprendeu a ler e escrever. Não é uma habilidade que o povo do mar domina, e é por isso que ela é tão bem-sucedida.

— Ainda tenho algumas perguntas. — Nora limpou a garganta e mexeu os dedos dos pés. — Então, um dos meus pais era do povo do mar?

— Sim, deve ter sido — sugeriu Malek. — Você não os conhece?

— Não, eu não — respondeu ela, evitando o olhar dele. — Minha mãe e eu nos afogamos na Maré de Sangue, sabe, quando eu era pequena, mas fui puxada para a praia e revivida.

Malek olhou para ela.

— Você não conhece nenhum dos seus pais e se afogou na Maré de Sangue.

— Tenho vinte e quatro anos, acho — disse Nora. — Se isso ajudar.

Malek respirou fundo e cobriu o rosto com as mãos.

— Uma mulher a salvou? Fez respiração boca a boca em você e se recusou a devolvê-la à bruxa, sendo amaldiçoada por sua boa ação?

— Oh, não. — Nora balançou a cabeça. — Quero dizer, sim, uma mulher me salvou, eu até recebi o nome dela, mas não sei se a bruxa estava lá ou se alguém foi amaldiçoado. Só me disseram que eu não poderia voltar para o mar ou a Maré de Sangue me mataria por escapar.

Eric olhou para cima quando ela terminou suas palavras. Parecia que estava sem fôlego ou com o peito vazio. Não podia acreditar em quão tacanho havia sido. A resposta estivera diante dele o tempo todo, mas estava concentrado demais na bruxa para vê-la. Nora nem era um nome comum em Vellona ou Riva, mas *Eleanora* era.

— Matar você? — Malek riu nas próprias mãos. — Não, a bruxa estava dizendo que viria buscá-la se entrasse em seus domínios. A Maré de Sangue não pode matá-la. É apenas um caminho. — Ele levantou a cabeça

Príncipe do Mar

e enxugou as lágrimas das faces. — Você pode não ser minha sobrinha, entretanto. Ela liquidou e arruinou tantas vidas. Estou me precipitando.

— Não está — falou Eric. — Logo antes de eu nascer, minha mãe salvou a vida de uma criança no norte, e uma bruxa amaldiçoou seu filho.

Eric havia... O que Grimsby sempre dizia? Ele havia deixado de ver o oceano por causa das ondas. Se tivesse pensado com calma, poderia ter notado que Nora era uma parte do quebra-cabeça que queria desesperadamente resolver.

— Sua mãe o quê? — Nora quase gritou.

— Salvou uma criança das garras de uma bruxa, e seu filho ainda não nascido foi amaldiçoado como vingança. — Eric respirou fundo e recitou a maldição: — "Se essa coisa em sua barriga beijar alguém cuja pureza de voz não se equipare à sua alma imaculada, alguém que não seja seu verdadeiro amor, então..."

— "... ela morrerá e eu arrastarei sua alma para o fundo do mar" — finalizou Malek, encarando Eric. — A bruxa tem muito orgulho dessa maldição. Disse que foi sua primeira incursão na política fundiária. Ela nunca explicou por quê.

No fundo do estômago, sob pânico e desapontamento, havia esperança. Ele encontrara a ilha. Sabia onde a bruxa estaria.

— Minha mãe arrastou você do mar, deu-lhe o beijo da vida e se recusou a devolvê-la à bruxa que a queria — disse Eric.

E, pela primeira vez, o fato de que outros soubessem que ele estava amaldiçoado não o aterrorizou. Não estava sozinho nos terríveis esquemas da bruxa.

— Oh. — Nora recostou-se, mexendo irrequieta no cabelo. — Foi por isso que você fez tudo isso. Era o que estava fazendo quando o encontramos pela primeira vez. Estava procurando a bruxa que...

Ela parou, e Eric pôde vê-la se dar conta de que o príncipe estava amaldiçoado. Ao seu lado, Ariel soltou um gemido baixo.

Linsey Miller

— Estou amaldiçoado — contou Eric. Não era a maneira ideal de contar a Ariel, mas era melhor que ela soubesse agora. — Poucas pessoas sabem. Minha mãe desapareceu enquanto procurava a Ilha de Serein e, quando encontrei suas anotações sobre o lugar, também fui procurá-lo. Ela sempre foi superprotetora. Se a bruxa disse para minha mãe que iria buscá-la se você fosse para o mar, aposto que ela orientou Edo para mantê-la completamente longe do mar.

Nora estreitou os olhos para Eric, abriu a boca para falar e balançou a cabeça. Ariel o encarou com horror, o primeiro olhar de dor absoluta que ele já tinha visto nela.

— Ela não é onipotente — disse Malek —, embora finja o contrário, e eu diria que teceu uma rede em volta de tantos peixes, que excedeu sua capacidade de arrastá-la.

Ela não era onipotente. Poderia ser superada e enganada. Esse novo conhecimento sobre a bruxa aguçou o foco de Eric. O mundo era claro e nítido, como um livro visto através de óculos recém-ajustados. Tudo estava conectado por uma bruxa terrível e poderosa no centro dessa teia monstruosa, e ela queria sua alma.

— Olha, eu vou lidar com sua parte nessa confusão — Nora acenou para Eric — em um segundo, mas como me afoguei se faço parte do povo do mar?

— Ela forçou você a se transformar em ser humano enquanto ainda estava no mar. — Malek suspirou, os ombros caídos de desânimo. — Ela achou que doeria mais em Miriam ver você se afogar e não poder fazer nada para ajudar.

— Bem — murmurou Nora —, juntei-me a Sauer para encontrar minha família e acho que deu certo. Mais ou menos.

Sauer ergueu a cabeça e assentiu para ela.

— Esta bruxa não vai deixar Cloud Break com vida.

— Se deseja uma família, ficaria feliz em desempenhar esse papel para você. Para lhe mostrar de onde era sua mãe e nossa família — disse Malek,

Príncipe do Mar

indo até Nora e estendendo-lhe as mãos. Ela hesitou, mas aceitou-as e assentiu, e Malek sorriu. — Saber que está viva faz esses últimos sete anos terem valido a pena. Ser uma das almas *dela* é ser pouco mais do que moeda de troca ou combustível. É o tipo de magia mais depravada, o uso de almas. Mas o mar não pode oferecer muito a ela. Ela foi condenada ao ostracismo depois que descobriram quão baixo estava disposta a descer em busca de poder, e agora está de olho em coroas mais secas.

— Ela quer governar a terra — concluiu Eric, refletindo sobre as palavras de Malek. — Mas, se a magia dela é mais fraca lá, ela sabia que precisaria de mais almas e do tipo de poder que os humanos exaltam. Foi por isso que os fantasmas apareceram e começaram a manipular as pessoas a entregar sua alma, e é por isso que ela fez acordos com diferentes reinos por terras e títulos. Mas como vamos detê-la? Como quebraremos as maldições?

Malek lançou-lhe um olhar solene, mais digno de um funeral.

— Sinto muito, mas existem apenas três maneiras de quebrar uma maldição: fazer o que ela exige, morrer não fazendo o que ela exige ou matar a bruxa responsável.

Eric havia perdido a chance de pegá-la desprevenida e matá-la. Ele massageou a têmpora com o nó de um dedo, enquanto uma dor de cabeça florescia no fundo de seus olhos. Teria outra chance, especialmente se ela estivesse indo para Cloud Break. Ela não machucaria mais ninguém.

Uma batida na porta assustou a todos.

— Capitane? — o navegador procurou, enfiando a cabeça para dentro. — Você poderia vir ver isso?

— Já estou indo — respondeu Sauer, apertando o ombro de Nora ao sair.

— Tenho uma pergunta mais leve. — Vanni olhou para Malek e articulou com os lábios as palavras algumas vezes, como se estivesse testando-as. — Se o povo do mar não sabe ler, como eles concordam com contratos?

— Por não os ler — disse Malek.

Ariel gemeu e cobriu o rosto com as mãos.

— O desespero torna os detalhes supérfluos. — Malek deu de ombros. — Teve dias, ouvindo suas histórias, em que não podia culpá-la pelos tratos. As pessoas os assinavam com muita facilidade. Ela é má, sem dúvida, mas não é irredimível. Este é o único caminho para o poder que ela sente que tem, e, no que lhe diz respeito, conquistou esse poder.

— Acredito em sua palavra, mas não serei o primeiro da fila a oferecer redenção a ela. — Eric se sentia alquebrado e magro, tão translúcido quanto o fantasma de sua mãe.

— Desculpe. Não posso deixar isso passar — expressou Nora. — Você foi amaldiçoado porque sua mãe salvou a vida de uma criança das mãos de uma bruxa do mar e não achou que valia a pena mencionar isso?

— Não pensei que fosse você! — Eric levantou as mãos em sinal de rendição. — Quais as chances disso? Achei que fosse uma coincidência!

Ela estreitou os olhos castanhos para ele, a hilaridade neles brilhando como o convés de um navio sob o sol de verão, e estalou a língua.

— Imagino.

— Tenho uma última pergunta, Malek — disse Eric. — Essa bruxa. Você nunca disse o nome dela.

Malek engoliu em seco.

— Não, não disse. Ela é uma espécie de lenda nos círculos marinhos, exilada por sua trama para roubar o trono, pelo uso de almas como combustível e pelos meios inescrupulosos de adquiri-las. Ela é astuta, essa Úrsula.

17

Se ao menos...

ÚRSULA não era um nome particularmente apropriado a uma bruxa. Era um nome normal, de uma pessoa normal, só que Úrsula havia arruinado inúmeras vidas na busca pelo poder.

Eric correu o olhar pelo local: Nora estava murmurando o nome para si mesma como uma oração amarga; Gabriella e Vanni olhavam para Eric; e Ariel tinha uma mão apertada sobre o coração como se o nome em si a tivesse machucado.

— Mas por que fazer isso? — perguntou Vanni. — Tantos contras, todos eles longos e complicados.

Malek concordou com a cabeça.

— O poder é uma coisa inebriante. Úrsula é uma bruxa forte, mas, por usar almas, ela passa despercebida. Manipular a alma é uma coisa terrível. É uma violação da essência de uma pessoa no nível mais profundo e um campo de magia que deve ser evitado. Suspeito de que ela tenha começado a estudá-lo depois de ter sido injustiçada várias vezes, mas nunca foi específica ao relatar o que havia acontecido, apenas que havia acontecido, que ela estava certa e fora tratada injustamente.

Ariel bufou.

— Ela foi tratada injustamente? — perguntou Gabriella. — E daí? Por isso acha que pode maltratar o restante de nós?

— Não mais — Eric falou. — Algum conselho para quando lidarmos com Úrsula novamente? Ela tem uma fraqueza?

A promessa de vê-la em breve ainda deixava os cabelos de Eric arrepiados.

— Ela só me contava as histórias em que foi a vencedora — disse Malek e balançou a cabeça. — A maior parte de seu poder vem de acordos e, felizmente, ela ainda não conseguiu adquirir os artefatos mágicos que procurava. Não é uma espécie de deusa que só pode ser morta com uma arma específica ou se for atingida no calcanhar. Acredito que pode ser morta como qualquer outra pessoa, mas chegar perto o suficiente para fazer isso seria a parte difícil.

Malek sorriu para Eric, desculpando-se.

A porta do aposento se abriu e Sauer entrou.

— Preciso que todos vão para o convés. Vejam o que estou testemunhando e me digam se é a bruxa.

Todos saíram correndo. Eric e Vanni ajudaram Malek a se deslocar no convés seco quando ele pediu, e Ariel o envolveu em um cobertor encharcado de água assim que chegaram à proa. O navio e o mar encontravam-se banhados pela luz dourada do fim da tarde. O sol não estava mais parado no meio-dia, como na Ilha de Serein, e uma mancha de névoa permanecia no horizonte atrás deles. À frente, com os primeiros presságios da noite atrás da colina, estava Cloud Break Bay.

— Isso é impossível — disse Eric com um suspiro. — Saímos ao entardecer e ficamos fora por horas. Não deveríamos ter chegado tão rápido.

Sauer confirmou com a cabeça.

— E também não atingimos o nevoeiro até que estivéssemos mais longe, mas, quando emergimos dele, estávamos aqui.

Eric usou a mão para proteger os olhos, tentando ver o máximo possível da baía. Max escapuliu bufando para fora do casco e sentou-se entre os pés de Eric.

— E aí, covardão — disse o príncipe, estendendo a mão para acariciá-lo. — Isso se parece com o seu lar, não parece?

Max soltou um latido suave, e Eric apontou para as docas.

— Os navios estão todos atracados na mesma ordem em que estavam quando partimos — constatou ele. — Nenhum tempo se passou.

— Sim, é assim que o nevoeiro funciona — falou Malek, içando-se por conta própria para a amurada para ver também. — Ele transporta você para exatamente quando e onde estava ao partir para a Ilha de Serein. Úrsula cansou de tanto tempo viajando e finalizou esse truque há uns três anos, acho. Os anos são um pouco confusos.

— Imagine o que mais Úrsula poderia fazer se tentasse — murmurou Nora quando chegaram ao porto.

Eric fez uma careta.

— Ela está tentando, mas é tudo só para si.

O navio atracou sob o castelo onde ninguém os veria. O casco estava coberto de arranhões estranhos e manchas de gosma de enguia. Algumas marcas de queimadura da eletricidade haviam estragado a madeira, e a maior parte da tripulação parecia desesperada para dormir sem interrupção antes de lidar com as pessoas. A privacidade também era boa para Malek, e ele ficaria perto do navio para passar um tempo com Nora.

— Contei a você o que sei sobre a bruxa, uma vez que seu acidente levou à minha libertação, e por causa de Nora — ele disse a Eric antes de sair para falar com sua sobrinha —, mas só escapei dela por puro acaso. Não vou me submeter a tal perigo novamente. Ela roubou sete anos da minha vida. Não vou jogar essa nova vida fora por você.

Linsey Miller

Era mais do que justo.

Eric permaneceu perto da parte de trás do navio para pensar. Certamente, seria óbvio quando Úrsula chegasse a Cloud Break Bay, a conquistadora enfim reivindicando a terra que havia atacado de longe. Ela parecia o tipo de pessoa que gostava de agitação.

Se ele não fizesse nada, Úrsula e Sait acabariam desgastando Vellona.

Se fizesse alguma coisa, Úrsula o mataria ou mataria aqueles que ele enviasse. Iria arrebatá-los com tanta facilidade quanto havia feito com sua mãe.

Pensar em sua mãe provocou uma dor no peito de Eric. Deixá-la na ilha tinha sido como perdê-la novamente. A percepção de que o fantasma dela estava sendo manipulado por Úrsula reacendeu o carvão fumegante de sua dor. Ele fungou e esfregou o rosto, exausto pelo cheiro de sal. Daria qualquer coisa para que sua mãe estivesse com ele agora, para lhe dizer o que deveria fazer a seguir.

Passos ecoaram pelo convés em direção a ele. Eric levantou a cabeça e deu uns tapinhas nas bochechas, tentando parecer menos em pânico. Era apenas Ariel, porém, e ela sorriu quando ele encontrou seu olhar. Eric sorriu em resposta e agradeceu suas quase duas décadas de treinamento de decoro para se manter controlado. Ela se sentou ao lado dele.

Apesar do sorriso, o corpo de Ariel estava tenso. Eric riu.

— Quer perguntar sobre a minha maldição?

Ela assentiu.

Claro que sim. Ele também iria querer saber mais se seus papéis fossem invertidos, e ele havia revelado tudo de repente. Pareceu-lhe certo contar seu segredo no navio, e não se arrependeu. Eric só queria que fosse menos relevante. Menos doloroso.

— Não deveria falar sobre isso. Apenas mamãe, Gabriella, Vanni, Grimsby e Carlotta sabiam, mas acho que não posso mais esconder — disse ele. — Sempre devo tomar cuidado, sempre preciso dar desculpas

Príncipe do Mar

e sempre tenho que me separar das pessoas ao meu redor sem uma explicação, e isso é cansativo.

Ele se sentia mais leve, como se carregasse sua maldição sobre os ombros e desabafar tivesse dividido o peso entre eles. Não estava sozinho.

Ariel fez um gesto que ele entendeu como agradecimento.

— Você merece saber. Arriscou sua vida nesta viagem comigo. Não teríamos sobrevivido sem você. — Ele encolheu os ombros. — Perguntas?

Ela levou a mão à boca e beijou a ponta dos dedos. Então, bateu nele quatro vezes.

Eric sorriu.

— Não, nada de beijos. Não posso beijar ninguém ou deixar que me beijem. A maldição era vaga, então, nunca tivemos certeza se era um beijo na boca ou qualquer tipo de beijo. Fiquei longe de tudo que pudesse ser considerado um beijo.

O rosto de Ariel desanimou e seus olhos se encheram de lágrimas. Eric abafou sua confusão com a reação repentina de dar tapinhas no ombro dela. Ela era boa e amorosa, então, é claro que estava chateada por ele não poder beijar ninguém nem encontrar o amor. Não ajudava em nada o fato de terem passado por uma experiência estranha e perigosa. Até Eric se sentia perdido.

Mas lidar com as emoções de Ariel era muito melhor do que enfrentar as suas próprias.

— Está tudo bem. Não se preocupe comigo — tentou amenizar. — Beijar não é a coisa mais importante do mundo, e agora estamos mais perto do que nunca de quebrar a maldição. As coisas são assim. Mas acho que agora você pode ver por que fiquei um pouco estranho depois do, hã, incidente na lagoa mais cedo.

Ariel deixou escapar algo que poderia ser um soluço ou uma risada e cobriu o rosto.

— Tudo muito avassalador? — perguntou Eric, esfregando as costas dela. Ele estava ansioso para se afastar de qualquer conversa sobre beijos. — Tem sido uns dias loucos, e olhe que você só apareceu aqui ontem.

Ariel pareceu murchar. Olhos fechados, ombros caídos.

— Há algo errado? — ele indagou.

Ela assentiu, abrindo um olho, e soprou a última mecha de cabelo do rosto, que caiu de volta.

— Quer falar sobre isso?

Seu nariz enrugou.

— Ariel — disse Eric, colocando a mecha atrás da orelha da garota. — Eu escondi minha maldição de todos durante toda minha vida. Seria extremamente hipócrita se eu exigisse que você me contasse todos os seus segredos no dia seguinte ao nosso primeiro encontro.

Ela sorriu, embora com tristeza, e soprou-lhe um beijo.

— Veja, isso é seguro — falou ele. — Eu também posso beijar Max. Seja o que for que está incomodando você, prometo que estou bem. Não se preocupe comigo.

Ela fez um movimento de falar com uma mão e olhou para ele, apontando para si mesma e depois para o coração.

— Ah, você deve estar emocionada, então agora é a minha vez?

Ela assentiu com a cabeça, e uma onda de afeto o percorreu ao vê-la esticar os dedos dos pés descalços. Falar estava ajudando, mas não tornando suas escolhas mais fáceis.

— Preciso me casar, mas me mantive separado dos outros por tanto tempo que nem sei como começar a cuidar de outra pessoa — contou ele e, depois das primeiras palavras, foi falando tudo. Eric nunca havia discutido seus medos sobre isso com sua mãe. Ela havia inventado as regras para mantê-lo vivo; ele não suportava fazê-la se sentir culpada por isso. — O amor me apavora. O conceito disso. A realidade. Cada parte dele. Como posso encontrá-lo, apreciá-lo, desejá-lo, quando minha expressão de

Príncipe do Mar

amor é distorcida por essa maldição? Eu sei que não poder beijar alguém não me torna inferior, mas ainda assim… o medo está sempre presente.

Ariel fez alguns gestos que ele não entendeu e bufou. Ela mordeu o lábio inferior.

A parte fria de Eric, que se sentia separada do restante das pessoas, se aqueceu com o fato de que a garota tentava entendê-lo e não consertá-lo, no entanto.

— Não se preocupe — exprimiu ele. — Você está pensando em uma ideia, certo? É por isso que não pode fazer gestos?

Ela assentiu e olhou para o céu. Então, cobriu os olhos com uma das mãos e fingiu mergulhar na areia. Claro: por que ele não poderia fazer a coisa corajosa e amar de qualquer maneira? Ele não tinha certeza se conseguiria dar um salto de fé que poderia matá-lo, como sempre fora avisado. Ela tinha muito mais coragem do que ele jamais tivera.

— Eu adoraria ser corajoso — disse o príncipe —, mas admito não saber o que isso implica.

Qual era o sentido da bravura se isso o matasse? Ele deveria ser corajoso: isso era o que o decoro, a história e o mito diziam. Isso era exigido dos homens repetidamente, mas ele não queria ser corajoso assim, fechando os olhos e mergulhando de cabeça. Queria viver.

O que havia de tão errado nisso? Por que todos os outros não podiam ser pacientes?

Ele respirou fundo.

— Não sei se nada disso vai importar se acabarmos lutando contra Úrsula. Não quero que ela tire de mim o direito de escolha novamente. Se a matarmos, estarei livre para escolher quem quiser. Poderei existir sem a ameaça de morrer ou a preocupação de escolher errado. Eu a ouvi uma vez, meu verdadeiro amor, depois que ela me salvou quando eu naufraguei. Faz parte da maldição. Um amor verdadeiro com uma voz tão pura quanto sua alma. Como posso ser feliz sem conhecê-la?

A cabeça de Ariel se inclinou para o lado e sua mão foi para a garganta.

— Não sabia sobre essa parte da maldição antes. Minha mãe nunca me contou — ele sussurrou. — Parece tão pessoal. Eu reconheceria a voz dela em qualquer lugar. Isso é egoísmo da minha parte?

A escolha era dele, mas era a opinião de Ariel que ele queria. Era ela que ele...

Eric balançou a cabeça. Não poderia seguir esse caminho; ainda não.

— Confie — ela articulou com os lábios.

Ariel pegou o rosto dele nas mãos e o virou para olhá-la. Ela empinou o nariz de Eric. Então, gentilmente, colocou a mão sobre o coração dele. Eric assentiu e cobriu sua mão com a dele.

Ele poderia aprender a ser corajoso.

Eric e Ariel juntaram-se ao restante da tripulação no tombadilho pouco depois. A maioria estava no navio — Nora estava acampada na praia para poder falar com Malek —, e Vanni e Gabriella estavam ansiosos para voltar para casa. Sabendo que Úrsula estava a caminho, todos queriam uma boa noite de paz antes de qualquer novo problema que o dia seguinte trouxesse. Todos planejaram se encontrar na manhã seguinte no salão de jantar, e Eric foi até o castelo com Ariel para contar a Grimsby tudo o que acontecera. Carlotta entrou e levou Ariel embora, insistindo que ela precisava de um banho e um médico para ver os arranhões deixados pelas enguias. Grimsby seguiu Eric até seus aposentos.

A conversa deles durou quase duas horas, passando de Úrsula para a Ilha e para o que havia acontecido com o fantasma de sua mãe, e deixou Eric se sentindo muito menos confiante do que a sua conversa com Ariel. Explicar a Grimsby que ele não havia matado a bruxa e que agora ela estava indo em direção à baía o fez se sentir como uma criança novamente. Pelo menos, tinha todas as cartas e os contratos da Ilha de Serein

Príncipe do Mar

para respaldar suas alegações. Agora eles tinham muitas evidências de que Sait estava por trás das tempestades e dos ataques.

— Eu disse a você que nada de bom sairia disso — murmurou Grimsby. — Sabe como matá-la, pelo menos?

— Ela pode morrer como qualquer pessoa — disse Eric, desviando o olhar de Grimsby. — E acho que a evidência de que Sait quebrou nossos acordos é boa o suficiente.

— Veremos. — O homem fez cara feia.

Eric nunca conhecera Úrsula de verdade, e, ainda assim, ela ditara muito de sua vida: quão perto ele poderia chegar de sua mãe, quão íntimas suas amizades poderiam ser, sua vida amorosa e sua capacidade de servir a Vellona. Ele vivera com medo por muito tempo.

— Sempre foi ela, Grim. — Eric fechou os olhos e voltou-se para seu conselheiro. — Tudo foi ela. Sait está pagando Úrsula para devastar a costa com tempestades para nos enfraquecer, Altfeld prometeu-lhe terras se ela pudesse garantir que eles conquistassem Riva, e Glowerhaven está pagando a ela para debilitar Imber e o nosso reino. Imber manteve seu acordo com minha mãe, mas quanto tempo isso vai durar? Ela identificou o que cada reino deseja e está dando a eles o que desejam, ao mesmo tempo que apoia seu futuro rival. Não importa o que aconteça com Vellona, ela está pronta para arruinar e governar essas terras.

— É difícil imaginar que houvesse uma única pessoa no centro de todos os nossos problemas — expressou Grimsby. — Que tudo o que ela fez de longe nos afetou tão profundamente.

Eric olhou para a noite silenciosa que caía sobre a baía. Até os pássaros estavam mais quietos, emitindo seus chamados melodiosos na escuridão. Ou talvez a dor de cabeça latejante de Eric estivesse abafando a agitação normal do castelo. O horizonte estava abençoadamente escuro, no qual só se viam luzes bruxuleantes e o brilho suave do farol na costa, e apenas as janelas de Ariel ainda exibiam o débil dourado da luz de velas.

Ela rodopiou por trás das cortinas por um tempo, dançando uma música que só ela podia ouvir. De vez em quando, saltava.

— Você acha que a voz pura mencionada na minha maldição é literal? — Eric perguntou, mais para si do que para Grimsby. Eric não tinha pensado muito sobre sua misteriosa salvadora enquanto estava no mar. Antes, ele se sentia muito animado por acreditar que seu verdadeiro amor estava em algum lugar lá fora, mas agora a existência dela parecia mais um peso para ele carregar. Levou a flauta aos lábios.

As primeiras notas foram agudas e doces, mas, desta vez, tocou a canção de sua salvadora. Os sapatos de Grimsby se arrastaram no chão atrás dele, e Eric resistiu ao impulso de se virar e observar as passadas imperturbáveis do homem. Eventualmente, ele parou ao lado de Eric contra o corrimão. O príncipe não interrompeu sua música lamentosa.

— Eric, se me permite dizer, muito melhor do que qualquer garota dos sonhos é uma de carne e osso, calorosa e carinhosa, e bem diante de seus olhos.

Ele deu uns tapinhas no ombro de Eric e o deixou sozinho. Do outro lado do pátio, Ariel parou de dançar diante da janela. Olhou para a baía sorrindo e deslizou para dentro por entre as cortinas. A luz das velas em seu quarto se apagou. Eric deixou sua música morrer.

E se ele não conseguisse matar Úrsula? Ou se a matasse, mas sua maldição permanecesse? Ficaria preso para sempre tentando encontrar a garota dos seus sonhos? Tomar uma decisão agora não seria a coisa mais corajosa que ele poderia fazer?

Dane-se a maldição e dane-se o amor verdadeiro. Ele não deveria ter sido forçado a se questionar a cada momento acordado nem a viver dentro dos limites de sua maldição. Se escolhesse alguém apesar da maldição, isso não seria amor? Amor verdadeiro? Força alguma — política ou mágica — poderia lhe tirar essa escolha. Ele nem tinha certeza se sua salvadora era real.

Se era, não tinha permanecido.

Príncipe do Mar

Eric recuou, correu e deu um salto, lançando sua flauta no mar, o mais longe que pôde. Não podia deixar algo que havia acontecido com ele antes de nascer ditar como viveria.

Ariel tinha sido corajosa. Era a vez dele.

Se ela o tivesse, juntos eles poderiam encontrar outro meio de quebrar a maldição, matar Úrsula ou viver tão felizes quanto pudessem. Juntos, eles...

Uma voz ecoou pelas rochas, alta e clara como um sino. A melodia de sua canção, a canção de sua salvadora, vencia o barulho das ondas estourando na praia, e todos os pensamentos de falar com Ariel desapareceram de sua cabeça.

18
A voz dela

ERIC CORREU de seus aposentos para a praia. A escada dos fundos estava escorregadia com a garoa, e suas botas deslizaram pela pedra até ele tropeçar na praia. Demorou no máximo cinco minutos, mas parecia que horas haviam se passado entre a primeira nota atingir seus ouvidos na sacada e seus pés afundarem na areia. Ele ignorou sua exaustão e sua confusão, com a intenção de encontrar a origem da voz. A melodia era exatamente a mesma do dia do naufrágio.

Uma espessa névoa cobria a praia. Tudo o que ele podia ver era a sombra das ondas contra a areia, e tudo o que podia ouvir era a música. Suas pernas o conduziram por conta própria, cada passo levando-o mais perto. Um brilho dourado pálido capturou seus olhos.

— Ei! — Ele seguiu atrás da voz, mas a cantora se manteve fora de vista. — Espere! Por favor!

Ele mal conseguia distinguir uma figura na névoa. Ela cantava ininterruptamente, sem parar para respirar, e Eric corria aos trancos e barrancos atrás dela.

— Por favor, pare — implorou Eric. — Onde aprendeu essa música?

Finalmente, a figura fez uma pausa e se virou para encará-lo. Ela era uma mulher jovem, e, através da névoa, Eric podia ver que sua pele branca era pálida e uniforme, sem uma única cicatriz ou sarda marcando qualquer parte dela. Tinha cachos de cabelo escuro que se retorciam na brisa do mar. Lindos olhos violeta encontraram os dele.

— É uma velha canção de família — contou ela. A mulher olhou para o príncipe, seu olhar cheio de uma curiosidade felina. — Desculpe. Eu o conheço?

Eric hesitou, surpreso. A maioria das pessoas em Cloud Break Bay o conhecia, mas ele também não a reconheceu.

— Eric. Pode me chamar de Eric.

— Vanessa. — Ela inclinou a cabeça ligeiramente e deu um passo em direção a ele, oferecendo a mão em saudação.

— É um prazer conhecê-la, Vanessa — disse ele, saindo de seu alcance. Tinha sido como um sonho encontrá-la. Ele temia que sua mão passasse através dela e ela desaparecesse se eles se tocassem. — Esta é uma pergunta estranha, mas você estava cantando nesta praia ontem?

Sua voz vacilou e Eric respirou fundo, tentando se preparar para a resposta. Para qualquer uma das respostas.

— Oh! — A voz de Vanessa era clara como um sino, e seu tom questionador fez soar um acorde no peito do príncipe. — Você é o garoto da praia? Aquele que quase se afogou?

— Sou eu — informou Eric.

Ele sondou seu rosto, esperando sentir uma faísca ou uma vibração, qualquer coisa para confirmar o que já suspeitava, que Vanessa era seu verdadeiro amor com uma voz tão pura quanto sua alma, mas não sentiu nada. Era só porque ele ainda não a conhecia?

Seus pensamentos se voltaram para Ariel e para a maneira como sua alma ganhou vida ao vê-la na rocha. Como o sorriso dela quebrou seu medo. Com que paixão ela agia, sem se importar com o que os outros pensavam.

Príncipe do Mar

— Se não fosse por essa música, nunca teria reconhecido você. — Eric balançou a cabeça e se forçou a sorrir. Ele não deveria estar pensando em Ariel naquele momento. — Por que não ficou?

— Eu estava com medo, para ser franca. Não sabia se você estava vivo ou quem era, e nem sou daqui, então, não sabia a quem recorrer — respondeu Vanessa, rindo. — Raramente se acredita em garotas estranhas encontradas ajoelhadas ao lado de cadáveres. Estou surpresa que você ainda se lembre de mim.

— Claro que me lembro de você. Você salvou a minha vida — contou Eric.

— Eu estava simplesmente fazendo a coisa certa — disse ela. — O que qualquer um teria feito.

Vanessa estendeu a mão para ele, e Eric se afastou, os pelos de seus braços arrepiados. Ela recolheu a mão e tocou o colar de conchas em sua garganta. Ela tinha que ser seu verdadeiro amor — uma voz tão pura quanto sua alma imaculada.

— Gostaria de falar sobre isso? — a moça perguntou.

Conversar. Sim, isso era bom. Eric passara um dia inteiro com Ariel antes de perceber o quanto gostava da companhia dela. Talvez ele só precisasse conhecer Vanessa, e isso tornaria seu caminho mais claro.

— Falar é uma excelente ideia — concordou ele. — Talvez possamos nos conhecer melhor? Seria bom saber mais sobre a mulher que salvou a minha vida.

Vanessa olhou para ele com um leve meio-sorriso.

— Eu gostaria muito disso.

Desta vez, quando ela tentou tocá-lo, Eric deixou. Ela era fria, fria como o mar quando se mergulha em sua profundidade e escuridão. Os dedos dela, suaves e macios, deslizaram pela palma da mão dele. Ela fez uma pausa.

Levou um momento para Eric perceber que ela esperava que ele beijasse sua mão. Uma saudação tradicional. Um sinal de afeto.

Algo que poderia fazer com *ela*.

Mas Eric não o fez. Era um gesto tão íntimo, e nunca fora capaz de fazer isso com seus amigos, que amava e em quem confiava. Como poderia fazê-lo com uma garota que ele mal conhecia, mesmo que ela supostamente fosse seu verdadeiro amor?

— Existem escadas que levam ao castelo logo ali. — Eric apontou na direção de onde tinha vindo. — Podemos conversar no meu escritório.

— Ao castelo? — ela questionou. — Não me diga que você trabalha lá?

— Pode-se dizer que sim — respondeu com um pequeno sorriso. Vanessa realmente não sabia quem ele era, e disso, pelo menos, ele gostava. Ele baixou a cabeça e ofereceu-lhe o braço. — Permita-me?

Vanessa aceitou o seu braço sem hesitar e se apertou contra ele. Eric conteve uma vontade de se afastar.

Até agora, aquilo não estava batendo com a história.

— ... isto é uma cítara, e elas são completamente diferentes — disse Eric, largando o instrumento que acabara de usar para tocar a música dela. Ele estava divagando. Não parava de divagar desde que subira as escadas junto dela. Haviam chegado ao seu escritório quase meia hora antes, e ele ainda não sabia o que dizer. Ela continuava perguntando sobre a vida dele, mas isso não era algo que Eric comentasse com estranhos. Falar com Vanessa não era tão fácil quanto ele esperava ser falar com seu verdadeiro amor.

Vanessa assentiu com um *ahã* e tocou o instrumento, pressionando o corpo contra a lateral do dele.

— Não sabia que havia tanto para saber sobre a cítara.

Eric deu um passo para trás. O instrumento também tinha sido um excelente escudo entre eles.

Príncipe do Mar

— Perdoe-me — disse o príncipe. — Eu poderia falar sobre música sem parar.

Vanessa riu.

— Percebi.

Explicar quem ele era tinha sido bastante fácil. Era óbvio pela forma como os guardas o receberam no castelo, e pelos retratos dele nas paredes, que era o príncipe Eric. Vanessa explicou que ela era de Riva e estava visitando a família em Cloud Break Bay, ajudando seu irmão a cuidar da filha doente. Mas tudo o que ele realmente descobriu sobre ela foi que apreciava passear na praia.

— Você gosta de música? — ele perguntou, com vontade de se estapear pela pergunta tão boba. — Além de cantar, é claro.

Vanessa riu, sem qualquer graça, e disse:

— Receio que aprender um instrumento sempre esteve além das minhas capacidades.

Ela circulou pelo escritório e tocou a ponta da espada exposta numa parede. Desde que entrara no aposento, havia examinado tudo ao redor com um calmo interesse. A ponta da espada ainda estava afiada, mas ela não estremeceu. Eric limpou a garganta.

— A música sempre ocupou uma posição muito importante na minha vida — contou ele. Este era o momento que vinha aguardando: encontrar e confessar-se ao seu verdadeiro amor. Não foi tão fácil ou alegre quanto pensou que seria. Revelar algo tão privado para uma estranha não parecia certo, mas o tempo não estava ao seu lado, e ele precisava quebrar sua maldição. Ele tinha que dizer a ela. — Apenas outra coisa foi tão importante para mim na vida, mas, antes que eu possa falar sobre isso, preciso que você entenda que deve permanecer em segredo.

— Um segredo? — Vanessa se virou e arqueou uma sobrancelha. — E você acha que deve me contar? Por quê?

— Sim — respondeu ele —, e ficará claro por quê, uma vez que eu lhe disser.

Ela lhe concedeu total atenção e assentiu.

— Estou amaldiçoado. — Dizer isso não o fez se sentir melhor. — Se eu beijar alguém que não é... quem não tiver uma voz tão pura quanto sua alma, eu morrerei.

Eric não conseguiu admitir a ela que a pessoa com uma voz pura deveria ser seu verdadeiro amor.

— Amaldiçoado? — Vanessa abriu a boca de espanto. — Bem, isso é muita coisa para uma garota assimilar. Isso é tudo?

— Felizmente — disse ele, com uma risada. — Mas quando você me salvou e eu a ouvi cantando...

Ela prendeu o lábio inferior entre os dentes e recostou-se na mesa dele.

— Então você acha...

— Que você poderia quebrar minha maldição.

O silêncio reinou enquanto eles se encaravam, os olhos dela como fendas estreitas de ametista, e Eric gesticulou para sua mesa.

— Tenho cartas de minha mãe para provar, se isso ajudar — propôs ele, com os ombros tensos de expectativa.

— Acredito em você. — Afastando-se da mesa, Vanessa se aproximou do príncipe lentamente, como uma cobra marinha espreitando sua presa, até ficar a poucos centímetros de seu rosto, apesar de Eric se esforçar para não a olhar nos olhos. — Príncipes não se aproximam de garotas estranhas e admitem que foram amaldiçoados e que precisam beijá-las, a menos que estejam falando sério.

A proximidade dificultava a respiração de Eric, mas não da maneira como quando estava com Ariel. Havia algo desconfortável na forma como a moça o avaliava. A maldição poderia alegar que ela era seu verdadeiro amor, mas e se ela não o quisesse? E se ele não a quisesse? Ele não deveria desejá-la?

Príncipe do Mar

— Como pode ter certeza de que sou eu? — Vanessa questionou. O príncipe podia sentir a respiração da mulher em seu rosto. — Quer que eu cante de novo para você, Eric? Para ter certeza?

Eric balançou a cabeça.

— Não, eu não poderia esquecer sua voz nem se tentasse.

A canção, tão clara em sua memória, era a única parte dela que tocava as cordas de seu coração. Vanessa estendeu a mão e seus dedos roçaram a bochecha de Eric. Sua pele não esquentou nem formigou. Não sentiu desejo algum de se inclinar para seu toque. Estaria ele esperando muito do amor verdadeiro?

Suas primeiras horas frustrantes com Ariel foram mais agradáveis do que aquilo, e, agora que ele pensava nela, percebia que cada momento juntos tinha sido mais... tudo. Vibrante. Divertido. Confortável.

Vanessa ergueu as sobrancelhas. Ela parecia sentir que a mente dele havia divagado.

— Sente-se, Eric — sugeriu, pegando as mãos do rapaz. — Parece que você viu um fantasma.

— Sim, de certa forma. Eu não tinha certeza se algum dia iria encontrá-la. — Eric se afastou dela.

— Sente-se — a moça insistiu mais uma vez, apontando para a poltrona. — Diga-me seja lá o que for que o esteja incomodando. Você pode confiar em mim.

Eric sentou-se, mas não conseguiu dizer nada.

— Tenho uma proposta para você — ele falou por fim. — Gostaria que quebrasse minha maldição.

— Quer que eu beije você? — Vanessa perguntou, de pé sobre ele. — E depois?

Eric engoliu em seco.

— Eu poderia pagar se você quiser ou posso ajudá-la a conseguir um emprego em Cloud Break, se quiser viver mais perto de sua família. Seu irmão e sua sobrinha, inclusive, eu poderia ajudá-los de alguma

Linsey Miller

forma. Libertar-me da maldição seria prestar um grande serviço a Vellona. Você poderia ter qualquer coisa que quisesse.

— Não é bem uma maldição... você morrer se beijar alguém sem uma voz pura — ela disse, sentando-se no braço da poltrona dele. — Mas há algo que você poderia fazer por mim.

— Sim? — ele falou e pigarreou novamente, recostando-se no assento.

Ela se inclinou junto com ele, e Eric olhou para a parede por cima do ombro dela. Ela estava tão perto e era tão envolvente. Ele não conseguiria se levantar ou gesticular sem derrubá-la. Ariel teria pelo menos pedido licença primeiro.

Ariel... ela lhe dissera para ser corajoso e confiar em si mesmo. Não era isso que estava fazendo? Ele estava certo; seu verdadeiro amor o salvara naquele dia na praia.

Então, por que se sentia tão desconfortável? Ela era seu verdadeiro amor, mas Eric não queria lhe dizer isso. Ele não a desejava de modo algum.

— O que você quer? — Eric finalmente perguntou.

— O que eu quero para quebrar a maldição de um príncipe? — Vanessa segurou o rosto dele com as mãos, seu sorriso nunca vacilando. — Quero me casar com o príncipe, é claro.

Eric sentiu como se alguém tivesse sugado todo o ar da sala.

— Podemos, hum... você poderia se levantar, por favor? — Ele se mexeu e saiu de baixo dela, quase a derrubando no chão. — Sinto muito, Vanessa, mas quer se casar comigo? Você nem me conhece.

E ele não queria se casar com ela de jeito nenhum. Não era uma escolha; era expectativa e infelicidade. Não havia nada verdadeiro naquilo.

— Eu poderia vir a conhecê-lo — retorquiu Vanessa, agarrando o colar de conchas na concavidade de sua garganta. — Não deveria querer se casar com seu verdadeiro amor?

Eric franziu a testa ao ouvir as duas últimas palavras.

Príncipe do Mar

— Vanessa...

Ela avançou e pressionou um dedo nos lábios dele, arrastando-o pela boca para segurar seu queixo entre o polegar e o indicador. Eric prendeu a respiração.

— Pelo que ouvi, está muito atrasado para um casamento, e Vellona precisa desesperadamente de segurança — falou ela. — Estou me oferecendo para ser sua salvadora duas vezes.

Eric recuou.

— Por que você se chamou de meu verdadeiro amor? — ele perguntou.

Ela sorriu e inclinou a cabeça dele para baixo, para olhar para ela.

— Porque eu sou.

— Mas como sabe disso? — ele questionou. — Eu não lhe contei essa parte da maldição.

Ela franziu os lábios. A pressão de seus dedos sobre ele aumentou.

— Era óbvio que estava escondendo algo. Você nunca se casou. Você nunca beijou. Quase desmaiou quando me ouviu cantando. E nunca ouvi falar de uma maldição tão vaga. Eu entendo você, Eric. Está mentindo para se proteger. É bom, mas não é mais necessário. Você me encontrou. O que mais há para saber?

Tudo o que Eric queria por tanto tempo era que alguém o entendesse. Ele queria alguém que conhecesse todos os seus defeitos e suas peculiaridades e ainda assim o adorasse. Podia conhecer Ariel há apenas dois dias, mas sabia o que ela queria dizer com apenas um gesto e às vezes sentia que ela entendia o que ele queria dizer, mesmo quando não conseguia encontrar as palavras. Era como se os últimos dois dias tivessem sido duas décadas, e Eric queria isso todos os dias. Lutou para reprimir tal aspiração, para afogar a parte de sua alma que queria Ariel, mas, não importava quão profundamente ela afundasse, sempre voltava. Seus sentimentos sempre retornavam, e ele sempre voltava para ela. Não importavam as profundezas. Não importava a distância.

Linsey Miller

— Não acredito em você! — ele afirmou e se afastou de Vanessa.
— E não vou me casar com você.

— Parece que você precisa — disse ela, estendendo a mão para ele.

A fúria tomou conta de Eric. Ninguém que fosse seu amor desconsideraria os limites do outro tão casualmente.

— Não preciso fazer nada! — Eric retrucou.

Eric sempre acreditou no melhor da maldição, não importava quanto a odiasse. Ele se apegou à ideia de que tinha um amor verdadeiro, de que estava designado a uma pessoa decidida pelo destino, mas isso não era esperança. Era mentira. A ideia do amor verdadeiro libertando-o o impedia de viver. Ele merecia fazer as próprias escolhas e ter entes queridos que as respeitassem. Seu destino era só dele.

Tudo o que ele tinha que fazer era ser corajoso.

— Fico com a maldição — disse ele. — Se você é meu verdadeiro amor, não quero nada com você nem com o amor.

A expressão de Vanessa se nublou, seu rosto quase irreconhecível na penumbra do escritório.

— Você *quer* algemas — declarou ela, a voz baixa e os olhos estreitados. — Você *quer* ficar sozinho. — Ele recuou e ela o seguiu.
— Abandonado quando seu amor verdadeiro morre. Exausto pelas realidades que surgem quando o amor verdadeiro acaba. Amor verdadeiro. Vocês, românticos, são todos tão ingênuos...

Ela riu e pegou o rosto de Eric em suas mãos antes que ele pudesse se esquivar. Ela era forte, muito mais forte do que ele, e seus olhos brilhavam dourados quando se aproximou. Empurrando-o para trás, prendeu-o entre ela e a mesa. O príncipe tentou se afastar.

— Ah, Eric. — Os dedos de Vanessa acariciaram as linhas delicadas de suas têmporas até sua garganta. Suas unhas cravaram em seu pescoço. — Tão bonito, mas com o cérebro tão vazio...

Ela deu um peteleco na lateral da cabeça dele e se afastou.

Príncipe do Mar

— Quero dizer, eu entendo — falou ela, olhando para ele de cima a baixo. — A ruiva tem bom gosto, suponho. É uma pena que você seja tão bonito. Um desperdício.

Eric cerrou os dentes com tanta força que eles rangeram, e ele sentiu gosto de sangue. A raiva, quieta e calma, manteve-o no lugar enquanto ele se dava conta do que estava acontecendo. O que sentia não era a raiva selvagem que o levara à Ilha de Serein, mas algo mais profundo.

— Olá, Úrsula — murmurou Eric, tentando pegar o canivete em sua mesa. Seu nome tinha gosto de salmoura e metal. — Que prazer conhecê-la em carne e osso.

— Bem, a carne de alguém, certamente. — Ela sorriu e passou as mãos pelas laterais do corpo. — Tão gentil da sua parte acreditar em mim com tanta facilidade.

— Por que não apenas me beijar e acabar logo com isso? — Eric perguntou.

— Eu posso, se tentar me esfaquear com aquela faquinha que está procurando — disse ela. — Você precisa aprender a pensar grande, namoradinho.

Eric bufou, furioso demais para pensar com clareza.

— Precisa de mim vivo para alguma coisa?

— Oh, Eric — ela disse, dando um tapinha na bochecha dele. — Depois que estivermos casados, não importa o quanto eu minta para você agora ou quão rápido você morra depois, serei a herdeira de Vellona no papel, e o que está no papel é tudo o que importa. Contratos são minha especialidade.

— O reino irá odiá-la — afirmou Eric. — O povo irá lutar contra você a cada passo do caminho. Você pode governar o reino de Vellona no papel, mas nunca o terá de verdade.

— Ah, não quero. Não para sempre. — Ela torceu o nariz, como se houvesse algo sujo na sala, e abanou a mão. — Muitos outros humanos míopes querem isso, e eles podem ter... por um preço. Até que me paguem esse preço, controlarei sua marinha, seu exército, seu cofre.

Linsey Miller

Eric rosnou e cambaleou para ela.

— Sente-se. — Ela bateu no colar em sua garganta.

A concha brilhou e o corpo de Eric obedeceu, apesar de seus protestos.

— Então vou morrer no dia do meu casamento — disse ele. — Pretende selar o casamento com um beijo que me mata?

— Um casamento é selado com um beijo, independentemente do resultado do beijo. — Ela riu. — Por quê? Estava esperando beijar sua namoradinha muda? É um insulto você ainda estar atrás dela quando estou aqui. Ela nem está flertando, como eu lhe disse para fazer. Esse conselho foi de graça, sabe? Raramente faço isso. Eu deveria ter pensado melhor antes de me dar ao trabalho de fazê-lo.

Um arrepio de medo percorreu Eric, mas, o que quer que Úrsula estivesse usando para segurá-lo, impediu-o de se mover.

— O que você fez com Ariel? — ele perguntou. — Seja qual for o acordo que ela fez, eu vou…

Úrsula ergueu um dedo e a boca de Eric se fechou. Ele não conseguia reabri-la, não importava o quanto tentasse.

— Não há nada que possa me oferecer que se compare ao que o acordo dela vai me render — disse Úrsula. — Ela nem queria você, sabe? Queria aventura em terra. Só achei que isso — ela gesticulou com a mão para ele — seria impossível. Mas não importa. Enfim, vou conseguir o que mereço.

Eric sentiu a magia que mantinha sua boca fechada se afrouxando e, com os dentes cerrados, ele disse:

— Você não merece nada.

— Oh, querido — Vanessa baixou as mãos e agarrou seu colar de conchas. — Eu mereço muito mais do que pode me dar, mas você vai servir por ora.

Então, com os olhos brilhando tão intensamente quanto a concha em sua garganta, ela cantou.

19
Ponte

ＥRIC DORMIU estranhamente naquela noite. Sonhou que se afogava e não era salvo, afundando nas profundezas silenciosas da escuridão que espreitava sob o mar. Não estava sozinho, mas não conseguia ver os outros sendo arrastados com ele. *Flashes* de vermelho na escuridão e mãos frias escorregando de seus dedos interromperam sua descida. Ele tentou nadar e agarrá-los. O pânico pulsava em seu peito.

Eric se afastou.

— Bom dia, querido. — A voz de Vanessa o envolveu como o mar e o arrastou de seus sonhos. — Como está se sentindo?

— Estou bem — falou ele, mas havia algo errado com sua voz. Ele sempre soara tão monótono? — O que está fazendo aqui?

Vanessa, já arrumada, com um vestido branco e azul-claro, estava empoleirada em uma cadeira ao lado da cama. Trazia o cabelo escuro torcido, formando uma coroa no alto da cabeça, e um dos anéis da família refulgia em sua mão.

— Não consegui pregar o olho — ela contou e sorriu. — Estou muito animada para o casamento.

Max rosnou para ela, e Eric o cutucou com o pé.

225

Linsey Miller

— Sim, o casamento. Claro — disse Eric. Ele podia ouvir as palavras saindo de sua boca, mas não tinha controle sobre elas. Era como se ainda estivesse se afogando, como em seu sonho, e suas emoções fossem abafadas sob as ondas. Seu coração batia mais rápido, mas poderia ser tanto de alegria como de medo. Ele não conseguia *sentir* nenhum dos dois. — Precisamos começar os preparativos.

— Deixe os serviçais se preocuparem com isso — tranquilizou Vanessa, dando uns tapinhas no topo da cabeça de Eric. — Vista-se rapidamente para que possamos falar com Grimes sobre o contrato de casamento.

— Grimsby — ele a corrigiu por instinto e assentiu. — Claro. Vou me vestir agora.

Eric devia estar dolorido de suas viagens recentes, porque trocar de roupa era exaustivo. Max choramingou o tempo todo enquanto ele se vestia. Havia uma dor surda na parte de trás da cabeça de Eric, como se alguém houvesse costurado um cordão em sua mente e o estivesse puxando a cada poucos minutos, e ele não conseguiu conter um gemido quando Vanessa o mandou de volta aos seus aposentos para vestir algo mais condizente com sua posição. Ela estava certa, é claro, mas o tilintar dos botões dourados e das insígnias em seu casaco fez sua dor de cabeça piorar. Max também não estava se comportando.

— Saia! — Vanessa gritou quando Eric voltou, já com a roupa trocada.

O cachorro estava de pé nas patas traseiras, as dianteiras nos ombros de Vanessa. Ele tentou abocanhar seu colar, e ela se contorceu para se livrar dele, enquanto dava uma palmada em seu focinho.

— Eric! — Ela cambaleou e subiu em uma mesa, quase fora do alcance de Max. — Afaste-o de mim!

Eric assobiou duas vezes e Max caiu de quatro, mas continuou latindo para Vanessa. O som perfurou o cérebro de Eric. Ele esfregou a cabeça.

— Max, silêncio, por favor — murmurou.

Príncipe do Mar

Max soltou um latido suave e caminhou até Eric, girando em torno de suas pernas. Deu uma focinhada no príncipe.

— Já pode descer da mesa — disse Eric a Vanessa.

Ela fungou.

— Nã-nã-ni-nã-não. Tranque-o no seu quarto.

Ele riu.

— Eric — ela sibilou, e o brilho de seu colar de concha chamou sua atenção —, pegue esse monstrinho e tranque-o no seu quarto.

A dor obscureceu a mente de Eric. Ele pretendia dizer algo, mas não conseguia pensar nisso agora.

— Vamos, amigo — ele murmurou para Max, levando o cachorro embora. — Verei você mais tarde, está bem?

Sua dor de cabeça só melhorou quando a porta de seu quarto se fechou.

— Muito melhor. Agora, vamos encontrar o seu conselheiro e redigir os papéis adequados — ordenou Vanessa, espanando o vestido e passando o braço pelo dele. — Pedi a um dos criados que o chamasse e dissesse para nos encontrar no hall de entrada. Depois disso, vou ajustar o vestido e estarei no navio nupcial, então, estou contando com você para cuidar de todo o resto.

— Eu cuidarei — assegurou Eric. — O que você quiser.

— Isso é o que eu gosto de ouvir.

Vanessa o conduziu até o hall de entrada. Grimsby já estava lá, ereto e curioso. O castelo fervilhava de atividades, criados carregando flores de um lado para o outro e costureiras levando tecidos pelos corredores. Vanessa estivera ocupada enquanto ele dormia.

— Eric — chamou Grimsby, encontrando-os perto da base da escadaria —, o que está acontecendo?

— Grimsby, é um grande prazer apresentar Vanessa, meu verdadeiro amor. — Eric lhe mostrou a mão esquerda dela, na qual o anel em seu dedo não podia ser ignorado. — Eu a encontrei e ela concordou em se casar comigo.

— Sim, você mencionou isso ontem à noite — contou Grimsby, parecendo não estar cansado, apesar de ainda ser madrugada quando Eric o acordou para confessar ter encontrado Vanessa e falar sobre os planos de casamento. Era tarde demais para as devidas apresentações, é claro, mas Vanessa ajudou Eric a praticar o que dizer exatamente. Grimsby inclinou a cabeça para Vanessa e examinou-a. — Foi uma grande surpresa.

— É tão maravilhoso conhecer você também — disse Vanessa, estendendo a mão. — Eric e eu mal podemos esperar para nos casarmos.

— Foi o que ele disse. — Grimsby roçou os lábios nas costas da mão dela e olhou de relance para o príncipe. — Obrigado por resgatar Eric outro dia na praia, mas devo perguntar: por que foi embora?

— Fiquei tão impressionada com tudo e não sabia quem ele era. — Vanessa se apertou contra o corpo de Eric e pousou a mão em seu braço. — Eu nem sabia que ele era meu verdadeiro amor até ontem à noite, mas nos demos tão bem... É compreensível.

— Ela salvou a minha vida, Grimsby — Eric ressaltou. O nome completo do homem parecia estranho na língua de Eric, mas ele não conseguia chamá-lo de outra forma. — Ela é meu verdadeiro amor.

As palavras lhe doíam de uma forma que ele não conseguia entender.

— Bem, Eric... — Grimsby fez a ambos uma leve reverência, e Eric pensou ter visto um cenho franzido. — Parece que me enganei. Essa sua donzela misteriosa existe, de fato, e é adorável. Parabéns, meu caro.

Vanessa apertou o braço de Eric.

— Desejamos nos casar o mais rápido possível — disse Eric.

Grimsby ajustou o laço da gravata e falou:

— Oh, sim, claro, Eric, mas essas coisas levam tempo, você sabe.

— Esta tarde, Grimsby. — Eric não teve a intenção de soar tão duro, mas as palavras já haviam saído, e ele não sabia mais o que dizer.

Grimsby abriu a boca como se fosse protestar, mas pareceu se conter.

Príncipe do Mar

— Oh, muito bem, Eric — aceitou Grimsby, seu olhar estreitado recaindo sobre a pressão da mão de Vanessa no braço do príncipe. — Se tem certeza de que é isso que quer.

Um reflexo vermelho chamou sua atenção no alto da escadaria. Ariel ouvira a conversa deles. No momento em que ouviu seu suspiro agudo e passos fugitivos, Eric deu uma guinada para a frente, mas não conseguiu discernir o porquê.

— Eu quero Ari...

A dor em seu peito estalou. O príncipe estremeceu, abrindo a boca para gritar por ela. Os dedos de Vanessa apertaram seu braço e ela cantarolou a mesma música de quando o tinha salvado. Afogando seus pensamentos e levando-os embora. Ele não conseguia se afastar dela.

Vanessa o interrompeu com outro cantarolar baixo.

— Queremos garantir que Vellona esteja em boas mãos o mais rápido possível.

Ah, sim. Isso era o que ele queria.

Grimsby lançou um olhar para Vanessa.

— Existe alguém que devemos convidar para o casamento, por você? Família ou amigos, talvez? E para onde devemos enviar nossas felicitações?

— Eu vou cuidar disso — respondeu a moça, encarando-o de volta.

— Bem, você deve permitir que eu ajude de alguma forma. — Grimsby gesticulou para um dos serviçais que esperavam na porta. — Seja um bom rapaz e entregue o mais rápido que puder qualquer mensagem que Lady Vanessa precise enviar hoje.

O rapaz assentiu e aguardou ao lado de Vanessa com expectativa.

— Obrigada — ela agradeceu com os dentes cerrados, e Eric teve certeza de que havia perdido alguma coisa, mas não fazia ideia do que poderia ser.

— Perfeito — disse Grimsby com uma reverência. — Se precisar de ajuda, é só pedir.

— Agora, Eric, querido, trabalhe no anúncio das bodas e assegure-se de assinar o contrato de casamento — disse Vanessa. — Vejo você de novo no navio.

— Sim, Vanessa — concordou Eric, ainda tentando lembrar o que pretendia dizer antes que ela o interrompesse.

A moça soltou o braço de Eric e desceu pelo corredor, e o príncipe não conseguiu desviar os olhos de Vanessa até que ela sumisse de vista. Grimsby a observou com suspeita malcontida.

— Que sorte para nós ela aparecer agora — murmurou o homem. — Um casamento rápido não é algo que eu associaria a você.

— A voz dela é perfeita, sabe? E sua alma é igualmente imaculada. Ela arriscou sua vida para me salvar de uma tempestade; um estranho. Exatamente como a maldição descrevia. — A mão de Eric disparou e agarrou o braço de Grimsby. — Pode me ajudar com o anúncio para o restante da minha família e a corte?

Grimsby pegou a mão de Eric e arrancou-a de seu braço.

— Claro, Eric, mas o que deu em você?

— Encontrei meu verdadeiro amor, Grimsby — contou Eric. — Isso não é motivo suficiente para estar animado?

Grimsby apenas franziu a testa, sem demonstrar entusiasmo, mas Eric não lhe deu atenção. Ele precisava fazer tudo exatamente como Vanessa havia pedido. A explicação dela na noite anterior fazia todo sentido, mas Eric não conseguia se lembrar de todos os detalhes naquele momento. Contanto que escrevesse o anúncio e se certificasse de que estava pronto, ela ficaria satisfeita. E tudo o que ele queria era agradá-la.

Caminharam em silêncio. O mudo descontentamento de Grimsby perturbou Eric, deixando-o inseguro e nervoso. Grimsby notou, mantendo sua raiva sob controle, a desordem do escritório do príncipe, e Eric se

Príncipe do Mar

sentou em sua mesa com um suspiro. Ele puxou um maço de papéis de uma gaveta. O anúncio das bodas era bastante fácil. Tudo o que ele realmente precisava fazer era redigir algumas mensagens para os diferentes senhores e depois usá-las como modelo para os outros.

Grimsby caminhou até a mesa de Eric e o observou escrever a primeira carta antes de perguntar:

— Sua Vanessa tem sobrenome?

— Claro que sim — disse Eric, deixando de lado a primeira carta. Era para Brackenridge e, esperava, pesarosa o bastante, considerando todas as coisas. Contanto que garantisse que não protestariam contra Vanessa como governante de Vellona se algo acontecesse com ele...

— O que é isso?

— O que é isso o quê? — Eric perguntou.

— Eric. — Grimsby gemeu e puxou uma cadeira para perto da mesa do príncipe. Eles estavam sentados lado a lado, mas Eric ainda se sentia a oceanos de distância. — Eric, você passou meses tentando me convencer de que um casamento rápido não é a resposta para nossos problemas nem o que deseja. Você não disse que Vellona enfrenta questões mais importantes? Úrsula não estava vindo para cá ontem?

— É melhor me casar o mais rápido possível, tanto para garantir que não serei morto por um beijo quanto o apoio dos membros da corte agastados com a ausência de um noivado tão perto da minha coroação. — Eric assinou seu nome em uma carta para Glowerhaven e deixou a pena descansar longe do papel. — Ela é a mulher certa, Grimsby. Espere até ouvir a voz dela. Eu a reconheceria em qualquer lugar.

— Então, fique noivo! — Grimsby ergueu as mãos. — Beije-a e acabe logo com isso, mas se casar com ela tão rápido?

— Ela quer que nosso primeiro beijo seja no casamento — contou Eric. — Será mais romântico assim.

Grimsby estreitou os olhos.

— O que devemos fazer sobre a Ilha de Serein?

Linsey Miller

Eric se assustou.

— O quê?

— A Ilha de Serein. Sua mãe. O navio-fantasma. O que você fará com eles? — Grimsby cruzou os braços sobre o peito. — Você lembra que Vanessa não pode resolver todos os problemas que o ameaçam, não é?

— Não seja ridículo — disse Eric. — Claro que pode. Vanessa sabe o que está fazendo.

— Como? Quem é ela? — Grimsby estreitou ainda mais os olhos redondos. — E quanto a Ariel?

— O que tem Ariel? — O príncipe, com a visão repentinamente turva, esfregou os olhos e franziu a testa para as lágrimas que molharam as suas mãos. Ele as enxugou nas calças.

Grimsby arrastou sua cadeira para perto de Eric e pressionou as costas da mão na testa do príncipe.

— Você está bem? Ontem à noite estava pronto para cortejá-la.

Eric se afastou.

— Não importa se eu me empolguei com Ariel. Ela não é meu verdadeiro amor. Vanessa é.

Eric tentou sorrir para Grimsby, para tranquilizá-lo de que sabia o que estava fazendo, mas, pela carranca do velho conselheiro em resposta, não tinha certeza se funcionara. Ele voltou a escrever as cartas, ignorando as reticências e os questionamentos de Grimsby. O homem acabaria aceitando tudo. Vanessa lidaria com ele.

A porta do escritório se abriu, e Eric derramou o tinteiro em sua mesa. Grimsby soltou um grito e pôs-se de pé. Vanni estava na porta.

— Casamento? — ele quase berrou, com as bochechas afogueadas, e apontou para Eric. — Você vai se casar?

Gabriella enfiou a cabeça por cima do ombro de Vanni e assentiu para Eric, concordando com a indignação do amigo.

— Ficamos sabendo disso por boatos na baía e estamos muito zangados por não termos sido avisados antes.

Príncipe do Mar

Eric enxugou a tinta derramada com as folhas de papel em branco arruinadas e olhou para Nora, que entrou na sala atrás de Vanni e Gabriella.

— Você veio para me dizer também que ficou com raiva de mim?

— Não, ela começou a correr — murmurou Nora, apontando para Gabriella —, então eu a segui. Achei que era algo interessante, e não essas bobagens de casamento.

Vanni dispensou seu comentário com um abano de mão.

— A parte mais importante é: por que hoje? Você e Ariel acabaram de se conhecer.

Outra dor de cabeça despontou na nuca de Eric.

— O que Ariel tem a ver com isso? — o príncipe perguntou.

— Ele não vai se casar com Ariel — esclareceu Grimsby, juntando as cartas nas quais Eric estivera trabalhando. — Vai se casar com Vanessa.

— Quem? — perguntou Gabriella.

— Sim, essa foi a minha pergunta ontem à noite quando ele me contou — disse Grimsby. Ele leu as cartas que Eric havia escrito e empalideceu. Limpou a garganta e então as entregou para Gabriella, com as mãos trêmulas. — Vanessa é o verdadeiro amor de Eric, que ele encontrou na praia ontem à noite.

— Você faz isso soar como algum tipo de trama nefasta — murmurou Eric. — Ela estava passeando.

— Eu odiaria insinuar qualquer coisa desagradável — começou Grimsby. Seus lábios estavam franzidos e uma ruga de infelicidade dividia sua testa. O homem lançou um olhar suplicante para Gabriella e Vanni. — Vanessa é *encantadora*.

Ao lado de Grimsby, Gabriella ficou tensa enquanto lia as cartas, seus dedos apertando as páginas com força demais. Nora leu por cima do ombro dela e olhou para Eric. Gabriella entregou as cartas a Vanni.

— Eu confio que cada um de vocês nos ajudará com esse casamento da maneira que puder — falou Grimsby, fitando um por um. — Isso é o que o príncipe deseja, não é, Eric?

Vanni olhou para as cartas, ergueu os olhos para Eric uma vez e as devolveu para Gabriella.

— Claro. No que precisar.

Eric riu.

— O anúncio das bodas está tão ruim assim que todo mundo precisa lê-lo?

— Não — disse Gabriella com um sorriso tenso.

— Estamos todos surpresos que esteja cuidando da papelada.

— Guarde suas piadas para os discursos do jantar — falou Eric. — Precisaremos de comida e músicos, e qualquer pessoa na baía que deva ser convidada terá de ser informada.

— Vanni e eu cuidaremos da comida e alertaremos os convidados. — Gabriella devolveu as cartas a Grimsby. — Avise se precisar de mais alguma coisa.

— Avisaremos. Haverá alguns aspectos políticos para lidarmos — lembrou Grimsby. Ele voltou sua atenção para Nora. — Tenho certeza de que Sauer teria muito interesse em saber que, uma vez que Eric se case, Vanessa herdará Vellona, junto a quaisquer tratos que o príncipe tenha com piratas ou algo parecido, caso algo aconteça com ele.

— Sauer ficaria, sim — disse Nora, estendendo a mão para Grimsby. — Vou passar a mensagem e encontrar uma tripulação para o navio nupcial.

— Por que ela iria querer algo assim? — sussurrou Vanni.

Nora bufou.

— Luxo extravagante? Prazer? Se vai envenenar o jantar de um homem, não há razão para não aproveitar o seu.

— Por favor, guarde suas metáforas perturbadoras para si — disse Grimsby, as cartas sacudindo em suas mãos trêmulas. Eric não conseguia entender sobre o que eles poderiam estar falando.

Alguém bateu com força na porta, silenciando os outros, e Eric recostou-se na cadeira. Pelo jeito, ele não conseguiria concluir coisa

Príncipe do Mar

alguma naquela manhã. A porta se abriu e Ariel entrou. Seus olhos estavam vermelhos e lacrimejantes. Eric agarrou a borda da mesa.

— Ariel. Que adorável — disse Grimsby, enxotando os outros porta afora. — Entre. Eric tem algo para falar com você.

Eric olhou para Grimsby em pânico. Ele não tinha nada a dizer a Ariel. Olhou para ela e sua mente ficou em branco. Seu peito parecia vazio.

— Eric — Grimsby disse, as cartas balançando em suas mãos —, fale.

Mas o príncipe estava muito distraído com os anúncios nas mãos de Grimsby, onde podia ver sua caligrafia confusa. Havia apenas duas palavras na página.

Me ajude.

Eric não conseguia se lembrar de ter escrito aquilo. Não era o que Vanessa havia pedido que fizesse, mas Grimsby disparou porta afora antes que ele pudesse olhar mais de perto.

Ariel se aproximou da mesa de Eric com cautela. A hesitação doeu, mas ele não conseguiu confortá-la. Era como se a necessidade de fazê-lo estivesse lá, mas enterrada sob todas as suas outras responsabilidades. Vanessa ficaria furiosa se ele não cuidasse de tudo, e os pensamentos sobre seu possível descontentamento obscureciam todo o resto.

Ariel deixou o silêncio perdurar. Ficou ali, parada, atônita, torcendo as mãos diante dela. O nervosismo de Ariel se infiltrou em Eric.

— Eu quero você — concluiu ele, e sua mandíbula travou. Sua exaustão e sua emoção se misturando, sem dúvida. Eric esfregou o rosto. De onde isso veio? — Quero dizer, eu quero você no casamento. Por favor. Significaria muito para mim.

Ariel respirou fundo, uma expressão de dor tremeluzindo em seu rosto, e ela bateu duas vezes contra a mesa.

Eric se encolheu com essa resposta.

— Ariel, você não entende. Eu ia falar com você e encontrei...

Sua garganta apertou, como se uma mão tivesse agarrado o seu pescoço, e Eric cerrou os dentes. Sua dor de cabeça aumentou.

— Ela estava cantando — contou ele, tentando descrever como a canção era encantadora. Ele precisava explicar como Vanessa era envolvente. Ele precisava...

Ariel ergueu as mãos para detê-lo. Ela gesticulou para ele, fez o sinal de "querer" e então indicou o mundo ao redor deles. Eric engoliu em seco.

Falar era como engolir vidro.

— Quero passar o resto da minha vida com meu verdadeiro amor — disse ele em resposta à pergunta dela, e sua voz falhou. Sua pele estava muito tensa, muito quente, como se de repente houvesse dois Erics compartilhando seu corpo e nenhum deles estivesse satisfeito com isso. A dor aumentou e Eric murmurou: — Eu ouvi Vanessa. Ela é meu verdadeiro amor. Ela é tudo em que consigo pensar.

Ariel mexeu a boca como se tentasse falar e assentiu. Ela apontou para o sol.

— Quando? — Eric perguntou e sorriu quando ela confirmou. — Vamos nos casar ao entardecer.

Ela fez uma pausa nas palavras, aparentemente imersa em pensamentos. Então, apontou para si e depois para ele, deixando uma mão subir do peito dele até o rosto. Com gentileza, curvou os lábios de Eric em um sorriso.

— Quer que eu seja feliz? — ele perguntou.

Ela assentiu.

Ele tentou dizer que não. Tentou tirar a língua da parte de trás dos dentes e se forçar a dizer: *Isso não vai me deixar feliz.* Apenas um suspiro estrangulado escapou.

Um canto ecoou lá fora no corredor, e as sobrancelhas de Ariel se juntaram. Tudo o que Eric pretendia dizer desapareceu.

— Estou feliz — falou ele. — Mais do que você pode imaginar, e eu gostaria que você estivesse lá para comemorar comigo.

Ariel respirou fundo, as lágrimas se acumulando nos cantos dos olhos.

Príncipe do Mar

Eric estendeu a mão para enxugá-las, seu polegar tocou a pele dela, e…

Um cardume de recordações — cabelos vermelhos como o amanhecer derramando-se sobre ombros pálidos, mãos fortes apertadas em torno de seus punhos enquanto o puxavam para longe do perigo e o arrastar de pés instáveis na areia quente — cintilou sob a superfície de sua mente. Eles quase tinham se beijado na lagoa, e ele não tivera medo algum. Tinha tanta certeza de que…

A porta do escritório se abriu.

— Eric! — Vanessa entrou apressada no aposento, colocando-se entre ele e Ariel. — Aí está você. Eu o procurei em todos os lugares.

O atordoamento em sua cabeça se dissipou ao vê-la. Eric segurou a mão dela quando a mulher se postou ao seu lado. O mundo estava nítido e claro, e a névoa incerta que pairava sobre Ariel havia desaparecido por completo. Ela não era importante. Ela não era nada.

— Estava trabalhando no anúncio das bodas e informando meus amigos sobre o casamento — disse ele, toda a atenção concentrada em Vanessa.

Ele não tinha certeza se sua atenção já estivera em outra parte. Era como se houvesse uma corda emaranhando-a com ele, e, se ele se virasse, essa corda iria estrangulá-lo.

— Muito bem, querido. — Vanessa olhou por cima do ombro para Ariel. — Caia fora… Com licença, quem é você?

Ariel fugiu da sala, e todas as lembranças que Eric tinha dela desapareceram junto.

20

Morto na água

O RESTANTE do dia foi como um borrão. Ariel não voltou a falar com Eric depois que Vanessa a afugentou, e ele sabia que isso deveria tê-lo incomodado. Ariel era sua amiga, e Vanessa a havia descartado como lixo. Foi perturbador.

Só que nenhuma parte dele se sentia aborrecido.

Ele se sentia vazio, oco e não conseguia se lembrar de estar cheio. Sabia que havia coisas que estava esquecendo — coisas que pretendia fazer, coisas que deveria estar fazendo, coisas que não deveria estar fazendo. Tudo parecia tão inconsequente.

Era mais fácil sorrir e assentir com a cabeça quando Vanessa falava. Ela lhe dissera para se concentrar em se preparar para o casamento e pouco mais enquanto o acompanhava até seus aposentos. Depois disso, ele estivera sob os ternos cuidados de Carlotta, e tomara banho, vestindo-se lentamente. Carlotta perguntara sobre Vanessa e o casamento, estranhando cada uma das respostas de Eric, e ele franziu a testa. Não tinha muitas respostas, mas isso não era nada estranho. Vanessa era uma pessoa reservada.

No final da tarde, uma hora antes do anoitecer, Grimsby puxou Carlotta de lado e sussurrou algo para ela enquanto Eric alisava as rugas de seu casaco. Gabriella e Vanni vieram acompanhá-lo até o navio nupcial antes que ele pudesse perguntar a Grimsby o que estava acontecendo.

— Grimsby tem um plano — Vanni sussurrou para Eric quando eles o deixaram na parte traseira do convés, atrás dos convidados. — Não se preocupe.

Eles estavam perto da popa, onde Vanessa se juntaria a Eric em breve. Uma caminhada pelo corredor: isso era tudo que o separava de estar casado.

— Não estou preocupado — comentou Eric. — Por que estaria?

Vanni apenas lançou um olhar para Gabriella antes de irem para seus lugares.

Esperando que Vanessa aparecesse para que a cerimônia de casamento pudesse começar, Eric afrouxou a gola desconfortavelmente apertada de seu traje de gala. Respirou fundo e correu o olhar pelo navio. Colunas tão brancas quanto ossos de baleia erguiam-se do convés, com trepadeiras verdes e flores rosa-claro se enroscando nelas, e a luz avermelhada do entardecer derramava-se sobre a baía. Na proa, o brasão de Vellona descansava sob grandes cortinas da cor azul-marinho, seu dourado refulgindo ao sol. Uma coroa arrematava tudo.

O sol baixou no horizonte. O volume da música cresceu. Os convidados do casamento se remexeram nos assentos, as silhuetas familiares de Vanni e Gabriella girando em suas cadeiras para olhar para ele. A expressão da amiga estava tensa, o lenço verde que prendia seu cabelo já enrugado de tanto ela mexer nele constantemente, e Vanni nem tinha se vestido de forma adequada para a cerimônia. Isso deveria ter incomodado Eric, e ele sabia disso. Só que não conseguia se importar. Isso não podia ser boa coisa.

Passos suaves se aproximaram e os convidados se levantaram.

Finalmente, ali estava ele se casando com seu verdadeiro amor, mas não havia qualquer empolgação eletrizante nem palpitação de amor. Talvez ele simplesmente tivesse que despertar sua própria felicidade.

Príncipe do Mar

Vanessa deslizou até Eric, sua saia branca e rosa farfalhando contra a calça dele. O céu cor de pêssego começou a escurecer para um tom laranja manchado de vermelho.

— Pronto, querido? — Vanessa perguntou. Ela não segurou o braço dele. — Ande.

Eric não conseguia mexer a cabeça para outra posição, a não ser para a frente, nem mesmo quando ouviu Max choramingar.

Não mais de duas dúzias de passos o separavam do altar, mas cada passo até lá parecia uma eternidade. Os convidados o encaravam com a mesma expressão sombria. Sauer era a única pessoa que não parecia estar em um funeral, e isso se devia principalmente à sua casaca vermelha.

Eric e Vanessa alcançaram o pequeno altar diante do sacerdote ainda mais diminuto, e a coroa de Vellona pairava sobre eles. As cortinas azuis pareciam mais escuras contra o pano de fundo do sol poente, e Max lutava com sua coleira ao lado de Grimsby. Eric queria se afastar e confortá-lo, mas Vanessa odiaria isso, o que Eric, por sua vez, odiava. Ele odiava nem mesmo tentar se afastar e acalmar Max.

— Bem-vindos! — pronunciou o sacerdote, e sua voz não era alta o bastante nem mesmo para o próprio Eric ouvi-lo, que dirá todos os outros. — Amados irmãos, estamos aqui reunidos hoje para testemunhar esses dois pombinhos serem unidos em matrimônio.

O sacerdote prosseguiu em seu tom monocórdio, e o sol baixou ainda mais no horizonte.

— ... você, Eric, aceita Lady Vanessa como sua legítima esposa enquanto ambos viverem? — o sacerdote perguntou.

Eric hesitou. O verdadeiro amor não deveria parecer decepcionante ou medíocre, ou, fosse como fosse, essa emoção vazia. Era para ser avassalador e apaixonado. Ele deveria estar feliz.

Quando tinha sido a última vez que estivera assim? Na noite passada? Antes de conhecer Van...

Vanessa apertou seu braço, as unhas cravando em sua manga, e Eric falou sem pensar.

— Aceito.

Uma gaivota grasnou. O sacerdote fez uma pausa, olhando para cima. Eric desejava olhar e ver o que estava acontecendo. *Mas será que Vanessa aprovaria?*, ficava repetindo em sua cabeça. Ele não se mexeu e moça se virou. Um bando de aves cruzou a proa, forçando Vanessa a se afastar de Eric. O sacerdote se escondeu atrás do púlpito.

Asas e pés palmados rasparam os ombros de Eric, mas ele ainda não conseguia se mover. O bando mergulhou de novo, deixando cair peixes e algas marinhas no convés. Vanessa soltou um gritinho agudo, e os convidados debandaram em direção à popa. A água açoitava o navio, balançando-o. A embarcação se inclinou severamente.

— Eric! — Vanni gritou.

O príncipe não conseguiu nem responder. Seus braços tremeram quando o mundo se tornou um redemoinho de penas brancas. Ele se forçou a se mover, deixando a inclinação do navio arrastá-lo para o lado e girá-lo. A cena se desenrolou em um borrão agitado, pássaros dando rasantes nos convidados, no convés, e caranguejos avançando com precisão militar. Um par de leões-marinhos atravessou a multidão, deslizando pelo convés e atingindo Vanessa. Vanni e Gabriella conduziram alguns dos convidados aos aposentos cobertos. Nora olhava com ansiedade por cima da amurada.

— Por que não nos planejamos para isso? — perguntou Grimsby.

— Nós nos preparamos para lutar contra uma bruxa! — Sauer arrancou uma estrela-do-mar do ombro e atirou-a no conselheiro. — Por que alguém planejaria isso?

Um leão-marinho se chocou contra Vanessa e a jogou no bolo de casamento. Ela gritou, tirando creme de manteiga e água salgada do rosto. As pernas se emaranharam no vestido encharcado.

Príncipe do Mar

— Eric! — Gabriella ajudou Vanni a se afastar do outro leão-marinho. — Vamos!

Ele queria. Ele precisava. Seus pés se arrastavam, cada movimento doloroso e lento. Os convidados do casamento estavam dispersos e em pânico, suplantados pelas desenfreadas criaturas marinhas. Todos buscavam um lugar para se esconder ou apenas tentavam ficar de pé e no convés, em vez de serem lançados ao mar. Os olhos de Vanessa desviaram para Eric e se estreitaram, e ela usou um dos assustados convidados para ajudá-la a se levantar. Ela o jogou de lado assim que terminou.

— Não se atreva a deixar o n... — Uma onda varreu o flanco do navio e bateu em suas costas.

Um cabelo vermelho como o sol poente atraiu o olhar de Eric. E, então, lá estava Ariel, ofegante e encharcada até os ossos, rastejando para o convés através de um buraco de embornal e lutando para ficar de pé.

Percebendo a garota, Vanessa se lançou em direção a Ariel, mas uma gaivota desgrenhada pegou seu colar com o bico, puxando-a para trás.

— Oh, seu pequeno... — Vanessa agarrou a gaivota pelo pescoço e girou. — Acha que uma bola de penas pode me deter?

Ao lado de Grimsby, Max rosnou. O cachorro ganiu para Eric e, então, arrancou sua guia das mãos do conselheiro, lançando-se sobre Vanessa. Seus dentes se fecharam na parte de trás da perna dela. Ela gritou e largou a gaivota. A ave arrancou o colar de seu pescoço e a concha dourada caiu no chão, quebrando-se aos pés de Vanessa.

Uma névoa dourada ergueu-se dos pedaços, brilhando contra o escarlate escuro do sol poente para além do navio. Os tentáculos da névoa se entrelaçaram, e o cantarolar distante de uma melodia familiar embalou Eric. Ele fechou os olhos, o som calando fundo em sua alma enquanto a canção de sua salvadora ecoava pelo convés. Era linda e sobrenatural, e ele não conseguia acreditar que havia pensado ser de Vanessa. A voz era gentil e segura de uma forma que sua noiva não era. Ela nem se dera ao trabalho de perguntar o nome de Carlotta, pelo amor de Tritão. Eric abriu os olhos.

O brilho dourado da magia aqueceu o ar e flutuou para Ariel como um dente-de-leão levado pela brisa, e seu sorriso radiante combinava com o límpido tom de sino daquela voz. Ariel ergueu as mãos e a magia se moveu ansiosamente para ela, que a agarrou, puxando a voz para sua garganta. Ela ali se assentou sob a sua pele.

Uma nota final soou, e a pele de Ariel, o ar, o mundo, brilharam com magia.

O torpor na cabeça de Eric se dissipou. Fosse qual fosse o domínio que Vanessa tinha sobre o príncipe, estava quebrado, a tensão fortemente rígida em seu corpo desaparecendo. A dor de cabeça quase constante sumiu, e ele tentou estender os braços para Ariel. Suas mãos trêmulas se moveram com facilidade pelo ar, e ele pôde se mexer novamente. Eric caiu de joelhos, incapaz de tirar os olhos de Ariel. Ela sorriu e gesticulou para os leões-marinhos, que se deitaram de imediato. Max saltava de alegria ao redor da garota.

— Ariel? — ele sussurrou, finalmente livre para falar.

Ela sorriu e disse:

— Eric!

Era a primeira vez que essa voz soava dela, e era glorioso. Foi como se voltasse à praia, quase afogado e exausto, e a voz dela era o ar em seus pulmões. Não eram sinos no inverno tocando sobre as ondas geladas. Não era como coisa alguma que tinha ouvido antes. Seu nome nos lábios de Ariel era tudo.

Max saltou sobre Ariel, lambendo seu rosto. Ela riu, não aquela risada silenciosa com a qual ele estava acostumado, mas bonita mesmo assim, e deu uns tapinhas na cabeça do cão. Eric cambaleou em direção a ela.

— Ariel — ele repetiu mais uma vez, pegando as mãos dela.

— Eric! Não! Afaste-se dela! — Vanessa gritou. Uma voz, mais grave e áspera, atingiu seus ouvidos.

Príncipe do Mar

Eric a ignorou por mais um momento e puxou Ariel para perto de si.

— Era você esse tempo todo.

— Oh, Eric — ela disse, e as palavras o atingiram como uma flecha.

— Eu queria lhe contar.

Era como se eles estivessem de volta ao navio de Sauer com a Maré de Sangue se infiltrando no mar diante deles, vermelha e aterrorizante, e Ariel mergulhando do navio, só que, desta vez, ele mergulhou também. Eric se inclinou para beijá-la.

— Eric! — Vanessa uivou. — Não!

Mas, antes que os lábios de Eric encontrassem os de Ariel, ela se afastou dele. A luz vermelho-sangue do sol totalmente posto a inundou, e a garota se dobrou em duas, agarrando as próprias pernas. Um suspiro ofegante de dor e um estalo perturbador silenciaram a todos. Suas pernas brilharam e se fundiram. Escamas verdes explodiram de sua pele.

A cauda de uma sereia se debateu onde antes estavam suas pernas.

O choque congelou Eric no lugar. A cauda de Ariel batia contra o convés, iridescente e brilhante na luz mortiça. Uma estranha envolta em nada além de lona de vela aparecendo em uma praia sem qualquer conhecimento do reino ou da linguagem escrita, e com uma curiosidade sem fim focada em coisas comuns à maioria dos reinos: ele deveria ter desconfiado desde o início. Sua salvadora o havia resgatado das profundezas do mar durante uma tempestade e nadado com ele até as costas seguras de Vellona. Claro que ela era uma sereia.

O príncipe se moveu para lhe dizer que estava tudo bem — ela estava certa em não ter contado, já que não era possível saber como ele reagiria — e tranquilizá-la, mas uma gargalhada de provocação o interrompeu.

— Tarde demais para você! — exclamou Vanessa.

Eric girou para encará-la e vacilou. Nuvens de tempestade se acumulavam sobre o navio, relâmpagos cortavam o céu. Tudo centrado em Vanessa, os reflexos dos raios sombreavam seu rosto. Sua pele estourou as costuras do vestido, a cor ondulando através da carne outrora pálida em redemoinhos hipnóticos até que ela assumiu um tom de roxo profundo, escurecendo para preto à medida que descia. Suas pernas se separaram. Engrossaram e se retorceram, seis tentáculos se revolvendo, saindo de sua carne. Ela passou as mãos pelo cabelo escuro, que ficou branco sob seus dedos.

Os convidados restantes gritaram e se afastaram. Eric se postou entre ela e Ariel.

— Oh, querido. Nenhuma recepção calorosa? — Ela se levantou nos tentáculos e sorriu para ele. — Pensei que ficaria muito mais animado em me ver depois de passar tanto tempo me caçando.

Úrsula.

Eric não tivera tempo de realmente prestar atenção nela na noite anterior. Aquela criatura que o amaldiçoara antes mesmo de nascer enfim estava diante dele, do jeito que imaginara tantas vezes nos últimos dias. Ele presumira que estaria preparado, e não cambaleante, recuperando-se de ter sido forçado a um casamento que rejeitara. Era apropriado; até mesmo a escolha de como eles se encontrariam ela roubara dele. Uma onda de calor o percorreu. Ele queria machucá-la tanto quanto ela o havia machucado. Oferecer-lhe tudo o que ela queria e arrancar depois. Fazê-la se sentir inútil.

E ele odiava isso, mas a odiava ainda mais.

Úrsula avançou antes que Eric pudesse se mover, agarrando Ariel e subindo na amurada.

— Tarde demais para você! — repetiu Úrsula. — Adeus, namoradinho.

Eric correu para evitar, mas Úrsula mergulhou pela lateral do navio, escapando das mãos dele, levando Ariel nos braços.

— Afastem os convidados — Eric gritou. — Tenho que ir ajudar Ariel.

Ele se virou e encontrou Vanni e Gabriella ao seu lado. Grimsby estava conduzindo os convidados para dentro dos aposentos, tirando-os do caminho, e Sauer estava no timão. O navio começou a virar lentamente, a falta de velas trabalhando contra eles. Os remadores ainda se recuperando.

Vanni agarrou a mão de Eric.

— Você não pode lidar com Úrsula sozinho. Lembre-se do que Malek disse.

— Eu sei, e amo vocês dois — falou Eric, passando os braços em volta do pescoço de Vanni. Ele agarrou Gabriella pela camisa e a puxou para o abraço também. — Ajudem Sauer e Nora para que levem o navio de volta à costa em segurança.

— Eric — Gabriella murmurou em seu ombro, afastando-se para olhá-lo.

Vanni balançou a cabeça, os dedos ainda agarrados ao casaco de Eric.

— Não, podemos ir com você. Grimsby e Sauer dão conta de colocar todos em segurança.

— Eu confiaria a vocês dois a minha vida, mas, mais importante, confio a vocês a baía. Grimsby vai precisar de ajuda para evacuar Cloud Break — disse Eric. — E Úrsula não está aqui para tomar Vellona. Ela o fará se puder, mas está aqui, antes de mais nada, por Ariel e por mim. É preciso que sejamos nós dois a enfrentá-la.

— Está bem. — Gabriella o abraçou mais uma vez e puxou Vanni para longe. — Mas, assim que as pessoas estiverem fora de perigo, voltaremos para ajudar.

Se Eric não pudesse derrotar Úrsula, pelo menos levaria as pessoas o mais longe possível dela.

O navio nupcial estava mais bem equipado para a batalha do que Eric imaginara, mas pistolas e espadas seriam inúteis debaixo d'água. Os amigos de Eric estavam claramente planejando uma luta no navio, tendo ou não percebido que a noiva de Eric era Úrsula disfarçada. Eric ficou grato por

Linsey Miller

encontrar dois arpões no porão e os jogou no bote do navio, lançando-se entre os convidados em pânico que ainda estavam sendo atacados por pássaros e leões-marinhos perturbados. Max encontrou Eric no tombadilho e prendeu os dentes em seu tornozelo, puxando-o para longe da borda do navio. Eric deu uns tapinhas na cabeça de Max.

— Eu tenho que ir, amigo — falou Eric, olhando para o mar a cada poucos segundos. Havia uma luz dourada sob a água a poucos metros da embarcação, e ele estava com medo de perdê-la de vista. Como poderia ajudar Ariel sendo apenas humano? Ajoelhou-se e se livrou de Max. — Vamos. Deixe-me ir antes que Grim descubra que estou indo embora.

Max ganiu e lambeu-lhe o rosto, mas voltou correndo para o convés.

Eric baixou o bote nas ondas. Então, desceu nele, o mar agitado jogando o pequeno barco para a frente e para trás. Ele ainda conseguia avistar o brilho da magia através da água e remou em sua direção. Úrsula teria vantagem, mas não havia como evitar. Pelo menos, tinha parado de se afastar.

Um grito estrangulado vindo do navio chamou sua atenção.

— Eric! — Ele se virou e gemeu. Grimsby estava parado na amurada, com uma expressão abalada. — Eric! — ele gritou. — O que está fazendo?

— Grim, eu a perdi uma vez. Não vou perdê-la de novo!

Eric remou em direção à luz. Ele cuidaria de toda a papelada do mundo sem reclamar disso depois, desde que Grimsby voltasse para a costa em segurança.

Com mais uma dúzia de vigorosas remadas, Eric estava em cima do brilho da magia. Ele parou de remar e pegou o arpão. Mergulhou no mar, sons lamentosos como o canto de uma baleia fazendo-o estremecer até os ossos. Debaixo d'água, conseguiu distinguir Úrsula, com uma coroa de ouro no alto da cabeça e um grande tridente refulgindo nas mãos. Duas grandes enguias que Eric reconheceu da Ilha estavam enroladas sobre seus ombros como uma capa. A bruxa deteve Ariel contra uma rocha, usando o tridente para prendê-la ao pescoço.

Príncipe do Mar

A fúria tomou conta de Eric, e ele puxou o braço para trás antes de lançar o arpão. Atingiu o braço de Úrsula, o que resultou numa nuvem de sangue azul na água. Úrsula virou-se para encará-lo e, por causa dessa distração, Ariel escapou.

— Ora, seu monstrinho. — Úrsula ergueu o tridente para ele.

O príncipe girou e nadou para longe.

— Eric! — A voz de Ariel ondulou pela água, de modo sobrenatural e familiar ao mesmo tempo. — Cuidado!

Úrsula se virou rápido e sibilou para as enguias.

— Vão atrás dele!

Os peixes elétricos partiram em seu encalço. As mandíbulas das criaturas se moviam enquanto elas nadavam, tentando abocanhar-lhe os pés. O peito de Eric doía, e ele respirou sofregamente quando subiu à superfície. O ar inundou seus pulmões e seus dedos se atrapalharam tentando se segurar no barco. As enguias se enrolaram em suas pernas e puxaram. A água do mar encheu sua boca.

Uma das enguias apertou seu peito e seus braços. A outra se enroscou entre suas pernas. Elas o puxaram cada vez mais fundo, e o sal queimava nos olhos de Eric, que lutava para se libertar, mas os dentes da criatura beliscavam as mãos dele toda vez que tentava se soltar. Um borrão de azul e amarelo, o mesmo peixe brilhante que os seguira até a Ilha de Serein, disparou na direção das enguias e chocou-se contra a cabeça de uma delas. A enguia enroscada em suas pernas estremeceu e o largou. Tentava se livrar do caranguejo agarrado à sua cauda. A outra soltou Eric para ajudá-la.

Eric subiu à tona e se virou, tentando localizar Ariel. A bruxa levantou o tridente, a magia chiando em sua ponta, e os membros exaustos de Eric começaram a se mover muito devagar.

— Diga adeus ao seu amor — falou Úrsula.

Ariel avançou e puxou Úrsula para trás pelos cabelos. A magia destinada a Eric atingiu as enguias. Elas se iluminaram como nuvens de tempestade, relâmpagos percorrendo seus corpos. Depois, explodiram em uma chuva de magia e ossos.

Úrsula abriu a boca, chocada, e juntou os pedaços delas contra o peito.

Ariel fugiu enquanto a bruxa estava distraída. Eric nadou correndo para o alto, desesperado por ar. Ariel rompeu a superfície ao lado dele.

— Você está bem? — ele perguntou, puxando-a para perto.

Ariel passou os braços em volta da cintura de Eric.

— Você tem que sair daqui.

— Não, eu não vou deixar você — ele disse, pressionando sua testa contra a dela. — Sinto muito. Não queria continuar com o casamento, mas não conseguia resistir. A voz dela, bem, a *sua* voz... era uma espécie de compulsão, como a dos fantasmas.

— Está tudo bem. — Ariel agarrou seu colarinho. — Eric, sinto muito, eu...

— Você não tem nada pelo que se desculpar — falou ele. Mentir: Eric podia entender isso. Era necessário sobreviver, quer estivesse mentindo sobre seu nome, uma maldição ou alguma outra parte importante de si mesmo. Havia segurança nas mentiras. — Podemos conversar mais tarde. *Nós* temos que sair daqui.

— Ela prendeu o meu pai — contou Ariel. — Ele é o Rei Tritão...

— *O* Rei Tritão? — Eric quase engasgou.

Ela bateu em seu ombro uma vez.

— Tenho que recuperar sua coroa e seu tridente, ou então ela será imparável.

Ela não era imparável antes?

A água ao redor deles brilhou com uma luz branca como osso e borbulhou. As ondas cresceram e arrancaram Ariel dos braços de Eric. Ele lutou para alcançá-la novamente, e uma lança dourada ergueu-se da água. Úrsula, enorme e terrível, um leviatã de magia e fúria, emergiu do mar. Ela estava gigante e crescia cada vez mais. Ariel e Eric se agarraram à sua coroa, presos em cima dela. Ariel gritou para ele, mas ele não conseguia ouvi-la por causa do barulho do mar. Ela fez a mímica para "mergulhar".

Eric espiou o mar lá embaixo por cima da borda da coroa e assentiu.

— Um — contou ele.

Ariel engoliu em seco e gritou:

— Dois.

Eles mergulharam juntos, caindo na água, e Eric subiu à superfície. Ele olhou em volta procurando por Ariel, o sal fazendo os seus olhos arderem. Ariel nadava a alguns metros de distância.

— Seus tolos lamentáveis e insignificantes — disse Úrsula, gargalhando, enquanto as nuvens giravam em um turbilhão na ponta de seu tridente. Ela estava mais alta do que os penhascos mais altos de Vellona, inescapável e pulsando de poder. — Acham que podem vencer essa luta?

Eric sacudiu a água salgada do rosto.

— Você tirou tudo das pessoas por décadas!

Ele espiou Ariel uma vez e tentou manter a atenção de Úrsula longe dela.

— É isso que as pessoas fazem. Nós pegamos — a bruxa retorquiu. — Comecei do nada, e veja onde estou agora.

— Valeu a pena? — Eric gritou. — Toda aquela dor e sofrimento? Para que mesmo? Mais magia? Mais injustiça?

— Isso é justiça! — Ela sorriu sarcasticamente. — Restituição! Retaliação! Estou recebendo o que me é devido. Estou tirando o que sua — ela se voltou para Ariel — família tirou de mim. Acha que Tritão a prejudicou? Você sabe o que costumava fazer com bruxas que ele temia que pudessem ficar mais poderosas do que ele? Banimento! Morte! E por quê? Porque usei algumas almazinhas? Você não tem ideia do que é o verdadeiro desespero, mas eu sei.

— Por quê? — gritou Eric. — Que utilidade tem para você cada alma, coroa e reino?

Linsey Miller

— Nenhuma, exceto para governar! — Úrsula fez uma bola de relâmpago de um verde doentio quicar em seus dedos e atirou-a em direção à baía com o tridente. A água ao redor ferveu e fumegou. Ela bateu nos suportes de uma doca. — Não se preocupe, querido. Quero que eles se curvem, não que morram.

Ariel estava a apenas algumas braçadas de distância dele agora.

— Você quer remodelar o mundo para servi-la!

— Claro que sim, querido — afirmou ela com uma risada. O tridente brilhava em suas mãos. — O mundo foi moldado por pessoas como você e Tritão. Foi moldado para atendê-los. Por que eu não deveria ter vez também?

Ariel estava prestes a alcançar Eric quando um tentáculo do tamanho de um navio emergiu e caiu na água entre eles.

— Agora sou a governante de todo o oceano! — Úrsula girou seu tridente, a magia estalando no ar, e o mergulhou na água. O mar se agitou ao redor de Ariel, redemoinhos apinhados de destroços girando em torno dela. — As ondas obedecem a todos os meus caprichos. O mar e todos os seus despojos se curvam ao meu poder. — Úrsula pairava sobre Ariel. — E você também, princesa.

Ela disse isso com tanta maldade que Eric recuou.

Os diários de sua mãe detalhando a destruição deixada no rastro de Úrsula eram prova suficiente da desonestidade da bruxa. Ela roubara a voz de Ariel e a usara contra ela. Enfeitiçara Eric depois que ele a havia rejeitado e o privara de sua capacidade de recusa. Úrsula manipulava sem dó até que as pessoas não tivessem escolha a não ser fazer acordos impossíveis com ela, e, mesmo assim, removia a escolha real com contratos e magia. Manipulava as coisas para que as únicas escolhas fossem as dela.

Mas saber que ela era monstruosa e enfrentar o monstro eram coisas muito diferentes.

Isto era o que a bruxa queria o tempo todo: domínio sobre o mar e a terra, além de um exército de fantasmas para garantir seu governo.

Príncipe do Mar

Poder derivado de almas desesperadas, sem mais ninguém a quem recorrer. Ela devia ter sido uma delas um dia. Tinha que ter sido, para saber exatamente como atraí-las.

Úrsula não queria moldar o mundo. Queria controlá-lo.

— Eric! — Ariel gritou aflita.

O redemoinho puxou Eric para dentro, sugando-o para baixo das ondas, e o casco esburacado de um velho navio passou por cima dele. Eric bateu na madeira e foi arrastado por ela. Seus dedos lutavam para conseguir segurar firme alguma coisa. O príncipe agarrou os restos viscosos de uma corda.

Mas ela chicoteava na tempestade. Eric gemeu, içando-se para o convés coberto de cracas. Desabou ali mesmo, a dor queimando em seu peito e seus braços, e Ariel gritou novamente. Ele se arrastou até a amurada e procurou por ela. Um lampejo de vermelho desceu pelas paredes de água até o fundo do mar no centro do redemoinho. Ariel se arrastou para trás de uma grande rocha.

— Foi tão fácil — compartilhou Úrsula. — O que aquele velho estava lhe ensinando para que você nem se preocupasse em ler o contrato que assinou?

Os ossos estilhaçados de naufrágios balançavam no redemoinho e se chocavam uns contra os outros, fazendo chover sal e lascas sobre Ariel, que apenas ergueu os braços para se proteger.

O que ele poderia fazer? Eric vasculhou o navio em busca de qualquer coisa, um canhão, um arpão, uma pistola, mas não encontrou nada. O cordame estava emaranhado nas tábuas partidas do convés e corroído pelos anos no mar. Os mastros haviam sido quebrados.

No tombadilho superior, o timão ainda girava com o balanço do navio. Eric cambaleou para a escada e rastejou em direção a ele com o apoio da amurada. As cordas do leme ainda estavam presas, então, seria possível manobrar o navio. No mínimo, poderia colocar-se entre Ariel e Úrsula.

Linsey Miller

— Isso é tudo o que tem, garota? — Úrsula apontou seu tridente para Ariel, e a magia queimou o ar em raios irregulares. Com um salto, a sereia saiu do caminho, e a pedra onde estava derreteu. Úrsula lançou outro golpe de magia contra ela. — Onde está seu príncipe agora?

Eric girou o timão e virou o navio para Úrsula. Uma raiva que nunca conhecera o consumia, e um relâmpago atingiu a lança serrilhada do gurupés. Úrsula havia tirado sua vida, seu amor, suas escolhas, sua mãe e seu reino. Eric só tinha uma única jogada.

Não a deixaria tirar mais nada dele, nunca mais.

— Tanto esforço pelo amor verdadeiro. — Úrsula riu e estreitou os olhos. — Bons sonhos, princesa.

Ela ergueu o tridente, pronta para atacar. Eric gritou, os músculos doendo com o esforço necessário para manter o navio estável. Antes que Úrsula pudesse completar seu golpe, o gurupés atravessou sua barriga, empalando-a, e as águas pálidas tingiram-se de azul-safira com seu sangue. Ela engasgou e olhou para baixo, a mão segurando a embarcação. O tridente escorregou de seus dedos e um raio atingiu sua coroa. A bruxa caiu sobre o navio, lançando-o para a frente. Eric foi arremessado no ar.

Ele bateu na água, um último relance de Ariel sã e salva acalmando seu coração, e depois tudo era escuridão.

21

Felizes para sempre

ERIC ACORDOU na praia. O céu estava estranhamente luminoso e claro, e ele rolou de costas e depois se sentou. As ruas de Cloud Break estavam cheias de pessoas, nenhuma delas gritando de terror, e, mesmo da praia, podia ver os distantes pilares brancos do navio nupcial. Suspirou e deixou cair a cabeça dolorida nas mãos. Pelo menos, os que estavam a bordo voltaram em segurança.

Quanto tempo se passara? Se as tempestades haviam parado e as pessoas não corriam de medo, Úrsula devia estar morta, mas isso significava que sua magia havia acabado? Todos os seus acordos estariam anulados e suas maldições quebradas?

— Ariel? — tentou gritar, mas sua voz falhou. Ele não conseguia nem levantar a cabeça.

Ouviu um *tchibum* vindo do mar como uma resposta. Eric olhou para cima, a respiração presa no peito. Ariel ergueu-se das ondas num colante vestido azul-claro de espuma do mar, todo rebordado de pérolas cintilantes, e caminhou em direção a ele. Ela sorriu quando seus olhos se encontraram e enfiou os dedos dos pés descalços na areia.

Dedos do pé!

Linsey Miller

Uma onda de alívio inundou Eric. Ele se levantou cambaleando e correu para ela. Ariel gargalhou e sorriu, estendendo-lhe os braços. Eric a pegou pela cintura, como fazia quando dançavam, e a girou. A risada de Ariel afugentou suas últimas preocupações e dores. Ele a puxou para perto.

Eric esperara uma eternidade por aquele momento. Ele pousou uma mão sobre a face de Ariel e traçou a linha de sua mandíbula, e seu outro braço envolveu-a pela cintura num abraço apertado. A garota lhe sorriu, uma pequena ruga no canto dos olhos. Ele havia pensado nisso quando tinham dançado sob as estrelas naquela primeira noite na praia, o corpo dela pressionado contra o seu, o cabelo emaranhado em seus dedos. Ele se lembrou de como fora se inclinar para ela quando quase se beijaram na lagoa, antes que o medo levasse a melhor sobre ele. Quis tomá-la em seus braços quando a garota mergulhara do navio atrás de sua mãe e o acompanhara à Ilha de Serein. Ele sempre a quisera e sempre tivera muito medo. Desta vez, seria corajoso.

Eric a beijou.

Ariel tinha gosto de sal, fumaça e triunfo. Ela o segurou pela nuca e moveu seus lábios contra os dele hesitantemente. Os dois estavam plenos e quentes, e o sussurro da respiração dela contra sua boca apagou os pensamentos de Eric. Nunca mais desejaria se separar dela, nem pelo mar, nem por maldições, nem por política, nem por magia. Esta fora a escolha do príncipe. Ariel era a sua escolha enquanto ela o quisesse.

Ela interrompeu o beijo primeiro, ofegando e pressionando a testa na dele. Eric lambeu os lábios, provando o mar, e a beijou mais uma vez. A garota riu sem se afastar.

— Conseguimos. Úrsula se foi. — Seus dedos se curvaram ao redor do cabelo do príncipe. — E acho que lhe devo uma história.

— Só se quiser contar — respondeu Eric. — Embora fosse bom saber mais sobre você, com certeza não me importaria de descobrir como acabou em Cloud Break sem voz.

Príncipe do Mar

— Vou lhe dar uma versão curta, eu acho — disse Ariel. O sorriso dela se suavizou e ela apertou a mão dele. — Por ora, pelo menos.

O coração de Eric deu um salto. *Por ora* significava que haveria um mais tarde. Eles tinham tempo agora.

— Sou a mais nova de sete irmãs — começou Ariel. — Eu amo minha família, mas eles não me entendem. Sempre quis ser humana e vi você no navio antes da tempestade.

— Você estava perto do navio? — ele questionou, tentando se lembrar daquela noite. — Oh, não, você viu aquela estátua?

Ariel sorriu.

— Guardei a estátua depois que ela afundou... Pelo menos, eu a guardei por um tempo. Costumava colecionar coisas dos humanos, como cachimbos, garfos, estátuas... e, então, meu pai me proibiu de desbravar a superfície. Eu deveria ser perfeita. Cantar bem, ser obediente e decididamente pouco aventureira. Isso me fez sentir como algo, não como alguém. Quando ele encontrou minha coleção, destruiu-a. Então, procurei Úrsula, sabendo que ela era uma bruxa.

O coração de Eric se partiu.

— Você foi até Úrsula para escapar dele?

— Não exatamente. Sempre imaginei como seria viver em terra. Quando Úrsula me fez sua oferta, parecia a escolha certa — disse a garota. — Eu deveria ter percebido que era uma armadilha. Ela só queria me usar para chegar até meu pai.

Eric apertou a mão dela para impedi-la de mergulhar em outros pensamentos, e Ariel respirou fundo.

— Meu acordo com ela era que, em troca de minha voz, eu seria humana por três dias, mas, se eu não convencesse você a me beijar até o pôr do sol no terceiro dia, minha alma seria dela — Ariel revelou.

— Ela nos manipulou como se tocasse um violino. — Eric gemeu e encostou a testa na dela. — Ela sabia que eu nunca iria beijar você, por causa da minha maldição.

Linsey Miller

— E a pior parte — Ariel sussurrou para Eric — é que eu nem pensei em ler o contrato.

Eric não pôde deixar de rir.

— Ria o quanto quiser. Seus livros se transformam em nada no mar. — Ela o cutucou no ombro e se virou, colocando o ouvido sobre o coração do príncipe. De repente, seu rosto assumiu uma expressão de desânimo e ela olhou para o chão. — Eric, com a morte de Úrsula, você não está mais amaldiçoado. Não há como saber se sou seu verdadeiro amor ou não.

— Eu não ligo. — Eric a beijou novamente e saboreou como seu coração batia contra o peito. — Não importa se você era meu verdadeiro amor ou não. Você é quem eu quero. É quem eu estou escolhendo amar. E eu a amo.

Ariel o puxou de volta para si. Eric riu contra seus lábios, incapaz de parar. Ela sorriu contra ele.

— Desta vez, não vou nadar para longe — disse Ariel.

— Se fizer isso, vou atrás — avisou o príncipe e a girou de novo, memorizando o som de sua risada. Ele a beijou novamente, nunca se cansaria de sentir os lábios dela contra os seus, e a puxou para um abraço apertado.

A voz rouca de Grimsby ecoou pela praia, e Eric se afastou da garota.

— Acho que temos que parar de nos esconder — ele sussurrou.

Ariel riu em seu peito.

— Estávamos nos escondendo?

— Nunca deixamos de nos esconder dele. — Eric respirou fundo e gritou: — Aqui, Grim!

Grimsby contornou uma das rochas maiores. Ele parecia melhor do que estava depois que o *Rolinha-do-Senegal* naufragou, e seu único ferimento era um hematoma espetacular em forma de estrela-do-mar em uma bochecha. O homem correu para Eric, agarrando-o em um abraço. O príncipe mal conseguia tocar os pés no chão e devolveu o abraço apertado com uma risada.

Príncipe do Mar

— Grim — ele expressou —, todo mundo está a salvo?

— Sãos e salvos. Nem uma única vítima — afirmou Grimsby. Ele se afastou e segurou os ombros de Eric. — Nunca mais faça isso, rapaz. Nunca mais. Vanni e Gabriella estão nas docas. Procuramos você e Ariel a noite toda.

Eric suspirou, e a última tensão em seus músculos doloridos se dissipou.

— Prometo que não farei disso um hábito.

— Devo dizer — Grimsby continuou, desviando seus olhos para Ariel, logo atrás do príncipe — que sinto muito por você ter que nadar até o navio. Achamos que não gostaria de estar lá, mas, apesar de que nada do que planejamos para o casamento saiu como pensávamos, não posso dizer que o resultado não tenha sido satisfatório.

— O que exatamente estavam planejando? — Eric perguntou. — Por pouco os votos nupciais não foram concluídos.

— Achamos que Úrsula devia estar envolvida de alguma forma, pois a magia sobre você parecia muito poderosa. Estávamos hesitantes em agir rápido demais e correr o risco de perder outros para os feitiços dela ou perder você completamente. O plano era esperarmos até que dissesse "sim" e a guarda dela baixasse para agirmos. A maioria dos convidados era da tripulação de Sauer, e achamos que haveria uma luta assim que a bruxa fosse desafiada. Mas Ariel e seu exército de gaivotas chegaram antes que pudéssemos executar o plano. — Grimsby endireitou o corpo e bateu no ombro de Eric novamente. — Acabou agora, graças a vocês dois! Precisamos entrar em contato com o conselho de Vellona e os outros reinos, é claro, mas sem as tempestades de Úrsula, e, com a evidência de que Sait estava conspirando com ela, devemos ter alguma vantagem para trabalhar agora.

Seu olhar captou algo atrás de Eric e Ariel, e o príncipe se virou.

À beira da água, uma figura alta e imponente, com uma poderosa cauda azul e uma coroa dourada sobre cabelos brancos, erguia-se das

Linsey Miller

ondas. Ele segurava o tridente que Úrsula conseguira tomar com seus truques. Eric deu alguns passos à frente, até que as ondas bateram em seus pés, e se curvou.

— Obrigado, Rei Tritão — agradeceu Eric.

Grimsby engasgou e se curvou.

Tritão inclinou a cabeça para Eric.

— Então você é o humano que minha filha estava perseguindo.

— Não o estava perseguindo — resmungou Ariel.

— Eu me lembro de uma estátua — contou Tritão, e Eric estreme-ceu. Essa, decididamente, não fora uma primeira impressão ideal.

— Papai, seja gentil. Ele salvou a minha vida. — Ariel pegou a mão de Eric e o conduziu até a arrebentação. — Eric, este é meu pai, o Rei Tritão. Papai, este é o Príncipe Eric de Vellona.

Eric curvou-se de novo, desta vez mais profundamente, e disse:

— É uma honra conhecê-lo.

— E você — disse Tritão, depois que Ariel estreitou os olhos para ele —, obrigado por ajudar minha Ariel.

— Claro. Ela me ajudou primeiro. Acho que não estaria vivo sem sua ajuda. — Eric olhou para Ariel. — Ela é maravilhosa.

— Bem — pigarreou Tritão, limpando a garganta —, nem sempre confiei nas opiniões dela sobre o mundo humano, mas percebo que estava obviamente errado. Vocês dois salvaram muitas vidas hoje.

— Fico feliz. — Eric se endireitou, a mão de Ariel ainda apertada com força na dele, e tomou coragem. — Posso fazer uma pergunta sobre a magia de Úrsula?

Tritão assentiu.

— As almas que Úrsula prendeu como fantasmas, combustível, póli-pos ou o que quer que sua magia tenha feito... elas podem descansar agora?

— Isso depende delas — respondeu Tritão, curvando os lábios para cima e revelando um sorriso idêntico ao de Ariel. — Não são

Príncipe do Mar

fantasmas. As almas que Úrsula usou não foram recolhidas dos mortos, mas dos vivos.

Algo profundo e sombrio dentro de Eric se quebrou, e ele ficou tenso. Será que isso significava o que achava que significava? Ariel entrelaçou os dedos nos dele.

— Os fantasmas, sejam o que forem, não estão mortos? — Eric perguntou.

— De jeito nenhum. Com a morte da bruxa, as suas almas... os fantasmas... podem voltar a ser como eram antes que a magia de Úrsula se apoderasse deles. Eles devem estar onde quer que ela os tenha mantido prisioneiros, eu imagino — esclareceu Tritão.

— Era uma ilha no meio do mar — arriscou Ariel, olhando para Eric. — Mas tivemos que usar a magia dela para chegar lá.

— Ah, ela ainda usava aquele antigo lugar? — Tritão agitou o seu tridente num gesto que abrangia todo o mar. — Acredito que posso ser de alguma ajuda, então. Considerem isso um agradecimento e um pedido de desculpas.

A magia borbulhou na água. Uma linha fina de vermelho disparou pelas ondas, desaparecendo no norte. Alargou e dividiu-se até dezenas de pequenos caminhos que levavam do horizonte a diferentes partes de Cloud Break. Tritão murmurou alguma coisa que revelava sua satisfação e assentiu.

— Isso deve bastar — disse ele. — São trilhas para aqueles que estão presos na Ilha poderem voltar para casa. Eles seguirão seu próprio caminho.

Com a respiração trêmula, Eric perguntou:

— Os fantasmas vão voltar para casa?

Tritão não se deu ao trabalho de responder. Ele se moveu para o lado, e Eric avistou uma figura caminhando pelas ondas em direção a Cloud Break. Ela ainda estava longe no mar, mas mesmo dali Eric poderia dizer que não se tratava de um fantasma translúcido, e sim de uma pessoa real. E não era só aquela... mais pessoas começaram a aparecer no mar.

Linsey Miller

— Eric — Ariel sussurrou e beijou sua bochecha, os olhos cheios de compreensão. — Vá.

Ele saiu correndo. As ruas estavam lotadas de gente ansiosa para descobrir o que havia acontecido. Eric passou por todo mundo, nem mesmo parando quando encontrou Gabriella e Vanni tentando explicar o que ocorrera a um grupo nas docas. Havia cada vez mais indivíduos atravessando o mar, e as pessoas estavam notando isso. Eric seguiu em frente, avistando uma única figura que corria por um caminho vermelho-sangue de magia que levava à praia abaixo do castelo. Eric disparou para encontrá-la.

A figura que corria era uma mulher alta com cabelo grisalho e curto. No momento em que seus pés tocaram a areia, o caminho vermelho que a trouxera de volta a Vellona desapareceu. Eric derrapou até parar a alguns passos de distância e olhou. Suas roupas estavam encharcadas e rasgadas, alguns cortes visivelmente feitos por espadas, e o longo casaco azul pendurado casualmente em um de seus ombros ainda trazia o brasão de pardal de sua família. Até a luta o arrancar dele, Eric estava usando um casaco idêntico.

— Mãe? — ele sussurrou.

— Eric? — Sua cabeça virou-se rápido para ele. Eleanora de Vellona não envelhecera nos dois anos desde que Eric a vira pela última vez, e o choque ao ouvir sua voz o levou às lágrimas. Ela o encarou como se nunca o tivesse visto, com os olhos encharcados. — Oh, querido. Sinto muito.

A mente de Eric ficou em branco. Não com a névoa da magia de Úrsula, mas completamente vazia. Sua mãe estava morta. Ele a lamentara. Ele havia se recuperado.

E agora ali estava ela.

Os joelhos de Eric cederam. Sua mãe o amparou e envolveu seus ombros com os braços. Eric enterrou o rosto no ombro dela e soluçou. Seus dedos agarraram sua camisa com força.

Príncipe do Mar

— Quanto tempo faz? — Eleanora perguntou, assim que ele pôde respirar novamente.

Eric inclinou-se para trás, mas sem soltá-la.

— Dois anos. Dois anos extremamente longos.

— Mas você nos salvou — ela disse e fungou, afastando o cabelo do rosto do filho. — Eu me lembro de *flashes*, fragmentos, e você estava em alguns deles. Úrsula está morta? Sinto que ela deve estar, mas todos nós acabamos de acordar naquela ilha e...

— Ela se foi. É uma longa história. — Ele se afastou, com o peso dos acontecimentos nos ombros, e riu. — Mas o mais importante é que tive ajuda e gostaria muito de apresentar a você Ariel, meu verdadeiro amor.

Coda

O SOL pairava baixo sobre o mar, os tentáculos rosados do amanhecer se espalhando pela baía. A brisa salgada derramava pétalas brancas pelo convés do navio, e as velas tremeluzindo na amurada clareavam os últimos resquícios da noite. Eric passou a mão pela lateral do navio, ouvindo o estranho silêncio da baía de Cloud Break. Não havia gritos naquele dia e nenhum tinir de espada sob as docas. Só havia o mar.

— Está um lindo dia para um casamento.

Eric se virou ao ouvir a voz de sua mãe. Mesmo passados três anos de seu retorno, uma parte dele ainda temia que ela desaparecesse quando fosse olhá-la.

Eleanora de Vellona, com a coroa de ouro repousando sobre a cabeça e a espada de Estado presa ao quadril, já havia chorado durante toda a noite anterior no jantar e parecia estar à beira das lágrimas novamente. Eric se aconchegou em seus braços e lutou para conter uma risada. O nível de estoicismo ao estilo de Grimsby estava diminuindo desde que tinham começado a planejar o casamento.

Com a partida de Úrsula, as tempestades que haviam devastado Vellona pararam, os pescadores estavam pescando peixes regularmente outra vez e as fazendas produziam mais do que jamais produziram ao longo da existência de Eric. Era, segundo a maioria das pessoas dizia, como se uma maldição tivesse sido suspensa. Sait também se retirou para suas terras e se acalmou. Não que tivessem assumido a responsabilidade pelos mercenários que estavam pagando para atacar Vellona, mas os ataques pararam no momento em que perceberam que Vellona logo seria capaz de revidar. Ninguém queria provocar a rainha que voltara dos mortos ou seu filho, que derrotara uma bruxa tão poderosa quanto Úrsula. Os rumores sobre o que havia acontecido na baía se espalharam para os outros reinos. A maioria deles foi enfeitada, graças a Sauer e Grimsby.

Também ajudava o fato de que a futura esposa de Eric fosse filha do Rei Tritão.

— Olhe só para você — sussurrou Eleanora, recuando, mas mantendo as mãos nos ombros dele. — Eu não pensei que conseguiria ver isso.

— Você poderia ter visto duas vezes — disse ele, e recebeu um tapinha em sua bochecha. — Está bem, está bem. Você promete não chorar o tempo todo?

Ela riu.

— Tenho permissão para chorar no dia do casamento do meu filho.

— Contanto que não chore no meu casaco — falou o príncipe. — Nem quero tocá-lo, por receio de que Carlotta veja outro ácaro imaginário.

— Bem... — ela começou e o puxou para longe da amurada — ... dá azar irritar Carlotta, então vamos checar.

A rainha passou suas mãos sobre os ombros dele. As roupas dos dois combinavam, embora o traje de gala de Eleanora fosse muito mais decorado do que o do filho, e um capelete com o pardal dourado de Vellona pendesse de seus ombros em vez de um casaco. Com cuidado, ela puxou uma caixa comprida e fina do bolso da calça e a entregou a Eric. Ele olhou ao redor.

— Já temos alianças — brincou ele. — A menos que Max tenha fugido com elas.

Príncipe do Mar

— Este — ela disse e bateu na caixa — foi o primeiro presente que seu pai me deu e agora é seu.

Eric abriu a caixa e riu. Dentro, havia uma flauta grosseiramente talhada.

— Tem um som terrível e pode nem funcionar mais, mas é sua. — Ela beijou a bochecha de Eric. — Novas músicas, querido.

— Novas músicas — ele repetiu, abraçando-a com força, com o queixo em seu ombro. — Obrigado.

Atrás dela, Vanni e Gabriella aguardavam, e Eric acenou para eles. Vanni, de algum modo, estava mais alto; ele passara a usar o cabelo preso em um pequeno coque no alto da cabeça para mantê-lo fora do rosto. Isso o fazia parecer mais velho, e Eric ainda não estava acostumado. Gabriella, pelo menos, não envelhecera nada. O lenço verde de Nora enfim se desfizera no ano anterior, mas vários fios verdes dele haviam sido entremeados nas tranças curtas dela.

— Queria que tivesse algo dele hoje — disse Eleanora, dando um passo para trás. Ela sorriu para Vanni e Gabriella. — Não consigo imaginar que o Rei Tritão esteja menos choroso.

— Ele não está, mas as irmãs de Ariel finalmente a vestiram e o sacerdote está pronto — contou Gabriella. Ela inclinou a cabeça para Eleanora e cumprimentou Eric com um rápido abraço. — Bem, sente-se melhor neste casamento?

Eric bufou, aos risos.

— Nem consigo me lembrar do dia inteiro que passei com Úrsula. É tudo um borrão até que a concha quebrou.

— Acho que é só uma coisa de casamento. — Gabriella sorriu e suspirou. — Estava indo muito bem no meu, então Nora entrou e a próxima coisa de que me lembro é jogar amêndoas nas pessoas enquanto saíam.

Gabriella e Nora passaram o ano após a derrota de Úrsula caçando os mercenários de Sait com Sauer e depois se casaram, no ano anterior, no *Siebenhaut*. Uma vez que as águas estavam seguras, elas visitaram a família de Malek e Nora, e voltaram para a baía fazia apenas dois meses.

— Foi em mim. Você só jogou em mim — disse Vanni. — Algumas delas doeram.

Gabriella riu.

— Que tipo de convidado de casamento não aceita de bom grado sua lembrancinha?

— Espere sentada para ver se faço alguma coisa para você de novo — ele murmurou, revirando os olhos.

Claro que faria, sim. Aos poucos, ele havia assumido a parte de panificação do negócio da família, especializando-se em doces, agora que a loja era só dele. Ele preparara tudo, exceto o jantar de casamento desta noite.

— Você me fez café da manhã hoje — falou ela.

Eleanora olhou para Eric e ele deu de ombros. Por mais que as coisas tivessem mudado, *aquilo* permaneceu exatamente igual.

— Você está pronto, principezinho? — Vanni perguntou e beijou Eric duas vezes em cada bochecha, puxando-o para um abraço no último segundo. — Nada de quase morrer desta vez.

— Espero que não — concordou Eric. — Acho que todos nós já tivemos o suficiente disso para o resto da vida.

— Bem — Vanni apontou e se afastou —, você parece mais feliz desta vez.

— Imensuravelmente mais feliz. — Gabriella apareceu ao lado dele e passou o braço pelo de Vanni. — Estaremos com o velho ceifeiro, se precisar de nós.

— Ora, tenha dó, Gabriella — disse Eleanora. — O ceifeiro dificilmente tem idade suficiente para ser confundido com Grim.*

---

* Trocadilho entre o apelido de Grimsby, "Grim", com a representação da morte como um ceifeiro trajando uma mortalha negra com capuz, o Grim Reaper. (N.T.)

Príncipe do Mar

Eric bufou e ela bateu em seu braço.

— Venha aqui, querido. — Eleanora afastou Eric de Gabriella e endireitava o próprio traje excepcionalmente bem cortado, ajustando as mangas com punhos e o colarinho alto. — Aqui vamos nós. Não é que vocês três estão uns adultos bonitões, e eu nem me sinto velha vendo todos assim? Agora, é hora de você esperar por Ariel e nós nos afastarmos.

Os três se misturaram com os convidados no convés. Eric aguardava perto da parte de trás do navio, de onde veria Ariel pela primeira vez naquele dia. Ele a vira todos os dias nos últimos três anos, mas não fazia diferença. Tinham passado a maior parte dos dois primeiros anos juntos viajando por Vellona, falando com todos sobre os ataques dos mercenários de Sait e ajudando a reparar os danos causados pela intromissão de Úrsula. Várias pessoas retornaram após a morte da bruxa e os dois tentaram encontrar todas elas, a fim de garantir que ninguém estivesse faltando. Ariel adorava viajar por terra, e isso lhes dera a chance de se conhecerem sem todas as ameaças de maldições e contratos. Quando voltaram para Cloud Break no ano anterior, Vellona amava Ariel quase tanto quanto amava Eleanora. Isso fazia com que a eventual coroação de Eric parecesse menos sufocante.

Não que ele fosse se tornar rei em breve. Sua mãe ainda tinha muito a lhe ensinar, e ele estava mais do que bem com isso.

Eric andava de um lado para o outro, enxugando as mãos úmidas na calça. Desta vez, não havia névoa ou medo, e a visão do sacerdote tomando seu lugar no lado oposto do corredor não fez seu coração se descompassar de pânico. Uma plataforma fora colocada no convés para que o povo do mar pudesse ver Eric e Ariel atravessarem o navio até o sacerdote, e as irmãs de Ariel sussurravam nas ondas. Tritão e Eleanora conversavam baixinho na amurada. A cerimônia começaria assim que Ariel se juntasse a ele e os dois caminhassem juntos pelo corredor.

A porta dos aposentos abaixo do convés rangeu e seda farfalhou na brisa.

— Eric? — Ariel chamou.

— Ariel — respondeu ele, virando-se.

Seu coração parou e sua respiração ficou presa no peito. O vestido branco era a última moda em Vellona, mas a coroa brilhando com magia era puramente dela. Pérolas pontilhavam a bainha azul de seu vestido, e seu véu tinha o brilho nacarado das conchas de ostras. O príncipe engoliu em seco e tocou o rosto de sua noiva com a mão trêmula. Ela era real.

O verdadeiro amor *era* real.

— Você está maravilhosa — elogiou.

Ela se inclinou contra o corpo de Eric e passou o braço pelo dele.

— Você parece muito melhor desta vez.

— Ninguém vai me deixar esquecer aquele dia? — ele perguntou.

— Não até que o tenhamos substituído por este — respondeu Ariel, ficando na ponta dos pés para beijar sua bochecha. — Amo você.

Eric se afastou e disse:

— Também amo v…

Max saltou entre eles repentinamente e lambeu o rosto de Eric. Suas patas empurraram Eric dos braços de Ariel, fazendo os dois tropeçarem. Ariel soltou uma gargalhada, agarrou Max e puxou-o para trás. O cão a lambeu também, a pequena caixa que carregava as alianças chacoalhando contra o sino de sua coleira. Ela beijou seu focinho.

— Bem — falou Eric —, bem-vinda à família.

Max escapou de seus braços e latiu para uma gaivota que passava voando no alto. Ele a perseguiu, Ariel rindo enquanto ele corria e derrapava pelo convés.

— Eu gosto da nossa família — ela disse, puxando Eric para mais um beijo.

Seu toque era como o mar, forte e seguro, lavando as preocupações de sua mente. O mundo ao redor saiu de foco até que tudo o que ele podia ver era ela. O céu do amanhecer brilhava em seus olhos azuis, um novo começo para ambos.

Príncipe do Mar

— Eu também. — Eric a beijou mais uma vez e lhe deu o braço, de modo que ficaram lado a lado.

Atrás do sacerdote, o quarteto começou a tocar a música que Ariel havia cantado para ele na praia tanto tempo atrás. A canção acalmou a conversa, chamando a atenção de todos para Eric e Ariel. A multidão se levantou e, ao lado da rainha, Grimsby inclinou a cabeça para trás, a fim de esconder as lágrimas, aceitando um lenço de Sauer, ex-pirata agora, sem sequer olhar para elu. Malek e vários outros tritões ergueram os olhos de seus lugares na amurada do navio. Eric sorriu para a mãe, e Ariel acenou para suas irmãs, que soluçavam nas ondas. Juntos, os noivos deram o primeiro passo no corredor.

— Vamos — Eric sussurrou. — É hora de uma nova aventura.